桂维民
桂维诚 ◎ 著

乡愁月千里

——从西安到宁波

雷珍民 署

陕西新华出版
陕西人民出版社

图书在版编目（CIP）数据

乡愁月千里：从西安到宁波 / 桂维民，桂维诚著
. —西安：陕西人民出版社，2024.4

ISBN 978-7-224-15369-9

Ⅰ.①乡… Ⅱ.①桂…②桂… Ⅲ.①诗集－中国－当代 Ⅳ.① I227

中国国家版本馆 CIP 数据核字（2024）第 077488 号

责任编辑：石继宏
整体设计：赵文君

乡愁月千里——从西安到宁波

XIANGCHOU YUE QIANLI — CONG XI'AN DAO NINGBO

作　　者	桂维民　桂维诚
出版发行	陕西人民出版社
	（西安市北大街 147 号　邮编：710003）
印　　刷	西安新华印务有限公司
开　　本	787 毫米 ×1092 毫米　1/16
印　　张	27.75
字　　数	315 千字
版　　次	2024 年 4 月第 1 版
印　　次	2024 年 4 月第 1 次印刷
书　　号	ISBN 978-7-224-15369-9
定　　价	98.00 元

把国世界的
宁波帮和
更多也来
建设宁波

邓小平

序一

高贵的诗魂千姿百态

高建群

我手里捧着这本《乡愁月千里》，从年前一直捧到年后。诗作者说了，要我给这本书的前面写一段文字。这事我答应了，一直在心，年都没有过好。昨晚上睡到半夜想这事的时候，脑子里突然涌出一句话："高贵的诗魂千姿百态。"于是就对自己说，就用这句话做题目，完成这篇文字吧！

"高贵的诗魂千姿百态"——这句话从大的方面而言，是对中华自《诗经》开始以来的古诗词的评价和礼赞；从小的方面而言，是对这本名为《乡愁月千里》诗集的评价和礼赞；更小而言之，则是对我的好朋友、饱学之士桂维民先生的评价和礼赞。

关于旧体诗，包括古体诗、格律诗，我还是有一点发言权的。我是中华诗词学会的发起人之一，而他的首倡者是时任甘肃省政协主席杨植霖老人。1985年农历端阳节，也是屈原纪念日，中华诗词学会成立大会在北京全国政协礼堂举行，方方面面来了很多人，可以说济济一堂。记忆深刻的是，时任全国政协副主席楚图南先生为大会献上了一幅贺幛："秦砖汉瓦唐诗宋词，美人香草金石文章。"当他用古音将这个贺幛念完，又摇头晃脑地补充说："以美人喻香草，以香草喻美人，古来有之。"他的话引起全场一片掌声。

另一位与会者也让人印象深刻，她就是刚从联合国归来的叶嘉莹女士。这之后的40年，叶女士以弘扬中华诗词为己任，名声大噪，成为一个标志性的人物。与会的人还有很多，如周谷城先生、布赫先生、杨振宁博士，还有住我隔壁的马识途老先生，等等。

会议圆满结束，推选陕西师范大学教授、唐诗专家霍松林为会长，我被推举为理事。继而，各省、市、自治区诗词学会也相继成立。

旧体诗成为人们咏物、记事、抒怀的一种便捷文体，这些年来百花齐放，花开满园，风靡全国各个阶层。言近而旨远，目送而手挥，庞大的作者队伍也叫人感叹。

一百多年前的五四新文化运动，倡导白话诗，即新诗运动。那时预言旧体诗已属于过去的时代，新诗当立。至今一百多年过去了，旧体诗依然昌盛，而新诗并没有太多的发展，这也许是值得专家们研究的一个话题。

这是我所赞的"高贵的诗魂千姿百态"的第一个话题，第二个话题则是谈谈这个诗集和这两个作者。

我有些老眼昏花，维民先生发在我手机里的文字，我虽然努力看，还是看不清，于是请助理将它打印了出来。现在这书稿就散发着墨香，放在我的桌前。

维民先生一声长叹说:"《乡愁月千里》反映了两座城、两弟兄、两代西迁人的乡愁,这种乡愁有三层意义:弟兄情、故乡情、家国情。"

阅读这本诗集,我同意维民先生的这些话,我还想补充说,他是在用文学的形式、诗歌的形式,为自己去寻找一条通往故乡的路——暮年将至,魂兮归来。

维民先生在国防科技系统工作了20年,后来一直从政,在西安,在陕西,可以说官声远播。我见过许多人,他们是维民先生的同事,在谈到他时,都说到他的才学,他的谦卑,他的睿智,人们用"饱学之士"来总结他。

这本诗集记录了西安的许多事、这些年来的社会变迁、各项工程项目、各种大活动,这是亲历者的实录。而西安以及陕西是文物大市、大省,也是文化大市、大省,临陈迹而兴叹,诗人时不时发一些思古之幽情出来,有如辛词里的意境:"落日楼头,断鸿声里,江南游子。把吴钩看了,栏杆拍遍,无人会,登临意。"维民先生在他的诗作中,又加了一些乡愁,一些文化人、读书人的惆怅之意:"乡恋赋秋诗。童年梦、说与谁知?白头不负黄花瘦,写愁写喜,看溪看海,九月逢时。"(《摊破南乡子·乡恋》)

诗稿中关于长安风物这类题材颇多,因此读这类诗作就像读一本导游手册一样,随着作者的笔触所向,我对咱这块儿地面,好像也做了一次"坐地游"。

两位作者有一定的家学渊源,加上多年来的文案劳作,文字洗练,再加上对古诗词的喜爱和学习,这些诗章还是有一定深度的,颇见功力。

维民先生老家在宁波,这是海之涯呀,古代海上丝绸之路的起点呀！而西安城则被人称为古代陆上丝绸之路的起点。这两座城市连在一起，就很有些不一般的意义了。

一个人的大半生，在这两个起点上来回行走，西北望山，有山皆高；东南行水，有路皆宽。揣摩和探讨桂维民先生的格局和思想脉络，也许从这上面，我们能寻找到一些端倪。

诗集的另一位作者桂维诚先生是维民的长兄，看了他在跋中的介绍，他与共和国同龄，是在西安求学到高中毕业的老三届，又是恢复高考后的七七级，耕耘教坛近40年，退休后不改文人情怀，喜作诗文。这是一个读书人、爱书人、写书人。无论命运把他抛到哪里，他都守着一份自己的初衷。这共同的爱好，使我读他的诗作也感到很亲切。我因不太熟悉他，所以请原谅我说得少一点。

这就是我今天早晨，摒弃一切俗务写下的这段文字。我在前面提到"饱学之士"这个字眼，又提到了"官声远播"这个字眼，这是朋友们也是笔者对桂维民先生的赞美之词。人过留名，雁过留声，"口碑"这个词在这里还是可以用一用的。

行文至此，我突然想起两句老百姓的话：借别人的摊场，哭自家的恓惶。是的，虽然我这是为维民先生写的文字，但是字字句句，也都是说的笔者我呀！

是为序。

2024年3月2日于西安

（作者系陕西省文联副主席、陕西省作家协会副主席。他的《最后一个匈奴》与陈忠实的《白鹿原》、贾平凹的《废都》等陕西作家的作品，被誉为"陕军东征"现象，一时轰动中国文坛）

序二

双城吟　无限情

王剑波

春节期间，桂维民先生发来《乡愁月千里》的电子稿，嘱我为他弟兄俩的这本诗词合集写序。我深觉荣幸却又感到惶恐，因为我不懂诗词格律，怕说不到点子上。但当我点开诗稿阅读，顷刻间就被吸引。

在这本集子里，桂维民、桂维诚弟兄俩高吟浅唱，表达着对西安与宁波这两座城市的热爱，抒发着两代西迁人的乡愁，让我们感受到了浓浓的弟兄情、故乡情和家国情。

两位作者的父亲 20 世纪 50 年代从上海支援大西北，他们兄弟妹妹六人成了"西迁二代"。年深外境犹吾境，日久他乡即故乡。他们在这片土地上成长，身上烙下了"秦人"的印记；西安成了第二故乡，也成了他们诗词创作不可或缺的题材。"晴野八川秦岭汇，环绕长安如经纬。""十三皇朝兴废地，读史处处见衰荣。"在卷一《长安诗画》里，桂维民先生用多彩之笔，描摹秦岭渭河的无限风光，歌吟黄土地上的古今胜迹，从中可以看到他对西安这座美丽古城的满腔热情。

而宁波是他们的故乡，弟兄俩的梦中流淌着同一条甬江。桂维民先生生在宁波，虽然年少时就随父母到了西安，但在 20 世纪 60 年代末曾经回老家上学。桂维诚先生更是在 1969 年 1 月上山下乡运动中返回宁波务农，至今已经在这里生活了整整 55 年。"鹭林傍甬江，心与碧云还。"宁波，在他们的人生道路上留下了不可磨灭的痕迹；故乡，成了他们书写时难以割舍的主题。这本诗词合集共四卷，其中有三卷篇幅是对宁波这座城市的歌咏。"长风千里已秋浓，安步巡游访浙东。"在卷二《故土乡愁》中，桂维民先生用诗词记下了几次回乡的行踪旅痕，更有兄弟唱和，写下了对故土家园、血肉至亲的依恋之情。而卷三《癸卯行吟》，则是桂维诚先生在刚刚过去的癸卯年里写下的 500 多首吟稿，既是坦陈一个家乡文人面对世事的心路历程，更是以甬城四季流转的镜像留痕，慰藉远离故乡的游子。在卷四《明州赋记》里，桂维诚先生用赋和记的形式，描叙家乡的地物风貌、人文胜景，铺陈挥洒、一唱三叹，令人目不暇接、美不胜收。

宁波位于东海之滨，自古以来就是中国对外交往的重要口岸、海上丝路的重要节点，是一座国家历史名城。西安地处祖国西北，先后有 13 个王朝在此建都，是中华文明和中华民族的重要发祥地之一，也是丝绸之路的起点，是一座世界历史名城。宁波与西安相距虽远，却有着千丝万缕的联系。在改革开放的大潮中，宁波勇立潮头，焕发出勃勃生机；而西安乘着西部大开发的春风，攀上了时代高点。两座城市，大海的活力与古塬的厚重互为依托，海水的蔚蓝与泥土的苍黄交相辉映。在新的历史时期，无数个宁波人带着梦想来到大西北，在西安这座城市创业拼搏，他们务实能干、善于经营、刻苦耐劳、诚信守义，谱写着"宁波帮"新的篇章。而这一切，我们都可以在《乡愁月千里》中寻到踪迹印痕，听到悠远回声。

此书出版之际，正值西安宁波经促会成立20周年。西安宁波经促会的成立，使宁波与西安有了更为紧密的联系。20年来，西安宁波经促会本着服务会员、服务西安、服务宁波的办会宗旨，联络联系、动员组织在西安的宁波人，为西安的建设、为宁波的发展贡献力量，成效显著。桂维民先生曾担任宁波经促会常务理事，现在仍然是西安宁波经促会顾问。20年来，他为加强西安宁波经促会的建设、促进西安宁波两地的经济交流合作做了大量工作。《乡愁月千里》的出版，是对西安和宁波两座城市的礼赞，也是向西安宁波经促会成立20周年的献礼。

本文成稿之日，恰是元宵佳节。我所生活的甬城，彩灯似圆月高挂，亲情与乡情交融。此时此刻，再一次诵读桂维民桂维诚弟兄俩的双城吟唱，更能体会到充溢其中的无限深情。

元宵过后，客居异地的宁波人又将踏上归途，返回第二故乡；还有更多的宁波人也将奔赴祖国的四面八方，为事业去打拼、去创造。愿所有在外的宁波乡亲，钟情他乡，心系故园，归梦花开无数。

（作者系中共宁波市委原常委、秘书长，宁波经济建设促进协会副会长）

站立在春天的故乡

——写在西安市宁波经促会成立 20 周年之际

桂维诚　桂维民

我们的先辈写下了"甬"字

在蓝色的海上丝路里耕耘

在历史的风烟里磅礴起一股精神

我们的先辈写下了"甬"字
开启了宁波港湾的云霞蒸腾
以宁波帮的名义交上了时代的通行证

定标信仰的航灯，筚路蓝缕的奋斗
以乡愁的韵律，迎来地平线上初升的朝阳
光荣的宁波人、宁波帮
将长江三角洲的南翼垫得更高
迎接着涛声呼啸，东海潮涨
在动员宁波帮、帮宁波的号角里
集结的帆樯扬起了雄健的歌唱

以飞溅的浪花，卷起金边的画框
以姹紫嫣红的花朵，聚成玫瑰色的希望
今日的繁荣厚重了乡音穿透的力量
光荣的宁波人、宁波帮，从宁波港起航
借助海潮和风力来来往往
曾经在小桥流水的家乡生长
蔓延着一座幸福之城诗意的方向

怀揣着这个古代大钟的象形文字
我们离开一座城市，来到另一座城市
遥远的召唤，并不需要理由多么高尚
谱写宁波经促会二十年的风景流转
融入了西安这个开拓人生的第二故乡

逆向西飞的海燕，送来大海深沉的蔚蓝
二十年足以品读一段青春的时光
点亮老一辈西迁精神的光芒

初次的相识，抑或故人与共的瞬间
一个笑容就能诠释所有的过往
致敬直面生活的英雄，致敬自己
当年渺小纯朴的心愿似乎也变得悠长
一缕映衬着新时代启幕的辉光
照亮了老一代宁波帮的后人
再次在新的征途奋发昂扬

大写的"甬"字，写出宁波人的勇敢和气量
诚信的宁波帮，以提速的奔跑在西安城亮相
展示工商界的风流，铸造不朽的碑铭
宁波帮的精神，在异地传承生长
何须华丽的修辞，以口碑镌刻着大海的印象
我们的岸芷汀兰，我们的国色天香
中国的品牌，民族的行业
以一颗敬仰的心，腾挪闪展在白纸上
认认真真写下三个大字——宁波帮

我们需要用湿润的雨云
去擦亮锈迹斑驳的青铜塑像
我们需要用缤纷的丝线

去织补那古老的汉服唐装
我们需要用诗意浸濡的笔
去学会独立地言说和歌唱
我们需要用丰润的色块
去绘制宁波帮的传奇与辉煌
精干勤勉的宁波人
在关中大地上构建大厦幢幢
蘸墨挥毫，写进一部部厚重的典章
以宁波帮做通栏的标题
创造出海阔天空的新奇意象

我们长成了一棵大树，越来越枝繁叶茂
我们长成了一座大山，越来越像前辈的模样
在黄土地上以大写的"甬"字
栽种下故乡蔚蓝色的梦想
我们为新一代宁波商人护航
站立在时代奔涌的潮流中
把乡愁注入血脉中汩汩地流淌

新一代宁波人、宁波帮
又增加着"甬"字的厚重分量
促进经济，以宁波人的雕刻方式
把大写的"甬"字，刻在破浪前行的船舷上
让古老的丝绸之路，再现江南蚕丝的温润泽光
把大写的"甬"字，刻进乡愁的月光里

长安十二时辰从此有了宁波鼓楼的钟声当当

传奇务实的宁波人,生来就是弄潮人
在不期而至的感动中,圆满诗意的双城吟唱
让崭新的认知,厘清发展的思路
走进一种自信的责任担当
新一代宁波人啊,即使背井离乡
也不会忘记阿拉乡音的石骨铁硬
情系桑梓,焐热的家国情怀
根植在江南祠堂的族谱里闪闪发光

故乡,总是以母亲伫望的姿势
欢迎着游子,牵连起远方的第二故乡
忘记该忘记的,记住该记住的
守候该守候的,向往着永远的向往
与温暖的人同行,与善良的人抱团取暖
屏蔽所有空洞的宏大叙事的陈词滥章

一封家书里,不绝如缕的乡思悠长
走过"甬"字形宁波帮博物馆宽阔的厅堂
感受到老一辈注视的滚烫目光
冬天终将过去,无论雨雪霏霏
无论云遮阳光,依然坚信
我们站立的地方就是春天的故乡

目 录

长安诗画

003	诉衷情令·终南山
003	苏幕遮·光头山
005	天净沙·秦岭三峰
009	画堂春·骊山春色
010	七绝　伽蓝寻幽
017	如梦令·观音禅寺银杏古木
019	乐游原踏青
021	七绝　古道探赜
028	七绝　秦岭野趣
043	南山采药三题
045	临江仙·楼观台
047	天仙子·水润长安
049	黑河引水工程感赋
051	画堂春·南水北调滋关中
052	七言　登城墙有怀

054	沁园春·秦陵怀古	
055	七言　秦俑博物馆	
057	七绝　咏昆明池	
060	七绝　长安即兴	
069	七绝　祝贺母校西安交大百廿周年	
071	七绝　西工大管院成立二十周年感怀	
071	七绝　怀故人	
072	长相思·夤夜笔耕寄怀	
074	七绝　克林顿访华首抵西安亲历记	
075	七言　离任感言	
075	七绝　南院杂感	
078	甘州曲·应急管理感怀	
080	相见欢·哈佛谈应急	
080	醉花阴·大唐不夜城	
082	天仙子·长安十二时辰	
082	醉花阴·塬上踏青	
083	念奴娇·鸡窝子秋境	
085	满江红·七十二峪	
085	鹧鸪天·长安号中欧班列	
087	一剪梅·琴韵汇古城	
087	念奴娇·国风丝路	
088	易俗社文化街区	

090	五言　春到"诗经里"
092	"三河一山"绿道行
093	七律　重阳节奉陪二老登高有吟
095	五绝　与老友重阳游斗门
098	浪淘沙令·追忆张骞
099	七律　观《李白长安行》
099	念奴娇·诗酒长安九万里
101	临江仙·龙舞凤翔
102	甘州曲·情系西部

故土乡愁

105	七律　镇海口观潮
105	七律　海上茶路起航地
107	七绝　参观河姆渡遗址有吟
109	七绝　寻访史迹
111	七绝　寻根甬上
121	绝句　天一阁·月湖景区即兴
125	七绝　甬城掠影
131	七绝　东钱湖
133	七绝　谒天童寺
135	好事近·印象鹭林

135	七绝	鹭林怀旧
137	七绝	古镇渔港
139	七绝	夜饮沈家门
141	溪口行吟	
144	七绝	故乡校友
146	七绝	参加宁波帮·帮宁波发展大会有感
149	五言	宁波帮博物馆落成典礼感赋
151	秋风清·致家乡父老	
151	七律	返乡和长兄
152	七律	与民弟重逢有句
152	五律	步韵长兄《北仑港》
154	五律	次韵长兄《梅港晴湾》
155	七绝	手足情深
156	摊破南乡子·乡恋	
156	五律	七十抒怀步韵长兄贺诗
158	七律	故土感怀
158	五绝	双城吟

癸卯行吟

161	春	曲
176	夏	歌

186 　秋　韵

204 　冬　咏

226 　人　文

289 　水　利

306 　怀　旧

316 　唱　酬

明州赋记

363 　镇海赋

367 　甬江赋

370 　致宁波乡贤的"家书"

371 　新桃源书院记

373 　镇海中学赋——贺镇中一百一十周年校庆

375 　中兴赋

378 　崇正书院新赋

380 　明港中学赋

384 　永旺花海赋

387 　光明村赋

389 　花溪廊桥碑记

392 　镇海物流枢纽港赋

395	招宝山全民健身中心落成记稿
398	宁波小灵峰寺重兴廿年庆记
401	壬寅五月采杨梅记
403	亭溪岭古道漫游记
405	《癸卯立秋盛园雅集》跋
406	**代跋　雄心酬三秦　故土情未了** 　　　——写在先父百岁诞辰之际
417	后　记

长安诗画

桂维民

　　西安，古称长安和镐京，地处我国西北地区、关中平原中部，北濒渭河、南依秦岭，自古有着"八水绕长安"的美誉。从蓝田猿人、半坡先民，到杨官寨城址、沣镐的双子城，从西周礼乐、秦汉一统，到隋唐的开放包容，先后有13个王朝在此建都，是中华文明和中华民族重要发祥地之一，丝绸之路的起点，1981年联合国教科文组织确定西安为"世界历史名城"。

　　西安背靠的大秦岭如一座父亲山，牵起黄河、长江两条母亲河。登上延绵不断的秦岭分水岭，极目眺望，南北尽收眼中。正如《我的南方与北方》诗中的咏叹："我的南方和北方相距很近，近得可以隔山相望；我的北方和南方相距很远，远得难以用脚步丈量。大雁南飞，用翅膀缩短着我的南方与北方之间的距离；燕子归来，衔着春泥表达着我的南方与北方温暖的情意。"

　　一座秦岭山，半部中国史。秦岭是中华民族繁衍与文明初创的根脉之地，秦岭是中华核心价值思想的发源地，秦岭更是中华民族伟大复兴的文明赓续之地。祖先诞生于此，民族形成于此，历史开端于此。周秦汉唐横空出世于秦岭脚下，是中华文明生长的轴心地带，形成了影响东方乃至世界的都市文明。秦岭地理枢纽与古道丝路相辅相成，是长安—天山廊道古丝绸之路起始点，堪称中华民族文化融合的基因库和对外开放的窗口。

我自幼从海上丝绸之路的东方始发港宁波来到陆上古丝绸之路的起点长安城，在这里生活了半个多世纪，已深深地打上了"秦人"的印记，同样深爱着这片黄土地和美丽的古城。一代代"西迁人"从东海之滨走来，扎根在这里，渐渐长成了一棵大树，越来越枝繁叶茂；一波波"西迁人"从东海之滨走来，在这里渐渐长成了一座大山，越来越像前辈的模样。一个个"西迁人"在第二故乡的黄土地上，也刻下了故乡大写的"甬"字，栽种下故乡蔚蓝色的梦想，一起站立在时代奔涌的潮流中，为改革开放护航，把悠远的乡愁注入血脉之中，在西安这个第二故乡汩汩地流淌。

谨辑录近年来吟成的诗稿编成"长安诗画"，以此献给我的第二故乡。

诉衷情令·终南山

登临秦岭共遥看。南北两分川。绵绵岁月如梦,沧海变桑田。峰未老,水潺潺。望青天。风云万里,俯仰人生,情寄河山!

【链接】

终南山,位于陕西省境内,素有"仙都""洞天之冠"和"天下第一福地"的美称。《诗经·国风·秦风》中有一篇叫《终南》:"终南何有?有条有梅。"《诗经·小雅·南山有台》:"南山有台,北山有莱。乐只君子,邦家之基。"《山海经》将终南山简称为"南山"。终南山的称谓在不同时期有终南、南山、周南山、中南山、太乙山、橘山、楚山、泰山、地脯山、仙都山、地肺山、斛山等十多种不同的叫法。

终南山的范围历来如山上烟云一般,大小飘忽不定。一般来说,终南山主要指秦岭中段,东起盛产美玉的蓝田县最东端的杨家堡,西至周至县最西界的秦岭主峰太白山南梁山脊,东西长约230公里,最宽处55公里,最窄处15公里,总面积约4851平方公里。横跨蓝田县、长安区、鄠邑区、周至县等县区,绵延200余里,雄峙于西安之南,成为古城的屏障和依托。它是国家AAAA级旅游景区、世界地质公园、国家森林公园、国家自然保护区。

苏幕遮·光头山

碧云飞,天尽处。唤取星辰,共我峰巅住。鹿角冰晶身下舞。绿野花香,草甸迷幽路。

终南山（张羽/摄）

醉云霞，风漫步。两水相分，厚泽流千古。社稷有灵长庇护。四顾终南，日照山河固。

【链接】

光头山处于陕西牛背梁国家级自然保护区的最西部，是秦岭主脊的一部分，又称麦秸摞，位于沣峪口内秦岭分水岭西侧，海拔2903米，海拔高，气温低，山上树木不生，杂草繁茂，所以俗称"光头山"，上建有陕西电视台调频发射台，有土路可盘旋而上。光头山山顶为高山杜鹃、高山冷杉等低矮灌木以及高山草甸，视野极为开阔，立于山巅，北望为关中大平原，秦岭著名山峰太白山、冰晶顶及鹿角梁等皆可遥遥相望。

天净沙·秦岭三峰（三首）

（一）王顺山

蓝关古道云悬。秀峰青玉生烟。史迹钩沉慕贤。奇花烂漫。梦追千里秦川。

【链接】

王顺山，位于西安蓝田县，素有"玉种蓝田"之美称，古称玉山。后因中国古代二十四孝之一——王顺担土葬母于此而得名。110万年前的"蓝田猿人"，揭示了人类祖先在此生息繁衍，走向黄河，开创了中华光辉史篇。

王顺山作为"秦楚之要冲，三辅之屏障"，历来为兵家必争之地，历代王朝在此留下了的遗迹，文人墨客，迁客骚人，览物抒怀，遗诗三百，留下了不朽的华章。王顺山也是佛教圣地，庙宇、摩崖石刻自汉、北魏、隋唐至今，现存大量的遗迹。唐代大诗人韩愈遭贬谪，在此为雪所阻，留下"云横秦岭家何在，雪拥蓝关马不前"的佳句。"八仙"之一的韩湘子在此成仙,现存有碧天洞、成仙岭、舍身崖、林英嘴、铁瓦庙等。王顺孝母祠、蓝关古道、古栈道、农民领袖李自成部下当年操兵练马的马岗子等遗迹清晰可见。

(二)翠华山

山崩造化奇观。碧池天水微澜。燕舞莺歌影寒。泠泠溪畔。翠烟峰顶花繁。

【链接】

翠华山,位于西安市南23公里的秦岭北脉,海拔2132米,面积32平方公里。由碧山湖景区、天池景区和山崩石海景区三部分组成。以"终南独秀"和"中国地质地貌博物馆"著称。1992年被林业部评为"终南山国家森林公园",2001年被国土资源部评为"陕西翠华山山崩景观国家地质公园",2002年被国家旅游局评为"AAAA级旅游景区",2009年被联合国教科文组织评为"秦岭终南山世界地质公园"。

(三)南五台

崇山峻岭盘旋。翠岚缭绕仙坛。晚桂幽馨漫延。慈恩永远。暖晖秋树年年。

【链接】

南五台古称太乙山,位于西安南长安区境内约30公里,海拔1688米,为秦岭终南山中段的一个支脉,是我国著名的佛教圣地之一,有着"终南神秀之区"之称。《关中通志》载:"今南山神秀之区,惟长安南五台为最。"它是西安秦岭终南山世界地质公园核心景区,延袤十余里,有五座奇峰,最高处曰大顶,分别为

翠华山（黄会强/摄）

南五台（彭小艳/摄）

清凉、文殊、灵应、舍身、观音五峰,也称为五台,又因它与关中盆地北耀州区的五台山(药王山)遥遥相对,所以又叫南五台。

五台山中有植物近千种,有"特殊活化石"孑遗植物、观赏珍品七叶树、望春花、木槲树等,堪称博大的植物园,活的根雕博物馆。每当仲秋季节,野菊馥芳,金桂花落,一溪胭脂水,流香溢彩飘香山外……

画堂春·骊山春色

坳麓应和晚云轻。梦追古道星明。华胥姜寨启门闼。一脉长萦。

穿越绿波千里,花摇春树闻莺。岭中深峪涧流清。山水怡情。

【链接】

在关中腹心,秦岭与渭河形成了一个"半月形地带"。在"半月形地带"的东部,从灞河与浐河之间,秦岭延伸出了一个支脉,也是地垒式断块山,它有一个响亮而美丽的名字:骊山。

骊山并不算高,九龙顶是其最高峰,海拔1301.9米。它是秦岭晚期上升形成的突兀在渭河裂陷带内的一个孤立的地垒式断块山,山势逶迤,树木葱茏,远望宛如一匹苍黛色的骏马而得名,位于陕西省西安市临潼区城南,是秦岭山脉的一个支脉,海拔1302米,由东西绣岭组成。

《古迹志》云:骊山"崇峻不如太华,绵亘不如终南,幽异不如太白,奇险不如龙门,然而三皇传为旧居,娲圣既其出治,周秦汉唐以来,多游幸离宫别馆,绣岭温汤皆成佳境"。从古至今,无论是关于姜寨遗址先民、华胥氏部落和伏羲、女娲的美丽传说,还是经历了周幽王、春秋诸侯争霸图强的宏伟历史,或是见证扭转中国革命前进方向的热血事变,骊山,注定是一个演绎浪漫而传奇的中华故事的地方。

七绝 伽蓝寻幽（六首）

（一）大兴善寺

古刹开宗佛殿近，凡心遵善度鸿蒙。
三身灌顶千江月，五智如来万里风。

【链接】

大兴善寺，"佛教八宗"（即性、相、台、贤、禅、净、律、密）之一"密宗"祖庭，是隋唐皇家寺院，帝都长安三大译经场之一，位于长安城东靖善坊内（今西安市小寨兴善寺西街）。

《长安志》卷七载："寺殿崇广，为京城之最。"大兴善寺始建于西晋武帝泰始二年（266），原名"遵善寺"，已1700余年历史，是西安现存历史最悠久的佛寺之一。隋文帝开皇年间扩建西安城为大兴城，寺占城内靖善坊一坊之地，取城名"大兴"二字，取坊名"善"字，赐名大兴善寺至今。

隋唐时代，长安佛教盛行，由印度来长安传教及留学的僧侣在寺内翻译佛经和传授密宗。唐肃宗还在大兴善寺里设置灌顶道场，首开华夏灌顶之风。大兴善寺是一座具有中外影响的古刹，1956年被列为陕西省重点文物保护单位。1983年被国务院列为全国重点开放寺院之一。

（二）大慈恩寺

历览风云万里浮，一声雁叫曲江悠。
名闻遐迩唐时塔，灯映长安古寺秋。

【链接】

大慈恩寺是位于中国陕西省西安市南的一座著名的古刹，它始建于唐朝贞观

大兴善寺（石春兰/摄）

大慈恩寺（石春兰／摄）

二十一年（647），是为了纪念唐太宗李世民的母亲文德皇后长孙氏而建的。大慈恩寺不仅是唐朝的皇家寺院和国立译经院，还是中国佛教"佛教八宗"中"唯识宗"的发源地。1961年，大慈恩寺及其大雁塔被国务院列为全国重点文物保护单位；2014年，大慈恩寺和大雁塔作为文化遗产的一部分，被列入《世界遗产名录》。

大慈恩寺内最有名的建筑是大雁塔，它是玄奘法师在寺内主持工作时督造的，用以保存从印度带回的佛像、舍利和梵文经典。现塔高64米，塔身枋、斗拱、栏额均为青砖仿木结构。大雁塔后来成为玄奘翻译佛经的重要场所，对于研究汉传佛教有着极其重要的意义。

（三）荐福寺

密檐砖塔十三层，座上莲花映佛灯。
星隐紫微云散去，一轮明月为谁升？

【链接】

荐福寺，南北跨唐长安城安仁坊、开化坊，后以小雁塔为中心全部迁至安仁坊内（今西安市永宁门外友谊西路），始建于唐睿宗文明元年（684），是高宗李治驾崩百日后，皇室族戚为其献福而兴建的寺院，故最初取名"献福寺"。天授元年（690）改为"荐福寺"；神龙二年（706），扩充寺庙为译经院，成为继慈恩寺之后的又一个佛教学术机构；会昌五年（845），武宗灭佛，荐福寺是当时长安城明令保留的四座寺院之一（其余三座为大慈恩寺、西明寺、庄严寺）。

荐福寺塔，又称"小雁塔"，与大雁塔同为唐长安城保留至今的重要标志。始建于唐景龙年间，是中国早期方形密檐式砖塔的典型作品，原有15层，1556年华县大地震时塔顶两层被震毁，现存13层，高43.4米，塔形秀丽，是佛教传入中原地区并融入汉族文化的标志性建筑。

荐福寺塔（石春兰/摄）

（四）净业寺

樊川古寺隐终南，梵乐钟声伴夕岚。
名冠丛林瞻佛塔，律宗弘法礼檀龛。

【链接】

净业寺，作为中国"佛教八宗"之一的"律宗"祖庭，位于陕西省西安市长安区终南山北麓，距西安市约35公里。据《长安古刹提要》记载："律宗之净业寺，犹相宗之慈恩寺也。因道宣住终南山，又称为南山宗，今寺为各丛林之冠。"净业寺建于隋朝，唐初为高僧道宣的弘法道场，因而成为佛教律宗祖庭。律宗后由道宣再传弟子鉴真传到日本，成为日本律宗的始祖。净业寺是国务院确定的142座汉族地区佛教全国重点寺院之一，寺外峰顶上有道宣律师舍利塔巍然屹立，在中国佛教史上占有重要的地位。

（五）草堂寺

圭峰烟雾满庭秋，西域禅师达九州。
百福庄严钟磬远，清风朗月草堂幽。

【链接】

草堂寺位于陕西省西安市鄠邑区圭峰山北麓，创建于东晋，已有1600多年的历史。原为后秦皇帝姚兴在汉长安城西南所建的逍遥园，弘始三年（401），姚兴迎西域高僧鸠摩罗什居于此，苫草为堂翻译佛经，由此得草堂寺名。佛教中著名的"中观三论"——《中论》《百论》《十二门论》都是由鸠摩罗什在草堂寺译出，为三论宗的创立提供了经典，所以他被尊为该宗开祖，草堂寺也因此被奉为三论宗祖庭。

净业寺（芦忠良/摄）

（六）大佛寺

因山起刹掩疏槐，佛像依崖石窟开。
明镜台前寻觉路，慧心参悟拂尘埃。

【链接】

大佛寺位于陕西省咸阳市彬州市城关镇大佛寺村，原名应福寺，北宋仁宗为其养母刘太后庆寿时将其改名为庆寿寺。大佛寺石窟依山凿窟，雕石成像，共130多个石窟，错落有致地分布于约400米长的立体崖面上。共有佛龛446处，造像1980余尊，分为大佛窟、千佛洞、罗汉洞（佛洞）、丈八佛窟、僧房窟五部分。现存窟龛361个，其中有造像的窟19个，保留造像1498尊。

2014年6月22日，在卡塔尔多哈召开的联合国教科文组织第38届世界遗产委员会会议上，大佛寺石窟作为中国、哈萨克斯坦和吉尔吉斯斯坦三国联合申遗的"丝绸之路：长安—天山廊道的路网"中的一处遗址点，成功列入《世界遗产名录》。

如梦令·观音禅寺银杏古木

秦岭群峰峻峭。叶落满园金耀。漱玉拜观音，残漏青灯相照。幽纱。幽纱。禅院梵音缭绕。

【链接】

观音禅寺，位于陕西省西安市长安区东大街办罗汉洞村，距西安市约30公里，因祀奉观音菩萨而得名。始建于唐贞观二年（628），是樊川八寺（兴教寺、华严寺、兴国寺、牛头寺、法幢寺、禅经寺、洪福寺和观音寺）之一。据传，这里曾僧侣云集，寺内银杏古树是唐太宗李世民手植，距今约有1400年。"秋日午后终

大佛寺（李国庆／摄）

南清，古寺庭中一树金。万点黄叶落不尽，千年待子到如今。"深秋季节，银杏叶落，满地金黄，为终南山千年古刹之一绝。

乐游原踏青（词三首）

（一）春光好·青龙寺

松槐翠，满庭芳。赏春光。塔院几声钟鼓，正悠扬。

礼佛诵经祈福，驱灾四季安康。新竹萧萧闻梵乐，遍回廊。

【链接】

青龙寺，佛教八大宗派之一密宗祖庭，唐朝佛教真言宗祖庭，位于西安市城东南的乐游原上。该寺建于隋文帝开皇二年（582），原名"灵感寺"。唐龙朔二年（662）复立为观音寺。景云二年（711）改名青龙寺。

（二）定风波·樱花季

叠翠堆红画里天。蜂飞蝶舞鸟鸣欢。醉了游人皆忘返。迷恋。满园春色共流连。

莫笑媪翁行不倦。心暖。樱花飘落似飞仙。万里苍穹光影幻。悠远。登高眺望水云间。

【链接】

1986年，青龙寺在建造日本和尚空海纪念碑时，来自日本友人及佛教协会馈赠的象征友好和平的樱花树被植入寺院内。每到阳春三月，寺院内600多株樱花

观音禅寺千年银杏（余正猛／摄）

竞相开放，清新淡雅的"染井吉野"、雍容华贵的"杨贵妃"、端庄高雅的"普贤像"，游人畅游其中，别有一番情趣。

（三）捣练子·乐游原

杨柳翠，万花红。上巳吹来古汉风。广袖蝶裙多美女，乐游苑上尽玲珑。

【链接】

乐游原在秦代属宜春苑的一部分，得名于西汉初年。《汉书·宣帝纪》载，"神爵三年，起乐游苑"。因"苑"与"原"谐音，乐游苑即被传为"乐游原"。

乐游原，位于西安城南，是唐代长安城内地势最高地，登上它可望长安城。唐代诗人李商隐在这里写下了《乐游原》的诗作："向晚意不适，驱车登古原。夕阳无限好，只是近黄昏。"

七绝　古道探赜（六首）

（一）秦驰道

官路壕沟万里遥，春风旷野遍荒蒿。
劫灰飞尽归尘土，萝径蓬门对碧霄。

【链接】

秦始皇统一六国后第二年（前220），就下令修筑了以咸阳为中心通往全国各地的驰道。著名的驰道共有9条，有出今高陵通陕北的上郡道、过黄河通山西的

秦直道文化苑（卜杰／摄）

临晋道、出函谷关通华北的东方道、出商洛通东南的武关道、出秦岭通四川的栈道、出今陇县通西北的西方道和出今淳化通九原的秦直道等。

（二）蓝武道

名关要道通秦楚，车过辚辚万马巡。
商水迢遥云驿渡，辋川诗境月无尘。

【链接】

蓝武道，是古代长安翻越秦岭，东南向通往南阳、荆襄以至江南、岭南的驿道。因途经蓝田关、武关，故名蓝武道或武关道；又因自长安先到达商州，唐时又名商山路。蓝武道开辟于商末周初，荆楚部族首领鬻熊受封为楚子，在率族人自关中移居江汉时开辟此道。在诸驿道中地位仅次于潼关道。

（三）子午道

楚汉争雄凭栈道，深山峡谷乱云红。
荔枝一路飞千骑，冠羽如花逐北风。

【链接】

子午道，也称子午栈道，是中国古代，特别是汉、唐两个朝代，自京城长安通往汉中、巴蜀及其他南方各地的一条重要通道。因穿越子午谷，且从长安南行开始一段道路方向正南北向而得名。子午道全长1500多公里，其中穿行于山间的谷道占80%以上，道路崎岖，沿线居民稀少，物资供应和安全保障存在诸多困难，致使此道利用率较低。

子午道开辟于秦末汉初。《读史方舆纪要》记载："项羽封沛公为汉王，都南郑。汉王之国，从杜南入蚀中，去辄烧绝栈道。盖即此（子午道）。"汉高祖刘邦

蓝武道（黄会强/摄）

去汉中，派张良烧子午栈道之后，到平帝元始五年时，王莽下令修凿子午道，并设置子午关。此后，子午道经常被以关中为根据地的政权用作进攻汉中、安康以至四川、湖北等地的通道。也经常被以南方为根据地的政权用作攻打北方长安的通道。

历史上子午道曾经两度辟为国家驿道，一是东汉安帝初年，因甘肃、青海羌族聚众起义，占领四川北部陕南西部，褒斜道与故道因之断绝，子午道遂替代上述两道辟为国家驿道；二是唐初修治子午道辟为驿道，尤其天宝年间，唐玄宗为满足宠妃玉环食新鲜荔枝的喜好，建起一条专供荔枝运输的驿道，子午道延伸经西乡、镇巴至涪州，史称"荔枝道"。

（四）傥骆道

古道遗痕万木幽，峰头霓彩映群丘。
无边落叶随风舞，湑水环林向北流。

【链接】

傥骆道，是一条从长安到汉中入蜀的千年古道。傥骆道北从陕西周至骆峪进秦岭，南由洋县傥水河谷入汉中，全长240公里，是褒斜道、子午道、金牛道、故道、连云栈道等古道中最快捷也最险峻的七条蜀道之一。傥骆道虽得名于傥谷和骆谷，但两谷并不直接相通，中间要经过西骆谷水、黑水、湑水、酉水、傥水等河谷，翻越西骆谷水与黑水之间的十八盘岭、黑水与湑水之间的秦岭主脊、湑水与酉水之间的兴隆岭、酉水与傥水之间的牛岭和贾岭梁等四五座大山岭，而且西骆水河谷（约20公里）与傥水河谷（约50公里）的路段仅占全程约1/7，所以，傥骆道是由众多谷道组成的一条迂回曲折的山谷道路。三国时期，刘备在汉中建立了抵抗曹魏的军事基地，征战进退时，傥骆道是通北的首选道路。中唐以后，傥骆道成为官道，路上曾经遍布亭帐馆舍，以备军旅之用，官员上任、回京述职、致仕返乡，多行于此路。

（五）褒斜道

水分南北两乾坤，褒谷山中日月吞。
千仞凌云开石径，危崖栈道马惊魂。

【链接】

　　秦汉时期，褒斜道是首都咸阳和长安通往陕南、四川的主要驿路。现在的褒斜道南起褒谷口（汉中市大钟寺附近），北至斜谷口（眉县斜峪关口），沿褒斜二水行，贯穿褒斜二谷，故名，也称斜谷路，为古代巴蜀通秦川之主干道路，全程249公里。褒斜道在中国历史上开凿早、规模大、沿用时间长。《读史方舆纪要》称："褒斜之道，夏禹发之，汉始成之，南褒北斜，两岭高峻，中为褒水所经，春秋开凿。秦时已有栈道。"栈道始建于战国范雎相秦时期。在路经的悬崖绝壁间穴山为孔，插木为梁，铺木板连为栈阁，秦惠文王更元十一年（前314）秦派张仪、司马错伐蜀，大军即经此道，原来的谷道此时已开凿成能通过大部队和辎重的栈道了。

　　三国时期魏蜀相争，褒斜道一度断绝，但其间也曾有四次大的修葺。唐代前期，褒斜旧道仍通行旅，但非驿路。唐中叶以后，褒斜道已离旧线，行于宝鸡、散关、凤州间的陈仓道。宋元明清以来，均以唐斜谷道（连云栈道）为入蜀大驿道。

（六）秦巴道

绝壁危崖野径悬，连云栈道马难前。
天梯陡峭关山越，历井扪参近九天。

【链接】

　　古代秦巴先民克服秦岭、大巴山阻隔，开通了数条陕川东线古道，主要是从

秦楚古道（蒋培南 / 摄）

长安通往万州、开县、通州的道路，史称秦巴古道。秦巴古道不仅是一条以茶、盐贸易为主的经济动脉，一条扼守秦巴门户的军事通衢，还是一条秦、巴、楚多元文化交融的文化走廊。

七绝　秦岭野趣（十七首）

（一）土门峪

天池寺傍北高峰，唐塔千年伏二龙。
樊川之畔云雾起，犹闻醒世古时钟。

【链接】

土门峪，位于西安市长安区王莽乡土门峪村，峪内西南山顶上有千年古塔二龙塔而闻名。村南依终南山玉案峰，东接竹沟口，西连太乙蛟峪山，北俯樊川。清嘉庆十七年《咸宁县志》上就有记录，村南土山上有一沟，沟口两侧笔直如门，是行人上山的出入口，故名土门峪。

二龙塔，建于唐太宗贞观六年（632），传说曾有二恶龙缠斗于此，搅得土门峪、蛟峪山周围鸡犬不宁，后造此塔以镇之。二龙塔的存在两种说法，一种认为此塔为灵骨塔，明赵《游城南》记："考寺直至玉案山北，是故龙池寺。东北坡上，有昙远禅师塔。"另一种认为二龙塔为风水塔，据《咸宁县志》载："二龙里有天池寺"，因古时塔建于二龙里，故称二龙塔。

（二）跑马梁

七彩斑斓岁暮时，神仙脚印问归期。
雄峰如笋双头马，似见蹄飞唱我诗。

二龙塔（李国庆/摄）

跑马梁（胡建乔/摄）

【链接】

跑马梁，坐落在秦岭腹地宁陕县与西安市交界处，山峦辽阔壮丽，云海绝伦，千姿百态的奇石林立，位于秦岭鹿角梁和冰晶顶之间，放眼望去，如一匹巨大的骏马矗立于秦岭南坡的深沟大壑中。

（三）厚畛子

越岭穿云到老城，佛坪古寨四畴平。
三门垛堞围街宅，蓬户泥墙别有情。

【链接】

厚畛子镇，处秦岭北麓，地势南高北低。地形山势起伏，层峦叠嶂，沟壑交横。境内最高山峰太白山拔仙台位于西南南部边界；最低点位于八一村，海拔1200米，隶属于陕西省西安市周至县，地处周至县西南，秦岭腹地。现辖老县城等10个村。

所谓老县城，原为佛坪县县城，始建于清道光五年（1825）。境内保留有许多清代遗迹：古城墙、厅署、司狱署、文庙、城隍庙、三圣祠、灵泉、接官亭、石刻碑志等，百余年间，这里是佛坪政治、经济、文化中心，也是长安至汉中的交通枢纽、南北物资交流中心。老县城地处秦岭山脉中，四面环山，有大片未曾开发的原始森林，常有大熊猫、金丝猴、羚牛、豹子等出没。

（四）黄柏塬

阶上苔痕缀浅黄，遍山箭竹绿苍茫。
熊猫匿迹藏憨态，野外羚牛卧树旁。

黄柏塬（吴航飞/摄）

【链接】

黄柏塬原生态风景区位于秦岭南麓腹地，太白山西南角，与周至、佛坪、洋县等相邻，面积896平方公里。地处太白山自然保护区、牛尾河大熊猫保护区、陕西省水生野生动物保护区核心区域，有珍稀野生动植物2000余种，是秦岭之中最具原始生态的地区之一。有大岭云海、鳌山登山口、羚牛沟、湑水河水库、大箭沟、核桃坪、傥骆道、都督门、老县城、青峰峡等主要景点。

（五）大熊猫

隐士闲居在竹林，体憨性敏独沉吟。
震天一吼声威武，身沐余晖几缕金。

【链接】

大熊猫已在地球上生存了至少800万年，被誉为"活化石"和"中国国宝"，世界自然基金会的形象大使，是世界生物多样性保护的旗舰物种。大熊猫是中国特有物种，主要栖息地是秦岭。截至2023年年底，中国大熊猫种群到达2592只，其中野生的大熊猫有1864只，人工圈养的大熊猫有728只。世界自然保护联盟将大熊猫的受威胁等级由"濒危"调整为"易危"。

（六）金丝猴

一声呼唤满山猴，争食嘶鸣抢破头。
仰鼻挠腮欢闹去，倒翻筋斗挂金钩。

【链接】

金丝猴，是灵长目猴科仰鼻猴属的统称，又称仰鼻猴。因身体长着柔软的金色长毛得名。常年栖息于高海拔地区的森林中，是典型的昼行性森林树栖动物。

秦岭大熊猫（黄会强／摄）

秦岭金丝猴（李国庆／摄）

金丝猴是地球上稀有的珍贵动物之一，栖息的森林被砍伐破坏及过度捕猎，使它们的处境岌岌可危。在《世界自然保护联盟濒危物种红色名录》中属于濒危，被中国列为一级保护动物，秦岭已建立西安周至等金丝猴保护区。

（七）朱鹮

林莽山间振翼飞，金堤丹水洗羽衣。
清波红掌涟漪漾，心向云天久不归。

【链接】

朱鹮栖息于温带山地森林和丘陵地带的邻近水源处，因成鸟的脸部呈朱红色，双翅展开飞行时，翅膀后部和尾羽下侧也呈朱红色，耀眼而美丽，故名。

朱鹮曾一度濒临灭绝，在陕西洋县才得以保护繁衍生息下来。被中国列为一级保护动物。据国家林业和草原局朱鹮保护国家创新联盟统计，2023年，陕西野化放归朱鹮种群560只，野生朱鹮种群总数达6600余只，全国朱鹮种群数量达9800多万只，受危等级由极危调整为濒危。

（八）秦羚牛

曾临峭壁吼声粗，犄角呈威面有须。
黄蜡毛皮憔悴损，栏中久困仰天呼。

【链接】

羚牛，偶蹄目牛科羚牛属哺乳动物，体形粗壮，而头小尾短，又像羚羊，故名羚牛。它共有4个亚种，其中秦岭亚种为我国所特有，是4个羚牛亚种中体形最大的一个，雄性个体体重可达350公斤，雌性仅重约250公斤。

羚牛栖息于秦岭2500米以上的高山森林、草甸地带，纵横于悬崖峭壁之间，

朱鹮（黄会强／摄）

羚牛（李国庆／摄）

如履平地；喜群居，小群只有3—5头，大群20—30头，甚至多达50头。最新调查发现，我国秦岭羚牛的遇见率高，种群数量已超过1万头。被中国列为一级保护动物。

（九）万岭秋

雨后丹枫万岭秋，淙淙碧水绕山流。
千年秦地歌风雅，怀古登轩上北楼。

【链接】

木王山庄，位于陕西省商洛市镇安县木王镇，紧临陕西木王国家森林公园。辛丑年秋天，笔者应邀在木王山庄清沁园北楼参加西北大学出版社《话说陕西：周秦汉唐通俗读本丛书》修编讨论会。大家围绕着周、秦、汉、唐所代表的中国历史上不同时期的政治、经济、文化和社会特点畅所欲言。一致认为，中国历史上最伟大的朝代都选择建都于长安，绝非偶然，有其内在的规律。无论是封建制度的建立、统一的中央集权、对外开放与包容，还是科技的发展和文化的繁荣，都创造了中国历史上的辉煌，为后世留下了极为宝贵的遗产，应浓墨重彩地讲好这段陕西故事。

（十）遇羚牛

驱车迤逦下山坡，邂逅羚牛掩绿柯。
一任连声齐喝彩，高低寻路不争多。

【链接】

丛书讨论会结束，适逢雨后，秋阳当空，万山红遍，层林尽染。几位友人相约，到木王山景区观赏霜天红叶。崖边林暗百花休，秦山唤醒暮云秋。傍晚时分，我们乘坐景区的游览车下山，在景区的道路旁，忽见一群羚牛，从深山密林

万岭秋（黄会强/摄）

中走了出来。大家连忙用手机抓拍下了这一难得的瞬间，我便口占七绝以纪之。

（十一）细鳞鲑

苍茫幽谷入深秋，鲑戏花溪自在游。
春跃龙门回溯去，空馀潭影玉如钩。

【链接】

细鳞鲑，是鲑形目鲑科细鳞鱼属鱼类，俗称山细鳞鱼、江细鳞鱼、间鱼、间花鱼、金板鱼、花鱼、梅花鱼、小红鱼等。秦岭的细鳞鲑，一般栖息于海拔500米以上的山涧溪流，要求水质清澈，富含溶解氧，常年水温不超过20℃。主要摄食无脊椎动物、小型鱼类等，也捕食蛙类及小型的啮齿类。被中国列为二级保护动物。

（十二）观荷塘

千枝菡萏满池开，盛暑游人次第来。
出水芙蓉娇欲滴，夕晖清韵绝尘埃。

【链接】

千亩荷塘，位于眉县金渠镇河底村，南望秦岭，北临渭河，建于2016年，占地75万平方米，荷塘22.7万平方米，栽植荷花水生植物20多种，建有步道长廊、观荷塔、荷香亭等景观，是集渭河整治、生态修复、人工湿地、荷塘观光为一体的湿地文化景观项目。

（十三）捉放蝉

金蝉高唱入疏桐，声远何须藉夏风。

秦岭荷塘（黄会强/摄）

月下寻踪知蜕变，莫摧残梦惜鸣虫。

【链接】

戊戌夏日，余应邀到太白山下的中铁二十局集团有限公司培训中心（对外也称520）讲学。当天下午，大雨滂沱，傍晚时分，雨过天晴，明月高悬。夜晚大院里灯火辉煌、蝉声四起。在培训中心老师的带领下，余等数人循着树丛，寻觅蝉踪。不一会儿，就从树上捉住数十只刚从土中钻出来的金蝉，在手电灯下观其蜕变的全过程，后怜其蜕壳之艰辛而全部放生。

（十四）石鼓窟

澄水激流三折回，山溪穿峡起惊雷。
河西佛坐莲台上，古柏苍苍窟顶栽。

【链接】

石鼓峡石窟，位于麟游县城东北的县北村附近，石窟坐落在澄水河西岸。窟内石刻坐佛一尊，刻于乾符二年（875），佛像跌坐于莲台之上，造型高大逼真，莲台雕作细腻传神。石窟洞口被一棵形似华盖的古柏遮掩，风雨难入窟内。澄水流经此处，两岸巨石叠嶂，冲出一峡，狭窄如线，河床高低相差十余米，水流湍急，飞泻而下，涛声如擂鼓，故名曰石鼓峡，俗称响石潭。

（十五）拔仙台

福地云天万里烟，流岚残月拜神仙。
冰川乱石存遗迹，断垒盘旋路似弦。

【链接】

拔仙台是秦岭主峰太白山的最高顶,海拔3771.2米,是我国大陆东部的第一高峰,也是陕西省的海拔最高点。相传这里是姜子牙封神的地方,拔仙台顶小观上供奉着据说姜尚封神点仙所坐的椅子。拔仙台形似三角锥体,高耸入云,极为险峻。拔仙台气候寒冷,积雪期长达8—9个月,故有"太白积雪"一景,人称"太白积雪六月天",为关中八景之一。

(十六) 神仙岭

神仙眷顾有天梯,四嘴山高栈道奇。
太白在前方咫尺,画廊百里不须疑。

【链接】

神仙岭位于眉县营头镇境内,地处秦岭北麓红河流域。两岸景色,犹如百里画廊,优美逶迤的山岭,蜿蜒盘旋,犹如一条正在酣睡的巨龙。神仙岭海拔2680米,区内老树枯藤、植被丰茂,神仙石天外飞仙、孤峰耸立。凌云栈道位于神仙岭四嘴山,全长1265米,如一架天梯从天而降,蜿蜒而至,行走之上,惊险奇绝,是除华山长空栈道外的"陕西第二险"。

(十七) 紫柏山

置身云雾此山中,难识真容蔽半空。
忽有风来纱褪去,群峦险嶂现峥嵘。

【链接】

紫柏山位于秦岭南麓留坝县境内,系秦岭主峰太白山支脉,海拔1300—2600米,山上古树多紫柏,故名紫柏山。

紫柏山，山岳巍峨，云雾缭绕，有九十二峰、八十二坦、七十二洞，风景如画，堪称秦巴千里栈道"第一名山"。景区集高山草甸、珍奇动物、稀有植物、原始森林，峰、岩、洞、坦、泉、溪与峡谷为一体，素有"黄山归来不看岳、九寨归来不看水、紫柏归来不看草"之说。

紫柏山下的古营盘，两汉三国时期历史遗迹众多。"明修栈道、暗度陈仓"的陈仓道就经过这里；诸葛亮六出祁山有五次从定军山沿陈仓道经过这里，并在此安营屯驻；姜维大战铁龙山的典故也发生在这里，至今张良庙、司马寨、铁龙山、牧场、点将台、西城墙、郭淮墓等遗迹历历在目。

南山采药三题

（一）捣练子·山林采药

幽谷静，远村空。雨后南山采药中。踏露芳丛寻百草，遍尝五味万枝红。

（二）好事近·营救白狐

邂逅白狐时，惊见命悬沟坎。设法想方排险。
救危忙铺簟。慈悲常寄护生心，相别则无憾。回望又将头点。两眸蓝光闪。

（三）采桑子·小峪紫陌

芒鞋木杖登秦岭，翠绿残红。云淡天空。一望山林沐夏风。

营救白狐（石春兰/摄）

轻歌唱罢人归去，采药云中。青史尘封。何觅丹砂忆葛洪。

【链接】

辛丑年（2021）夏日的一个清晨，我随同中医好友丁辉和采药师爬山越岭，进入秦岭深处，寻百草、尝五味。在我们穿越一个激流险滩时，忽然发现一只白色的小狐狸，被困在三面是湍急溪流的沟壑里，正颤颤巍巍地张目四望。当它看到我们时，蓝色的眼睛似乎发出求救的目光。大个子张琳会长，跳进狭窄的沟坎，小心翼翼地用棍子把狐狸轻轻地拨进采药的箩筐中。大家一鼓作气把箩筐拉了上来。把白狐放在一个平坦的草丛中，通人性的它，眼睛闪现光芒，不停地点头、摇尾。大家兴奋地拍视频、照相，与可爱的小精灵互动，舍不得离开。当看到我们一行离去之后，白狐才飞快地消失在茫茫丛林中。

临江仙·楼观台

尹喜楼观天象，先师曾授真经。云开遥见紫微星。忽闻丝竹奏，吉日问慈宁。

天道往还无数，阴阳玄妙随形。杖藜寻迹品碑铭。仙都花解语，蓥宇尽芳馨。

【链接】

楼观台位于秦岭山脉的终南山北麓中部的山前台原和浅山区。南依秦岭，千峰耸翠，犹如重重楼台相叠，山间绿树青竹，掩映着道家宫观，古称石楼山。山前梁岗起伏，属于黄土丘陵，楼观现存的核心景观说经台，建在海拔580米的山岗上。台北与扇形的土坎相连，面向如画的秦川渭水，宋代苏轼游此吟有名句："此台一览秦川小。"

楼观台，又称"说经台"，是道教文化的发祥之地，中国著名的道教圣地，

楼观台（黄会强／摄）

素有"天下第一福地"和"仙都"之称。自周代开始，历代朝廷均曾相继在尹喜故居楼观台建庙立观，形成了众多的宫、观建筑群。历史上唐建宗圣宫是楼观台的中心。

据《史记》、道教《文始传》《楼观内传》载：西周时，尹喜结楼观星在今楼观台，老子于周昭王二十三年（一说二十五年）七月，驾青牛薄板车到关，尹喜迎入官舍，北面而师事之。老子著《道德》五千言，传于尹喜。"楼观为天下道林张本之地。"楼观道派在两晋南北朝间形成，至唐进入鼎盛期。天下道教以此为宗。

天仙子·水润长安

（皇甫松体）

晴野八川秦岭汇。环绕长安如经纬。亭台印月欲追云，霞彩蔚。游客会。山水润城人尽醉。

【链接】

西汉文学家司马相如在著名的辞赋《上林赋》中写道"荡荡乎八川分流，相背而异态"，描写了汉代长安上林苑的巨丽之美，以后就有了"八水绕长安"的说法。

环绕长安城的八水指的是渭、泾、沣、涝、潏、滈、浐、灞八条河流，它们在西安城四周穿流，均属黄河水系。渭、泾是其中两条大的河流。渭河是黄河的最大支流，发源于甘肃省渭源县，于陕西潼关注入黄河。泾河是渭河的最大支流，干流发源于六盘山东麓宁夏回族自治区泾源县，于高陵区蒋王村汇入渭河左岸。其余的六水都是从秦岭中流出的，直接汇入渭河。然而由于时代变迁，浐河已成了灞河的支流；滈河成为潏河的支流，潏河又与沣河交汇。

水润长安（李文泽/摄）

黑河引水工程感赋

（一）七绝　黑河引水三吟

须知引水进西安，多少艰辛历万难。
义务挖渠凭众力，施工处处笑声欢。

严冬围堰锁微澜，夏日拦河治水滩。
横越终南穿峪口，引流跃上少陵原。

长渠汇聚蔺家湾，峪漫烟云涧水湲。
如涌山泉来不易，曲江流韵揽云还。

（二）七律　金盆大坝开闸

断流溪涧未相连，久盼甘霖数十年。
三伏水荒生怨怼，四时旱魃困江川。
建渠织网同劳作，筑堰疏沟共克坚。
重会金盆今聚首，五河汇合送清泉。

【链接】

自古八水绕长安，但近代以来，西安城市供水一直十分紧张。城墙内仅有一口"甜水井"，市民饮用的大多是苦咸的高氟水。虽然20世纪50年代办起了自来水厂，但随着城市规模扩大，自来水供应日趋紧张。许多单位打自备井汲取地下水，造成地裂缝扩展，大雁塔倾斜。黑河引水工程从20世纪中期就开始谋划，

引汉济渭（李国庆/摄）

直至1982年省上成立了西安黑河引水工程建设领导小组，1986年经国务院批准，黑河、石头河、石砭峪、田峪、丰峪五水并流、惠济古城的生命线工程，于1987年破土动工。

后因资金短缺，工程建设举步维艰，曾动员部队和市民义务劳动，完成了近百公里暗渠管网的基础工程。1995年起，西安连续三年遭遇大旱，自来水断流，城内发生严重水荒。省上把黑河引水作为全省基础设施建设的重中之重，要求加快工程进度。其间笔者曾随同省市领导，冒着严寒酷暑，多次到工地慰问、现场办公。搬迁仙游寺，凿开导流洞，筑起金盆大坝……

2001年12月，黑河引水主体工程胜利竣工，可向西安市日均供水110万立方米，终于结束了古城水荒的历史。

画堂春·南水北调滋关中

高堤锁澜紫微中。群山翠绿空濛。碧流深潜叹神工。长堰如虹。南水北调波漾，繁滋百业兴隆。汉江济渭逐飞鸿。世上称雄。

【链接】

引汉济渭工程，是继黑河引水进西安之后，国家"十三五"的重大水利工程，旨在将长江最大的支流汉江的水调入黄河的最大支流渭河，实现长江和黄河两大流域之间的水资源互通，解决陕西关中西安、咸阳、渭南、杨陵等地缺水的困境，极大改善了陕北地区的生态环境，其意义不亚于两千多年前秦人开凿的郑国渠。

七言　登城墙有怀

终南夕照秋云近，雄峻壁立苔痕萦。
千秋雉堞今犹在，伫听风铃攀庵行。
十三皇朝兴废地，读史处处见衰荣。
隋灭北周建大兴，堑河环绕护宫城。
孤独帝廷生内变，唐王辕门列旗旌。
九重阊阖开天阙，万邦来朝礼相迎。
安史之乱劫未了，城破桥圮势如倾。
有明方知缓称霸，积粮筑墙饬门楹。
几代兴替烟灰灭，城阙荒凉尽颓甍。
怅望四隅化尘土，墙头残雪悲怆情。
修葺垣墉景如旧，五位一体更闻名。
日出章台祥光动，月下步道瑞气盈。
沧桑斑驳镌墙上，长安远播钟鼓声。

【链接】

西安城墙，是中国现存规模最大、保存最完整的古代城垣，是第一批全国重点文物保护单位、国家 AAAAA 级旅游景区，也是第一批全国重点文物保护单位中唯一的城垣建筑。2022 年西安城墙被国家文物局入列《中国世界文化遗产预备名单》。

西安明城墙位于陕西省西安市中心区，墙高 12 米，顶宽 12—14 米，底宽 15—18 米，轮廓呈封闭的长方形，周长 13.74 公里。留下如今的城墙的轮廓，长期以来人们习惯称城墙内为古城区，面积 11.32 平方公里，著名的西安钟鼓楼就位于古城区中心。

西安城墙始建于隋代，隋灭北周之后，在汉城未央宫的东南的龙首原上新建

西安城墙（石春兰／摄）

了大兴城和城墙。唐城墙是在隋朝皇城基础上缩建的。

明太祖采纳开国谋臣朱升的建议"高筑墙、广积粮、缓称王",号令各府县普遍筑墙修城。由于西安的政治军事地位极高,明代对西安城墙的修筑尤为重视。任命长兴侯耿炳文和都指挥使璞英主持修筑,历时八年竣工。此后数百年间,城墙随着古城的变迁,而日渐衰破败。

共和国成立以后,尤其是1983年以来,陕西省和西安市人民政府对这座古城墙进行了大规模的修缮,使这座古建筑重新焕发了光彩。从20世纪80年代的"全民保护城墙工程"到如今的"预防性保护"探索实践,从"修修补补"到形成一个"墙、林、路、河、巷"五位一体的城墙景区。西安护城河始凿于唐末,历经多次清淤、疏浚,现为国内仅存的四条古护城河之一。2023年入选水利部国家水利风景区高质量发展典型案例。

沁园春·秦陵怀古

明月当空,极目江河,星耀宇寰。忆金戈铁马,旌旗招展;狼烟烽火,箭镞飞穿。驰骋挥戈,中原逐鹿,横扫东西破百关。巡边策,灭诸侯称霸,一统江山。

四方疆域相连。得天下,秦宫九鼎还。冀帝皇家业,集权在手;坑儒焚籍,岂敢陈言。百仞宫墙,化为焦土;可叹王朝二世完。如梦也,觅排山兵将,尽付荒烟!

【链接】

秦始皇陵,中国历史上第一位皇帝嬴政(前259—前210)的陵寝,位于陕西省西安市临潼区城东5公里处的骊山北麓,是中国第一批世界文化遗产、第一批全国重点文物保护单位、第一批国家AAAA级旅游景区。

秦始皇陵建于秦王政元年(前246)至秦二世二年(前208),历时39年,是中国历史上第一座规模庞大、设计完善的帝王陵寝,有内外两重夯土城垣,象征着帝都咸阳的皇城和宫城。秦子婴元年(前206),秦始皇陵遭遇了第一次也可能是最大的一次劫难。据《史记·高祖本纪》《汉书·卷一·高帝纪第一上》《汉书·卷三十六·楚元王传第六》记载,项羽攻入关中后,大规模破坏秦始皇陵,地面建筑毁于一旦,并挖掘了帝陵。

七言　秦俑博物馆

铠甲未解手握弓,骁悍不驯站如松。
兵骑七千雄风在,秦扫六合势如虹。
虽与始皇皆遁去,钲鼓未歇睁双瞳。
与子同袍戈矛整,战车辚辚追夷狨。
异国烽烟惊风雨,一任此身寄飞蓬。
壮士风骨傲天下,骊山渭水寻遗梦。

【链接】

秦始皇兵马俑博物馆位于西安市临潼区秦陵镇,成立于1975年11月秦始皇兵马俑筹建处,于1979年10月1日正式开馆,建于临潼区东7.5公里的骊山北麓的秦始皇帝陵兵马俑坑遗址上,西距西安37.5公里,和丽山园合称秦始皇帝陵博物院。

1974年3月,兵马俑被发现。1987年,秦始皇陵及兵马俑被联合国教科文组织批准列入《世界遗产名录》,并被誉为"世界第八大奇迹",成为中国古代辉煌文明的一张金字名片,被誉为世界八大古墓稀世珍宝之一。

秦始皇陵（李文泽/摄）

七绝　咏昆明池（六首）

（一）演习水师

指麾击棹唱秋辞，汉武当年习水师。
欲伐昆明陈战舰，踏平西海势穿池。

【链接】

汉武帝曾派使臣打通西南夷通往身毒、大夏的道路，因经昆明时遭阻，帝大怒。元狩三年（前120），汉皇"欲出昆明万里师"，在长安西南仿照滇池地形开凿了昆明池，并置办兽形雕饰的战舰百艘，习练水师。用扬子鳄的皮作鼓面，击鼓出征，青帜白旌，迎风招展，箭羽枪缨，气势如虹。

（二）昆池劫灰

连池波涌有艨艟，拓土开疆立世功。
何觅旌门灵沼处，远征黩武怅秋风。

【链接】

汉武帝接受董仲舒尊崇儒术的建议，还采纳桑弘羊建议，将冶铁、煮盐、铸钱收归官营，国力日盛。并派张骞两出西域，任用卫青、霍去病为将，出击匈奴，夺取河西走廊，将当时汉朝的北部疆域从长城沿线推至漠北。既有平南越、斥匈奴、兴太学、崇儒术的文治武功，又有敬神仙、请方士，因横征暴敛致使"流民愈多，盗贼分行"的过错。踌躇满志的汉武帝在"秋风起兮白云飞，草木黄落兮雁南归"的时节，不由得发出"乐极哀来"的感叹。

（三）七夕传说

鹊桥遥对广寒宫，鹬鸟飞来入碧空。
守望年年迎七夕，镜花几度映灯红。

【链接】

东汉杨震撰《关辅古语》记载："昆明池中有二石人，立牵牛、织女于池之东西，以象天河。"据考证，唐肃宗时，这里就建有石父、石婆神祠，史有七夕相会传说的记载。现发现的牛郎织女石像，民间称为石爷石婆，是西汉时期的石刻遗存，距今已有2000多年的历史。

（四）历朝绮梦

七夕园林伴紫宫，申遗协力借东风。
历朝旧事连绮梦，荷苑披霞万古同。

【链接】

"沣东故址可探微，引汉为湖起绿帏。滋润万家怀盛世，一池碧水映晨晖。"斗门水库，作为国家"十三五"水利重点项目"引汉济渭"的输配水工程，已由沣东新区管委会在西咸新区沣河新城原昆明池旧址开建。通过梳理昆明池兴衰的脉络，挖掘弘扬我国这一古代最大的人工湖作为最早的水军训练基地、牛郎织女传说的起源地、七夕文化发祥地的历史文化价值。

（五）皇家池苑

宫阙华灯映水池，楼台夜宴共吟诗。

鹊桥仙（邹建江／摄）

赤鲸腾跃花千树，车马萧萧忆旧时。

【链接】

昆明池畔自东汉后成为皇家游览胜地和文人酬唱之所。传说景龙三年（709）唐中宗李显巡游至此，以赤鲤跃水为吉兆。至北宋时，昆明池逐渐废弛干涸，风光不再。如今重建的斗门水库，在兼顾供水、蓄洪、修复生态环境等功能的同时使当年皇家池苑的景象得以再现。

（六）读《秋风辞》

汉武秋风击棹歌，泛舟箫鼓济汾河。
英雄迟暮犹长叹，少壮悲欢老奈何？

【链接】

汉武帝在位54年，征伐四方，文治武功，君临天下，山呼万岁；后因迷于封禅求仙，挥霍无度，徭役繁重，致使民力日殆，国库虚空。当年汉武帝击棹所作《秋风辞》云："欢乐极兮哀情多。少壮几时兮奈老何！"竟然一语成谶，晚年陷于巫蛊，杀戮太过，父子相残，太子自杀，托孤霍光。汉武帝悔悟痛思，遂下《轮台罪己诏》曰："朕即位以来，所为狂悖，使天下愁苦，不可追悔。自今事有伤害百姓，糜费天下者，悉罢之。"

七绝　长安即兴（八首）

（一）迎宾入城

门启永宁回大唐，落霞流彩映城墙。

笙歌丝竹霓裳舞，鼓乐华灯日月长。

【链接】

长安，是中国古城史上平面规模最宏大的城市之一。尤其是唐代长安城，成为当时东方世界的中心。历代王朝皇城的正南门，都是皇帝出巡和迎接重要贵宾来访的御用之门。正南门即永宁门，建于隋初开皇二年（582），取永保安宁之义，是西安历史最久、沿用时间最长的一座城门。西安城墙永宁门仿唐入城仪式，是古都西安的标志性演出节目，也是西安接待中外嘉宾的最高礼仪。

西安仿古迎宾入城仪式主要参照古礼中的宾礼和盛唐时期的《开元之礼》仪规，并融入古代民间的礼仪内容。在1996年世界古都大会上首次正式亮相，自2014年演变提升为城墙品牌文化演出。整场盛礼分为"盛礼巨献"和"逐梦丝路"两个部分，展现中华礼仪之邦对各国友好往来、世界欣欣向荣的永恒祈愿。美国总统克林顿、新加坡总理吴作栋、印度总理莫迪等许多海内外元首、贵宾，都曾在此观赏过这一国宾级文化盛礼。

（二）梦幻长安

风韵隋唐绮梦长，千秋城阙奏华章。
胡姬商贾来西市，丝路迢遥夜未央。

【链接】

长安，是众多国人心目中的天子之都、梦想之城。西安明城墙的东南西北四门之外，皆围有一座方形瓮城。南门瓮城，为明清西安城南门外拱卫城门的小城。此城门原为隋唐长安皇城的安上门，唐末韩建以皇城改筑为新城时保留了此城门。西安南门瓮城不开正门，属于明代城堡正门瓮城建筑的一种制式。南门瓮城大型歌舞表演，以"梦长安"为主题，有"永恒之城""唐韵风神""盛世国都""天下长安"四个章节，将1400多年前的大唐文化艺术元素演绎得淋漓尽致。

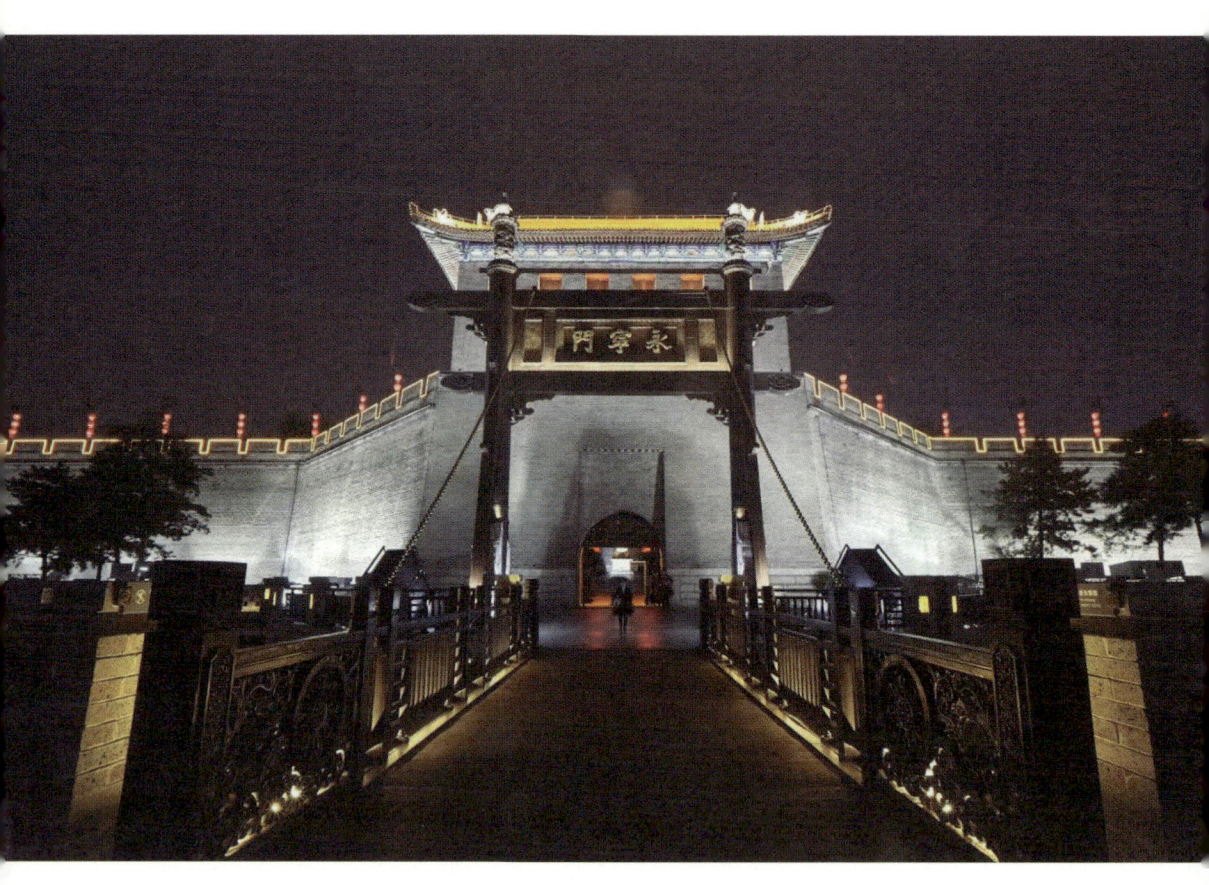

永宁门（岑可丰/摄）

（三）登钟鼓楼

八方声动遍千家，暮鼓晨钟万里霞。

一览古城文武地，风磨宝顶洗铅华。

【链接】

西安钟楼，位于市中心的东西南北四条大街的交会处。建于明太祖洪武十七年（1384），初建时在今广济街口，与鼓楼相对，明神宗万历十年（1582）整体迁移于今址。是中国现存钟楼中形制最大、保存最完整的一座。

西安鼓楼，位于钟楼西北方约200米处。建于明太祖朱元璋洪武十三年（1380），是中国古代遗留下来众多鼓楼中形制最大、保存最完整的鼓楼之一。古时当钟楼敲响第一声报晓晨钟，城内100多个里坊的鼓声依次跟进，200多所寺庙也相继撞响晨钟，重重城门、坊门、宫门，依次缓缓开启，正所谓"长安回望绣成堆，山顶千门次第开"。

（四）城墙远眺

远眺阳关万里长，城头晚桂播幽香。

目送雁行传秋意，怀古幽思寄远方。

【链接】

西安城墙，始建于隋开皇二年（582），明洪武年间，在唐长安城皇城的基础上又进行了拓展和重建。西安城墙现周长13.74公里，包括护城河、吊桥、闸楼、箭楼、城楼、角楼、敌楼、女儿墙、垛口等一系列古代建筑设施，是中国现存规模最大、保存最完整的古代城垣建筑，为国家首批重点文物保护单位。

钟楼（彭小艳／摄）

（五）登长安塔

秋夕何寻桂魄圆，夜来忽见雨绵绵。

庭花寒影无弦乐，登塔凭栏水接天。

【链接】

长安塔，作为园区的观景塔，曾是2011西安世园会的标志，由中国工程院院士张锦秋设计，位于浐灞生态区的制高点——小终南山上。塔高99米，地上七明层六暗层，保留了隋唐方形古塔的神韵，既体现了中国建筑文化的内涵，又彰显出时尚的现代都市风貌。登塔远眺，层层山岭高耸入云，氤氲的水汽在山间凝结形成降雨，遂汇流成河：东有灞河、浐河，西有沣河、涝河，南有滈河、潏河，北有渭河以及发源于黄土高原的泾河。水天一色，呈现"八水绕长安"这一千年古都与大自然共生共荣的生态景观。

（六）上元灯会

城头举目觉心宽，光舞通衢夜未阑。

点亮千灯明里巷，烟花正月别严寒。

【链接】

从1984年开始，正月十五逛西安城墙灯会就成为每个西安人春节的保留节目。那盏盏花灯，寄托着希望，更是一种温情。西安新春城墙灯会使西安充满了浓浓的年味。每年灯会的主题都是以当年的生肖作为创意，一般布置在文昌门与永宁门之间，长度不长，步行约20分钟路程。从文昌门下来就是非常有名的西安碑林，再往前就是东门，观灯游城墙美不胜收。

2023年西安城墙新春灯会在三年疫情之后举办别有意蕴。1月14日晚8时许，从文昌门至勿幕门，锦绣中华区、欢乐祈福区、盛世长安区、传世非遗区、童梦

长安塔（卜杰/摄）

奇缘区、梦幻时空区 6 大主题区 14 个灯组依次点亮，庄重的城墙在灯光的映照下，增添了温馨、祥和与时尚、灵动的气息。当晚在启动仪式现场，西安城墙又一重磅原创——"盛唐天团"IP 人物形象正式首发，引起各方关注。大屏幕上，"唐小妃""城小将""李小白""波斯客"四个人物伴随动画出场。这四个可爱、精致，既有历史韵味又有现代感的卡通形象，早在 2022 年 4 月便被 1300 万西安人熟知，一时间刷屏朋友圈，并成功登上微博热搜。

（七）八仙宫

道教名庵悟八仙，酒旗商肆化云烟。
迷途梦醒黄粱处，别有乾坤一洞天。

【链接】

八仙庵，又称"八仙宫"，位于西安市东关长乐坊内，原为唐代兴庆宫遗址的一部分，现占地 110 亩，是古城西安最大的道教庙宇。八仙宫以其美丽动人的"八仙"（即铁拐李、汉钟离、张果老、何仙姑、蓝采和、吕洞宾、韩湘子、曹国舅）传说而享誉海内外，是道教主流全真派十方丛林，被视为道教仙迹圣地。

"八仙"最早是指唐代的"饮中八仙"，即"醉八仙"（李白、贺知章、李适之、李琎、崔宗之、苏晋、张旭、焦遂），那时他们聚会饮酒的长安酒肆正是如今的八仙庵所在。据乾隆《西安府志》和嘉庆《咸宁县志》记载，宋时有郑生于长乐坊遇八仙显化，遂建庵祭祀。《历代真仙体道通鉴》说吕洞宾在此遇汉钟离，由"一枕黄粱"点破千秋迷梦而感悟入道，演绎出道教"八仙"新的传说。

八仙庵始建于宋代，元、明、清各代屡次翻修。1900 年，八国联军侵入北京，慈禧太后和光绪帝逃到西安避难，曾颁发 1000 两白银，命八仙庵道长李宗阳修建牌坊，并赐八仙庵"敕建"二字，高悬于庵前门领之上。现存殿堂建筑均保留明、清两代风貌，风格古朴，庄严雄伟，整个建筑错落有致，蔚为壮观，俨然琼林阆苑，给人以清新之感。

八仙庵（李文泽/摄）

（八）南湖芦花

曲江露白正秋朝，几处蒹葭指碧霄。
独傲寒霜芦雪美，珍禽临岸逐逍遥。

【链接】

曲江池遗址公园由著名建筑大师张锦秋担纲总设计。这个开放式公园、国家AAAAA级景区是在唐原址上以秦、汉、隋、唐曲江池遗址为蓝本重建的。曲江池水面南北纵长达1088米，东西宽窄不等，最宽处达552米，分上池和下池两部分，占地面积1500亩，其中水域面积500亩；地势南高北低，以曲江池水面为中心，围绕水面曲折回环，时常可见黄苇鸦、凤头鹛鹏等珍稀水鸟栖息和活动在沼泽及苇草丛中。

七绝　祝贺母校西安交大百廿周年

弦歌动地醉春光，一别申城岁月长。
丹凤迎来双甲子，西迁叶茂满庭芳。

【链接】

2016年4月8日，西安交通大学迎来建校120周年暨迁校60周年。笔者有幸作为校友代表受邀参加纪念大会。西安交通大学的120年，与国家民族的命运血脉相连。1896年，甲午炮声犹在耳际，兴学自强涛飞浪急。号角起而大学立，中国人自行创办的高等学府南洋公学，宣告了新学勃兴和新思潮的涌起。1921年，学校命名交通大学，坚守"实学固国本，民族得中兴"崇高理想。1955年，交通大学由上海内迁西安，在调整工业发展布局和文化建设格局、实施西部大开发中承担重大责任。1956年，交通大学迁校师生在西安首次举行开学典礼。

校庆留念（石春兰／摄）

七绝　西工大管院成立二十周年感怀（二首）

（一）公诚勇毅

勤学笃行前路遥，公诚勇毅逐心潮。
谨遵庭训操千曲，走笔琼林立世标。

（二）蓄芳秋圃

十里清泉望驿台，深山曲径莫徘徊。
风霜久蓄三秋蕊，留得清香傲雪开。

【链接】

西北工业大学管理学院办学历史悠久，脉源两支，分别是1985年成立的管理系和1984年成立的中国设备管理培训中心。1990年，经原国家航空航天工业部批准，管理系和中国设备管理培训中心合并成立西北工业大学管理学院。我曾在职攻读信息工程硕士和管理科学与工程博士于西工大管院。2011年11月，我作为管院校友、应急管理研究所所长和特聘教授，有幸应邀参加西工大管院建院20周年纪念活动，并作应急管理的专题报告。

七绝　怀故人（二首）

（一）盛年旧影

往事如烟涌眼前，并肩苦战亦心甜。

青丝飞雪今相遇，往日情深忆盛年。

（二）痛别战友

焊花飞溅战炉前，铸剑锤声震九天。
旧梦依稀班长影，从兹永隔泪潸然。

【链接】

1977年7月1日，为了纪念党的生日，我们二机部五二四厂四车间党政领导班子的四位同志照了一张合影。当时，年龄最大的吴访贤同志45岁，我最小，只有22岁，我们在工作中团结一心，凝成了兄弟般的友谊。2014年底，"老班长"梁升全因病住院，我们曾并肩战斗的兄弟，聚集在病房，回忆起核工业大会战的情景，百感交集。83岁的访贤老兄为之深情地写了一首诗："回首三十九载前，尝尽人间苦与甜。昔日合影再展显，已是花甲耄耋年。"我也奉和一首。时隔不久，老梁同志永远离开了我们。

长相思·夤夜笔耕寄怀

笔含情。墨含情。灯下挥毫拟政声。融融暖意萦。
浪千层。锦千层。谨守清风须笃行。大潮西部生。

【链接】

1999年6月，时任总书记江泽民在陕西宾馆召开全国国有企业改革座谈会，在会上发出"西部大开发"的号召。作为西迁人的后代，想到父辈的夙愿，心潮起伏、浮想联翩。会后与市委主要领导汇报工作时，提出应做好迎接大开发八个方面准备的建议，正合领导心意，遂耳提面命诸多思路，并嘱我率写作班子草拟

我们在四车间 刘时庆 77.7.1.

桂维民　蒋春阳
吴访贤　梁升全

回首三十九载前
尝尽人间苦与甜
昔日合影再展晏
己是花甲耄耋年

吴访贤
二〇一五年春节

二机部国营五二四厂四车间党政一班人合影及吴访贤的题诗（吴访贤/摄）

《实施西部大开发战略纲要》，为西安在全省西部大开发中当好先行做好规划、项目、政策的准备。

七绝 克林顿访华首抵西安亲历记

（一）南门迎宾

鼓乐长安古桥涵，豪华阵势列城南。
高墙数仞雄风在，总统登楼意正酣。

（二）古都印象

文明古国数千年，陵下村头一席延。
惊叹始皇兵马俑，牡丹入画更娇妍。

【链接】

1998年6月25日，美国总统克林顿偕夫人希拉里访问中国，"空军一号"从大西洋彼岸直飞抵达西安。傍晚时分，总统车队从北门外绕城半周，由南二环来到南城门广场，参加了隆重的仿古入城式。伴随着鼓乐和宫女的舞蹈，大唐京官宣布通关文牒，门桥徐徐落下。克林顿为之赞叹，即席发表热情洋溢的长篇讲话。总统夫妇随后拾阶登上城墙，观赏阙楼上民间艺人和少年儿童的才艺表演，孩子们当场绘就一张大红牡丹与和平鸽的国画赠送给客人。入城式比原计划超出了两个多小时，客人却乐此不疲，一时传为佳话。第二天，克林顿在秦陵旁的下河村举行圆桌会议，与村民们一席闲谈，并在村小学发表演讲。接着，总统一行参观秦兵马俑博物馆，步入一号坑，端详一个个表情丰富的古代兵士，再次为两千多年前的中华文明所震撼。我作为西安接待克林顿总统来访综合组成员，全程参与了整个前期准备和后期保障工作,深为作为我国厚重的历史文明代表的长安而骄傲。

七言　离任感言

枢机经国溯源泉,两届会长已十年。
为僚耕耘廿余载,依稀笔迹逐云烟。
陈词革故当去伪,风气鼎新应领先。
策令古来求异彩,公文今日得承传。
位卑身正勿谄媚,居安思危任在肩。
语达雅时意俊逸,质于敦处情弥坚。
卒章妙句须显志,素朴真言可成篇。
辅政秉书留佳作,拟稿求是效前贤。

【链接】

笔者在省市党政机关先后从事了20多年的政策研究和公文写作等以文辅政工作。2007年2月经中办推荐,中国公文写作研究会选举我为会长,2012年7月连任,至2017年7月卸任。在全国公文学界连续十年评选表彰优秀公文和论著,大力倡导并推动"短实新"的文风,受到中央机关的充分肯定。

七绝　南院杂感(六首)

(一) 海棠吟春

寻章摘句日匆匆,星月明灯夜色笼。

慎始敬终无憾事，海棠不语谢东风。

（二）苑中即景

时生蔓草绕花丛，别苑移来分外红。
墙内暗香浮动处，独开笑对北窗风。

（三）木樨叶萌

漫卷残云雾气蒙，且题诗句旧屏风。
逢春金桂萌新叶，相伴明月夜半中。

（四）寂寞花树

凭栏仰望月如钩，冷雨兼天洒北楼。
寂寞年年花满树，一川秋水向东流。

（五）南院春早

雪漫云天鸟别枝，早春南院暖风迟。
紫藤何得攀援上，月落潮平自可知。

（六）临别感怀

花开寂寂几番红，遍地轻扬柳絮风。

南院（石春兰/摄）

一别悄然挥手去，何言冀北马皆空？

【链接】

西安市委原在南院门27号，人们称之为"南院"。笔者以不惑之年进入"南院"工作，在此度过了2400多个日日夜夜，亲历了西安诸多重大决策的始末。这里的海棠、木樨、紫藤、国槐、玉兰繁茂，展示了古都中枢之地的繁荣气象。2002年初，适逢47岁生日那天，我奉命去省委办公厅履新。此刻，徐志摩的诗句涌上心头："悄悄的我走了，正如我悄悄的来；我挥一挥衣袖，不带走一片云彩。"

甘州曲·应急管理感怀

（顾复体）

几经危急破难关。常警醒，久钻研。著成专论忝为先。深悟续新篇。维稳定、悉力保平安。

【链接】

笔者在负责省市三个机关大院的日常运转和管理的18年间，经常奉命处理各种突发事件，从2000年开始，以问题为导向研究应急管理中的重大问题，先后出版了《应急决策论》《话说应急决策》《应急管理十日谈》《应急百例警示录》《应急管理一百例》等数部著作，成为国内这一领域较早的一批研究者、探索者、传播者、推动者之一。

2018年国际应急管理学会中国委员会年会（石春兰／摄）

相见欢·哈佛谈应急

应邀哈佛交流。共相谋。援例析研规律、细推求。

任虽重。靠联动。去殷忧。善用快刀巧力、解全牛。

【链接】

2012年11月15—16日，笔者应美国哈佛大学肯尼迪学院邀请，到波士顿作应急管理的学术交流和访问，并在哈佛第三期"中国文化沙龙"做了《历史三峡又一程——中国应急管理方法路径的思考》演讲，引起积极反响，11月22日人民网、中国日报等媒体曾做了报道。

醉花阴·大唐不夜城

灯影玉阶长夜永。携友神游骋。行在绿茵中，火树银花，如入琼瑶境。

与君共醉酬诗兴。追梦寻乡井。天上月团栾，看遍繁华，雁塔禅房静。

【链接】

大唐不夜城步行街，位于西安市雁塔区的大雁塔脚下，始建于2002年8月，北起大雁塔北广场，南至开元广场，东起慈恩东路，西至慈恩西路，街区南北长2100米，东西宽500米，总建筑面积65万平方米，是全国唯一一个以盛唐文化为背景的大型仿唐建筑群步行街，为西安地标性景区。

大唐不夜城以盛唐文化为背景，以唐风元素为主线，建有大雁塔北广场、玄奘广场、贞观广场、创领新时代广场四大广场，西安音乐厅、陕西大剧院、西安美术馆、曲江太平洋电影城等四大文化场馆，大唐佛文化、大唐群英谱、贞观

大唐不夜城（李文泽／摄）

之治、武后行从、开元盛世等五大文化雕塑，是西安唐文化展示和体验的首选之地。

天仙子·长安十二时辰

袂影衣香迷曼舞。凌波欢唱歌无数。长安十二好时辰，夜如故。奏钟鼓。溢彩流光花满树。

【链接】
2022年4月30日，全国首个沉浸式唐风市井生活街区——"长安十二时辰"在西安大唐不夜城曼蒂广场正式开街。从深耕唐朝市井文化，到复刻长安的繁华过往；从专属产品开发设计，到全业态一站聚合，呈现出一个原汁原味的全唐市井生活体验空间，雅俗共赏的唐风主题休闲娱乐互动空间，以及琼筵笙歌的主题文化宴席沉浸空间。2023年它与大唐不夜城步行街一同上榜全国沉浸式文旅新业态示范案例，共同展现了千年古都的历史文脉和文化轴线，凸显西安的城市精神和文化意象。

醉花阴·塬上踏青

邀友清明塬上走。杨柳垂丝秀。乡路绕村中，竹节虚心，翠绿盈衣袖。

忽闻一曲秦腔吼。十里穿云透。乡俗见民风，黄土豪情，大碗添新酒。

【链接】

白鹿原是西安市境内的一个黄土台原，位于西安市长安区、灞桥区和蓝田县之间。因传说周平王迁都洛阳途中，曾见原上有白鹿游弋而得名。南依秦岭终南山，北临灞河，居高临下，是古城长安的东南屏障。汉文帝霸陵位于原上，也称霸陵原。又因居霸水之上，古代又称霸上。

秦腔，别称"梆子腔""陕西梆子"，是汉族最古老的戏剧之一，起于西周，源于西府，成熟于秦。秦腔的表演技艺朴实、粗犷、豪放，富有夸张性，生活气息浓厚，技巧丰富。充分彰显了赳赳老秦的淳朴、憨厚、实诚、正直、倔强、凌厉、刚猛、守成的民俗民风。

念奴娇·鸡窝子秋境

暮岚夕日，赏清秋时节，峰披轻雾。草木凋零飘落叶，怎忍秋声哀诉？望断悬崖，云横秦岭，一去疑无路。金风渐近，菊黄霜白凝露。

满目崇岭苍茫，烟笼百里，处处飘芦絮。戏水游鱼塘溢彩，恰似蝶随风舞。梦里游仙，登临山上，吹散缤纷雨。瀑流飞下，卧听溪壑深处。

【链接】

秦岭鸡窝子，位于距离西安60多公里的秦岭北麓，海拔有2000多米，以灌木林、毛竹林、石坎、高山草甸等风景吸引众多旅友前来观光打卡。从山下绕过鱼塘、碾盘石、牛角槽，沿山径攀登，一路上水流淙淙，花香扑鼻。时而鸟鸣涧中，清脆婉转；时而风过山林，涛声阵阵，大自然的声音盈然于耳。沿途蒿草过人，树木遮天蔽日、青苔处处，一派原生态景象。

鸡窝子秋景（石春兰／摄）

满江红·七十二峪

万壑云生，临幽谷、溪流似雪。烟岚里、翠山深处，瘦峰如玦。深涧瀑流披白雾，栈桥潜影鸣黄鹊。太乙开、问道说经台，摩天穴。

苍龙岭，残阳血。莲花顶，人欢悦。一览少飞鸟，虹贯星掣。游客登峰行步道，碧泉漱石飘珠屑。望无尽、绝顶沐清风，江天阔。

【链接】

在秦岭北麓，分布着大大小小的幽谷深沟，被泛称为秦岭七十二峪，已成为陕西秦岭重要的代名词之一。其实，秦岭北麓千沟万壑，远不止七十二峪。1862年，清末毛凤枝所著的《南山谷口考》里就称"南山谷口北向者，得一百五十"，但这也仅仅是毛凤枝根据当时所需和初步的考察得出的数字，很多山谷并未书写进去。2011年，毛水龙著《秦岭北麓峪沟口》记载有322条沟道。2018年周灵国和谢伟主编的《秦岭七十二峪》，列述了226条峪道。2021年陕西省林业局编制的《秦岭北麓生态建设调查报告》，在详细的考察基础上，确认大小沟峪302条。

鹧鸪天·长安号中欧班列

呼啸西行出国门。铁流驼队壮昆仑。十年万列凭驰骋，一路欢歌势若奔。

连欧陆，步轻云。襟山带水共晨昏。长安丝路连今古，商旅龙腾迎早春。

【链接】

中欧班列"长安号"，是西安始发的国际货运班列，常态化开行17条国际干

中欧班列（李国庆/摄）

线,覆盖亚欧大陆全境,"+西欧"集结线路达到 22 条。自 2013 年 11 月 28 日首趟"长安号"开行以来,业务发展迅猛。截至 2023 年底,已累计开行 20397 列,开行量、重箱率、货运量等核心指标稳居全国第一,成为西安全面开放的"龙头班列"、贸易繁荣的"黄金班列"、美好生活的"幸福班列"。

一剪梅·琴韵汇古城

雅乐丝弦动古城。大圣遗音,各派争鸣。抚琴弹瑟伴歌吟,玉润珠圆,天籁长萦。

律奏《高山流水》声。《秋风词》里,《唱晚》潮生。《平沙落雁》《广陵》遥,《白雪》《樵歌》,尽诉衷情。

【链接】

"古琴雅集系列音乐会"是陕西新闻广播联合西安美术学院古琴学会共同推出的一项文化品牌活动,旨在弘扬优秀传统文化,树立文化自信,谱写新时代文化艺术新篇章。2017 年和 2018 年,连续举办了"古韵新弹 声动长安""高山流水遇知音""丝路琴韵汇长安"等古琴名家音乐会,已成为一项在全国颇具影响力的古琴活动。

念奴娇·国风丝路

国风流韵,管弦曲、多少春花秋意。莫道时艰,埋饿骨,犹见槐乡旧址。大宅重门,庄周梦蝶,好汉英雄气。绵绵思绪,笛吹山径幽寺。

心向丝路迢迢,写长安雁塔,凉州千里。广漠孤烟,萦落日,人赞丹青神技。雨润楼兰，龟兹醉曼舞，叹奇惊异。魂牵西部，玉成音画双艺。

【链接】

2018年10月10日晚，笔者在西安音乐厅观赏了《丝路国风——赵季平作品音乐会》。这场美妙绝伦的视听盛宴，以民族管弦乐演绎了中国音协原主席赵季平先生创作的《国风》《古槐寻根》《庄周梦》《大宅门》《女儿歌》《好汉歌》等乐曲，特别是克里斯丁·沃斯演奏萨克斯协奏曲《丝路幻想曲》把音乐会推向高潮。这首曲子是赵季平在20世纪80年代为纪念其父、长安画派创始人之一赵望云先生情系丝路、几度西行写生的艺术人生而创作的。

易俗社文化街区（词四首）

（一）捣练子·古调新弹

梨苑曲，化民风。豪气秦声唱念中。莫道板胡梆子老，教坊名角百年红。

（二）如梦令·千古秦腔

华夏正声千古。四处敲梆击鼓。燕乐社班传，誉满陕甘沿路。新谱。新谱。秦地劲风歌舞。

秦腔《关中晓月》剧照（卜杰/摄）

（三）浣溪沙·百年经典

一曲新词《软玉屏》。《貂蝉》《看女》净心灵。观《三滴血》现原形。《双锦衣》夸佳构显，《柜中缘》赞巧思成。四维教化冀昌宁。

（四）南歌子·易俗社文化街区

（张泌体）

巷尾秦腔唱，街头鼓乐萦。百年老店久风行。寻观旧门新貌，世人惊。

【链接】

西安易俗社原名"陕西伶学社"，是著名的秦腔科班。创始人孙仁玉。易俗社与莫斯科大剧院、英国皇家剧院并称为世界艺坛三大古老剧社。

近年来开发的易俗社文化街区位于西安市钟楼附近，是一个融合秦腔艺术展演、博物馆展示、戏曲教育传承等为一体的特色文化街区，成为古都西安发扬秦腔艺术、展示城市魅力的重要窗口和城市新名片。

五言　春到"诗经里"

春到诗经里，关雎最悠长。
偕子之手老，鹿鸣琴瑟扬。
采薇望城阙，伊在水中央。
同胞生死契，烟火穿玄黄。
故国风雅颂，桃夭播芬芳。

诗经里（周全茂/摄）

千年赋比兴，曲水尽流觞。

【链接】

"诗经里"是以诗经为主题的文化景区，位于陕西省西安市沣河之滨，于2017年9月27日开园迎宾。在这里，有国风广场、鹿鸣食街、关雎广场、小雅书社等等一系列与《诗经》相对应、相融合的建筑和景观，更有诗经礼乐盛典呈现。

"三河一山"绿道行（词四首）

（一）醉春风·漕渠驿

绿道连云岫。河边春驻久。长屏驿站绕堤行，走。走。走。鱼戏犹欢，鹭飞离渚，草荣花秀。

早起逢晴昼。轻风香满袖。沁芳觅句得灵犀，嗅。嗅。嗅。泉注清溪，激湍流远，一川烟柳。

（二）春光好·太乙驿

（欧阳炯体）

堤上路，护滩长。渭河旁。流彩泛金春色满，竞芬芳。

曲渚白沙细浪，兰溪流水汤汤。杨柳依依春燕舞，醉山乡。

（三）捣练子·沣滈驿

水云美，贯河渠。仪祉湖边可结庐。行走画中情款款，傍河绿地自高疏。

（四）如梦令·渼陂湖

印迹潜流风起。涌动碧波十里。倒影两终南，白泽石雕神矣。可喜。可喜。正见花繁霞绮。

【链接】

西安"三河一山"绿道，以灞河、渭河、沣河和秦岭丰富的自然历史人文资源为依托，以水质提升、河道治理、路网连通、城市增绿、生态修复、文化保护为重点，旨在提升城市品质和居民生活质量。2021年4月30日，西安"三河一山"绿道建成，向市民开放。

"三河一山"绿道全长293公里，是一个综合性的生态慢行系统，连接了西安绕城高速，途经10多个行政区和4个生态带，沿途串联了103个生态节点和42个人文历史遗址，并规划建设了109个休憩驿站，为市民提供了一个可以欣赏自然风光、体验历史文化、进行休闲活动的绿色生态长廊。

七律　重阳节奉陪二老登高有吟

沣峪庄园绿意融，桑榆未晚夕阳红。
古城钟磬声声远，秦岭风光处处雄。
一带翠峰连画里，数行归雁入诗中。
陪同二老登高处，极目八方秋色浓。

夕阳红（石春兰／摄）

【链接】

2002年重阳节,奉陪父母亲来到沣峪山庄,这里距秦岭北麓的渭河发源地鸡窝子很近。一路上友人老张为二老热情讲解,夕阳西下时分登上最高峰,在分水岭上拍照留念。往事如昨,转眼过去22年了,先父已故去14年,家母今年也97岁高寿了,是以记之。

五绝　与老友重阳游斗门

(一)摩天轮

高旋日近摩,大辂入天河。
鸟瞰沣东景,云山寄慨多。

(二)诗经里

芳街隔短墙,水榭桂花香。
同吟诗经句,秦风古韵长。

(三)玉镜台

小院石桥通,临窗落叶红。
御风连象外,岁晚碧云空。

泛舟游（石春兰/摄）

（四）汉楼船

汉武上艨艟，穿池气势雄。
出师西海梦，霸业怅秋风。

（五）泛舟游

神池烟雨霏，鸟影掠云飞。
画舫连天远，余晖掩翠微。

（六）鹊桥仙

星河夜正长，七夕会牛郎。
天地迢遥隔，纤云逐沧桑。

（七）茗香馆

世事岂多乖，心平气自谐。
茗香分百味，顾影对长阶。

【链接】

斗门——这个名字起源于唐朝，历经千年，念起来满满的都是故事感。这里曾有过中国历史上第一座规模宏大、布局整齐的城市——丰镐，周礼就在这里诞生；这里还有"鹊桥凌波含情脉脉，汉堤锁烟芳草离离"的昆明池，丹鹤白鹭，肆意颉颃，舟帆舫影，渔歌不息。壬寅年中秋，笔者与20多年前一起共事的老友,游赏斗门秀丽的秋日风景。

浪淘沙令·追忆张骞

秦岭万重山。蜀道艰难。当年城固有张骞。出使远驱平险隘,策马挥鞭。

百折志弥坚。疆拓西边。凿空丝路两千年。筑梦同行担此任,一往无前!

【链接】

张骞出使西域,又称张骞通西域,指的是汉武帝希望联合月氏夹击匈奴,派遣张骞出使西域各国的历史事件。

"西域"一词,最早见于《汉书·西域传》,西汉时期,狭义的西域是指玉门关、阳关(今甘肃敦煌西)以西,葱岭(帕米尔高原)以东,昆仑山以北,巴尔喀什湖以南,即汉代西域都护府的辖地,新疆地区。广义的西域还包括葱岭以西的中亚细亚、西亚、印度、高加索、黑海沿岸等地,包括今阿富汗、伊朗、乌兹别克斯坦至地中海、沿岸,甚至达东欧、南欧。

建元三年(前138),汉武帝招募使者出使大月氏欲联合共击匈奴,张骞应募任使者,于长安出发,经匈奴,被俘,被困十年,后逃脱。西行至大宛,经康居,抵达大月氏,再至大夏,停留了一年多才返回。在归途中,张骞改从南道,依傍南山,企图避免被匈奴发现,但仍为匈奴所得,又被拘留一年多。元朔三年(前126),匈奴内乱,张骞趁机逃回汉朝,向汉武帝详细报告了西域情况,武帝授以太中大夫。因张骞在西域有威信,后来汉所遣使者多称博望侯以取信于诸国。张骞出使西域本为贯彻汉武帝联合大月氏抗击匈奴之战略意图,但出使西域后汉夷文化交往频繁,中原文明通过"丝绸之路"迅速向四周传播。

从西汉的敦煌,出玉门关,进入新疆,再从新疆连接中亚、西亚的一条横贯东西的通道，再次畅通无阻。这就是后世闻名的"丝绸之路"。"丝绸之路"把西汉同中亚许多国家联系起来，促进了它们之间的政治、经济、军事、文化的交流。

七律　观《李白长安行》

莫笑当年李白狂，一樽聊复酹君尝。
风生古巷鱼堪脍，月满唐都酒尽觞。
塞外关山沉夕日，宫中诗赋抒愁肠。
庙堂焉得欢心志，何及江湖万里长！

【链接】

　　大型秦腔新编历史剧《李白长安行》由阿莹编剧，通过五幕剧情，讲述了唐朝天宝年间诗人李白被招为翰林供奉来到长安城后发生的故事。此剧不仅展现了李白的诗仙风流，还塑造了一个极富正义感的文人形象。他在促进丝路文化交流和成全薛仁与花燕的传奇爱情时，不惜触怒权贵。最后，深深失望的诗人，只能挂冠而去，以道骨仙风去追求生命的本真。李白三年长安行，终于回归真性情，他由庙堂人生最终又转向了山林人生，这使他的人格完成了一次高层次的回归。

念奴娇·诗酒长安九万里

（步苏轼词原韵）

　　殷商问鼎，望凤翔西府，寻觅龙迹。论剑华山光耀处，举目晴空澄碧。登顶斯峰，临风把酒，诗赋吟家国。纵横千里，望穿云水历历。
　　古曲佳酿香浓，举杯共醉，八方长安客。多少流觞忧乐事，回首

大唐不夜城（李国庆/摄）

相看朝夕。谈笑年年，时光飞逝，追月凭鹏翼。梦归桑梓，牧童牛背吹笛。

【链接】

2024年央视春晚西安分会场《山河诗长安》节目震撼全国：在一眼万年的长安城龙年初雪时，在大明宫"一片长安月，万里共清辉"元宵灯会的新春气象中，在大唐不夜城"云鬓花颜金步摇"的移步换景间，万人同吟《将进酒》，与李白隔空对诗，酿造出"诗酒长安九万里"的世纪豪情。

临江仙·龙舞凤翔

（徐昌图体）

月涌长河天阔，春山绿水盈盈。西来神鸟欲飞腾。耀州风浩荡，浴火又重生。

龙舞凤翔华夏，千年名酿传承。国花瓷韵出新瓶。陈炉醉古镇，丝路纵诗情。

【链接】

2024年1月20日，第19届不结盟运动峰会和77国集团+中国峰会在乌干达圆满落幕。陈炉国花瓷之瓶盛装千年佳酿西凤酒，被作为国礼赠送给乌干达，在峰会上成为国宴指定用酒，使古长安的大唐国风和国花牡丹穿越时空，再现非洲。

甘州曲·情系西部

家严携我到长安,吟灞柳,望秦原。梦萦西部度韶年,帆举再承前。兴智库,随想忆张骞。

【链接】

2016年初夏,省委老书记张勃兴在耄耋之年,将创建18年的"陕西中国西部发展研究中心"理事长的重任交与我,希望能依托西北大学和陕西其他高校及社会力量,建立咨政建言、服务决策的政产学研平台,把中心建成西部高端新型智库。8年来,我们一群退而不休的"60后"又披挂上阵,为西部发展调查研究、建言献策,报效第二故乡。

故土乡愁

桂维民

宁波市简称"甬",古称为"鄞",别称甬上、甬城、四明、明州,浙江省辖地级市、副省级市、计划单列市,是国家历史文化名城,距今4200年的夏朝堇子国,被认为是宁波作为"邑城"的最早起源。春秋时为越国境地,秦时属会稽郡的鄞、鄮、句章三县,唐时称"明州",明洪武十四年(1381),取"海定则波宁"之义改称宁波。

我们的先辈写下了"甬"字,在蓝色的海上丝路里耕耘,在历史的风烟里磅礴起一股精神;我们的先辈写下了"甬"字,开启了宁波港湾的云霞蒸腾,以宁波帮的名义交上了时代的通行证。定标信仰的航灯,筚路蓝缕的奋斗,以乡愁的韵律,迎来地平线上初升的朝阳。如今,精干勤勉的宁波人,将长江三角洲的南翼垫得更高,迎接东海的涛声呼啸,大潮渐涨。

在动员宁波帮、帮宁波的号角里,集结的帆樯扬起了雄健的歌唱。以飞溅的浪花,卷起金边的画框;以姹紫嫣红的花朵,聚成玫瑰色的希望。今日的繁荣,厚重了乡音穿透的力量。一批批西迁人,从宁波港起航,借助海潮和风力来来往往;曾经在小桥流水的家乡,生长蔓延着一座幸福之城诗意的方向。

怀揣着"甬"这个古代大钟的象形文字,我们离开一座城市,来到另一座城市。遥远的召唤,并不需要多么高尚的理由。谱写几十年的风景流转,融入了西安这个开拓人生的第二故乡;逆向飞翔的海燕,送达大海深沉的蔚蓝。几十年的岁月,足以品读一段青春的时光。

而生活在西安的新一代宁波人,又增加着"甬"字的厚重分量,共同促进经济的发展。我们以宁波人的雕刻方式,把大写的"甬"字,刻在破浪前行的船舷上,让古老的丝绸之路,再现江南蚕丝的温润泽光;把大写的"甬"字,刻进乡愁的月光里……长安十二时辰从此也有了宁波鼓楼的钟声当当敲响。传奇务实的宁波人,生来就是弄潮儿,在一代代西迁人的奔赴中,圆满了诗意的双城吟唱。

宁波,是我的故乡,更是我的精神原乡。我的祖辈和父辈的青年时代都生活在宁波故土和宁波人聚居的上海,特别是阿娘(祖母)一口"石骨铁硬"的"宁波腔"让我记忆犹新,令我至今乡音不改,见到老乡还会说比较地道的宁波话。20世纪50年代,儿时的我随支援大西北的父母迁至西安,1969年我们弟兄又回到宁波读了一年书。这些都给我留下了很多美好的故乡记忆。

鹭林傍甬江,心与碧云还。90年代中期,我有幸担任第二届宁波经济建设促进协会的常务理事,便多了时常回家看看的机会,也能为家乡的发展做一些力所能及的事情。初次的相识,抑或故人与共的瞬间,一个笑容就能诠释所有的过往。致敬直面生活的英雄,致敬自己,当年渺小纯朴的心愿似乎也变得悠长。一缕映衬着新时代启幕的辉光,照亮了老一辈西迁人的后代,再次在新的征途奋发昂扬。

我这个远方的游子已年届古稀,但故乡的风、故乡的云、甬江畔的泥涂仿佛仍在时时召唤着我……

七律　镇海口观潮

一川东去蔚霞云，潮涌晴岚草木曛。
戚帅抗倭驱逐勇，林公御敌运筹勤。
纪功吴杰扬名节，喋血英豪战寇群。
雄镇从来多壮士，拂碑读史古今闻。

【链接】

镇海区，古称蛟川，隶属于浙江省宁波市，位于宁波东北部，我国大陆海岸线中段，长江三角洲南翼，东海沿岸。东屏舟山群岛，西连宁绍平原，南接北仑港，北濒杭州湾，东接北仑区、南接江北区，西连慈溪市、北临东海，与上海一衣带水。自古以来，镇海是中国对外交往的重要口岸之一，素有"浙东门户"之称。随着杭州湾跨海大桥和舟山跨海大桥的建成，镇海成为西连宁波，北通上海，东邻舟山的交通枢纽。

镇海历史悠久，小港横山下、沙溪蛇山山麓，均已发现新石器时代人类居住的遗迹。夏、商、周时，按《禹贡》九州之说，今之镇海，当为扬州之域。

镇海襟江临海，自古为海防重镇，有抗倭、抗英、抗法、抗日遗址多处，如戚家山抗日纪念亭、威远城、林则徐纪念堂、吴（杰）公纪功碑亭等，建有镇海口海防遗址陈列馆。

七律　海上茶路起航地

明州山茗似仙灵，茶具青瓷各有形。

镇海观潮口（余正猛/摄）

风送微香离甬港，雨含幽韵过边庭。

星迷海上七千里，日暮江边第一亭。

留得杯中春色在，世人谁不爱余青？

【链接】

在宁波的三江口，有一块"海上茶路"起航地的主碑和四块副碑，以及茶叶形船体和船栓群。标志着"甬为茶港"，茶从浙江走向世界。

据史书记载，唐永贞元年（805）九月，日本佛教天台宗创始人高僧最澄携浙江天台山、四明山产的茶叶、茶籽从明州回日本，在其住持的京都比睿山延历寺、日吉神社等地播种，建成了日本最古老的茶园，这是中国茶从明州向海外传播的最早记录。此外，高丽僧人义通、义天在五代、宋代学佛事茶于明州等地。浙江的茶器、茶叶以及茶文化，犹如珍珠般散落在通往世界各地的航道上，"海上茶路"是海上丝绸之路的延伸，它见证了自唐以来明州、扬州、广州是"海上丝路"的三大口岸。

七绝　参观河姆渡遗址有吟（二首）

（一）史前古渡

金黄稻谷史前耕，榫卯干栏有几楹。

骨哨长鸣声声远，余姚海陆久知名。

（二）双鸟朝阳

先民古渡玉埙鸣，渔猎农耕逐晓晴。

河姆渡遗址（龚国荣/摄）

双鸟朝阳曾寄梦，七千岁月海滨行。

【链接】

　　河姆渡遗址，位于浙江省宁波市余姚市河姆渡镇河姆渡村的东北，距宁波市区约20公里，是新石器时代母系氏族公社时期的氏族村落遗址，反映了距今约7000年前长江下游流域氏族的情况。为第二批全国重点文物保护单位，被评为全国"百年百大考古发现"。

　　河姆渡遗址总面积达4万平方米，上下叠压着四个文化层。河姆渡遗址出土陶片达几十万片，有陶器、骨器、石器以及植物遗存、动物遗骸、木构建筑遗迹等大量珍贵文物，包括骨哨、双鸟朝阳纹象牙蝶形器、猪纹陶钵、"蚕纹"象牙柄端饰件、船桨和炭化的谷米等。河姆渡遗址以其丰富而鲜明的文化内涵，确立了其在中华民族远古发展史、中国考古学史上的重要地位，被学术界命名为"河姆渡文化"，证明长江流域是中华文明的重要发源地之一。

七绝　寻访史迹（二首）

（一）宁波博物馆

残砖碎瓦砌成墙，日月晴光映石窗。
俚曲走书民俗调，乡风遗韵海天长。

【链接】

　　宁波博物馆，位于宁波鄞州区中心，毗邻宁波南部商务区，为首位中国籍普利兹克建筑奖得主王澍教授的代表作，是反映宁波这座城市的历史文脉及艺术特色的重要地点。

宁波博物馆

宁波帮博物馆（石春兰／摄）

（二）宁波帮博物馆

商帮共济始明清，沐雨栉风玉琢成。
实业报国开筚路，桃花万朵应时生。

【链接】

宁波帮博物馆，位于宁波市镇海区，占地70亩，建筑面积24000平方米，主要由博物馆和会馆两部分构成。

宁波帮是中国近代最大的商帮，中国传统"十大商帮"之一。它为中国民族工商业的发展做出了贡献，推动了中国工商业的近代化。博物馆对宁波帮起于唐宋、承于明清、转于民国、合于当代的发展史做了提纲挈领的阐释，以年代为脉络、史实为线索、人物为亮点，系统展示了明末之后宁波帮艰苦奋斗、玉汝于成的发展史诗，以此来弘扬宁波帮的财智文化、桑梓情怀，借以营造全世界宁波帮的"情感地标、精神家园"。

七绝　寻根甬上（七首）

（一）甬立潮头

寻根谒祖大江东，风气初开意自雄。
甬立潮头通四海，工商巨子势如虹。

【链接】

宁波帮作为闻名遐迩的商帮，在中国民族工商业的发展中，创造了百余个中国第一：第一艘商业轮船、第一家机器轧花厂（通久源轧花厂）、第一家商业银行（中国通商银行）、第一家日用化工厂、第一批保险公司（华兴保险公司）、第一家由

宁波三江口（徐和利/摄）

华人开设的证交所（上海证券物品交易所）、第一家信托公司（中易信托公司）、第一家味精厂、第一家灯泡厂等，宁波帮新式商人群体，确立了在近代中国的产业主导地位。

宁波商人足迹几乎遍履天下，以"无宁不成市"而闻名遐迩。他们对清末上海、天津、武汉的崛起和二战后香港的繁荣都做出了贡献，其中不乏世界级的工商巨子，如虞洽卿、严信厚、朱葆三、吴锦堂、张尊三、包玉刚、邵逸夫、叶澄衷、董浩云、李达三、曹光彪、王宽诚等。

（二）薪火赓续

百载同心聚作帮，棹歌相和美名扬。

桑弧蓬矢经商志，实业报国日月长。

【链接】

回望历史，1916年8月22日，孙中山在宁波省立四中发表的演说中对"甬商"赞赏有加："凡吾国各埠，莫不有甬人事业。即欧洲各国，亦多甬商足迹。其能力与影响之大，固可首屈一指者也。"1984年8月1日，邓小平提出"把全世界的宁波帮都动员起来建设宁波"。这使沉寂已久的"宁波帮"这个著名商帮，再次引起世人瞩目。

（三）最老外滩

远眺三江十里滩，百年往事几凭栏。

东方丝路天涯阔，商贾传奇日月宽。

【链接】

宁波老外滩，坐落于宁波市江北区三江口（甬江、奉化江和余姚江的三江汇流之地）的北岸江北区，是进入宁波古城的门户。在唐朝为中国四大港口之一，是鉴真东渡的起点；在南宋为中国三大港口之一，并设立市舶司专门负责管理对外贸易；清朝的《南京条约》签订后，宁波便成为"五口通商"口岸之一，并于1844年正式开埠。

宁波外滩文化底蕴深厚，历史古迹遗存丰富，有国家级、省级、市级、区级文物保护单位、景点54处。其中有建于1842年的英国领事馆旧址、建于1864年巡捕房旧址、建于1865年的浙海关旧址、建于1872年的天主教堂、建于1898年的江北耶稣圣教堂、建于1903—1908年的侵华日军水上司令部、建于1927年的宁波邮政局、建于1930年的通商银行旧址等。它是百年宁波的重要见证地，也是宁波精心打造的第五张城市名片（宁波帮、宁波港、宁波景、宁波装）。

宁波老外滩于1992年后作为商业旅游开发项目，融东西方建筑文化之美，以新兴的Blocks商业街区概念集中打造一个集购物、美食、娱乐、旅游、居住为一

三江口（袁芳/摄）

体的特色区域,塑造为宁波城市时尚地标。

(四)江厦夜景

满城灯火未阑珊,江水东流百里澜。
几度变迁如隔世,欲寻旧梦此中观。

【链接】

在宁波,有个老城厢(比较繁华的地区)叫江厦。它位于宁波市海曙区的三江口。这条老街上,有横跨奉化江,离三江口最近的江厦桥。"江厦"一词的由来,源于宋代时,在明州城墙外的奉化江边曾有一座江下寺,宁波话里"下"同"厦"谐音,被人们称作"江厦寺",而寺前的路被称为"江厦街"。

甬江桥影（石春兰／摄）

自宋代起，这一带就是宁波（时称明州）对外贸易的重要港口，来往海船频繁，商贸繁荣。到了清末，江厦街发展进入了鼎盛时期，成为宁波城里最繁华、最富庶的地方，承载着宁波滨江码头黄金年代的历史印记，集航运码头、商贸、金融于一体，名闻大江南北。

这条老街是在1929年正式定名的，当时将双街、钱行街、糖行街与半边街北段一起，统称为江厦街。街面虽只有五六米宽，而两旁商行密集，车水马龙，热闹非凡，集中了宁波的钱业，是当时的浙东乃至全国颇具影响力的金融中心，甚至被称为"中国华尔街"。故在宁波人中有"走遍天下，毋及（不如）宁波江厦"一说。

20世纪70年代，这里的木结构房屋逐渐淡出江厦。1987年开始，江厦街进行大规模改造，拆除了东侧沿江店铺和房屋，拓宽路面，建起了江厦公园，占地2.62公顷，以江厦桥为界。主要景观有南园和北园。南园入口处在新江厦桥西南侧，以古船风帆3幅作为门标造型，白色大理石，赵朴初题园名，两边风帆各刻中、英文《三江口简介》。北园入口处为电脑显示屏幕，右为草坪广场，左为沉降广场，设有花木山石造型。主体建筑望江楼，形如船体，登高可遥望三江口美景。

（五）财富中心

舟桥灯影水声悠，七彩霓虹玉米楼。

丹桂凝香风送爽，今宵江景惹乡愁。

【链接】

宁波财富中心，地处甬江东岸，南邻惊驾路，东街江东北路，西接滨江大道，毗邻宁波书城，与老外滩、美术馆隔水相望。人们摹其形，俗称"玉米楼"。作为宁波市"中提升"战略重点项目和宁波市重点工程建设项目，财富中心总用地面积约2.5万平方米，总建筑面积地上约10万平方米，地上38层、地下2层，建筑高度188米，2015年竣工后是三江口建筑群中单体规模最大最高的建筑，成

财富中心（龚国荣/摄）

为此处极具象征意义的地标性建筑之一。

（六）三江桥影

三江六岸夜娇娆，溢彩华灯照拱桥。
甬上千舟奔大海，共荣蝶变欲争高。

【链接】

宁波的三江六岸核心区夜经济示范带，为市民和游客带来不一样的光影体验。项目针对宁波姚江、甬江、奉化江两岸共18公里滨江景观带夜游配套夜景氛围进行提升，围绕"光影绘三江，扬帆正当时"基本理念和"潮起、蝶变、奔流、共荣"四大篇章，精心设计沿线建筑光影效果164处，新建3D投影装置1处以及裸眼3D显示屏1处，通过定制化的行浸式夜游场景，实现全感官体验、全媒体场景、全沉浸空间，展现宁波夜间独特气质。

（七）长安明州

（藏头）

长风千里已秋浓，安步巡游访浙东。
明月清风临甬上，州人犹记旧时功。

【链接】

西安与宁波是两座具有不同特色的城市，历史上时常会有一些不经意间的巧合，好像有一位看不见的工匠，用一条无形纽带将它们连接起来。从余姚发现距今约7000年的河姆渡遗址，到西安发掘出6000多年前的半坡遗址；从张骞由长安出发"凿空"西域；到千帆聚明州的海上茶路起航地；从大唐奔流而来的《长

三江口（龚国荣/摄）

安三万里》,到 400 多位唐代著名诗人走过四明山的浙东诗路,历史印记、文化基因、精神血脉、诗情风韵把两座相隔千里的古老城市紧紧地联系在一起。尤其是在走深走实"一带一路"的今天,作为两座曾经的海陆丝路的起点地,仿佛要来一场穿越千年的"同向奔赴",携手共谱新时代的"双城记"。

绝句　天一阁·月湖景区即兴（六首）

（一）七绝　初探书楼

宝书楼上掩轩窗，芸草兰屏翰墨香。
竹影一池秋气润，千年文脉阁中藏。

（二）七绝　再瞻书楼

风中翠幕十洲幽，万卷藏书仰此楼。
天一水生存寓意，世传典籍自风流。

（三）七绝　代不分书

数览园中景色幽，游人争说宝书楼。
凭栏遥想传承事，代不分书第一流。

天一阁（石春兰／摄）

（四）七绝　书藏古今

（藏头）

书橱满阁锦囊来，藏得文章万卷开。
古有风流归范钦，今人仰止更雄哉。

（五）七绝　月湖秋色

菊黄柳翠画桥烟，玉鉴冰壶宋韵闲。
秋意正浓萦古巷，归巢飞鸟此时还。

（六）五绝　月湖秋情

（藏头）

月光临户牖，湖畔赏芙蓉。
秋兴谁人会，情深桂馥浓。

【链接】

　　天一阁·月湖景区，由天一阁博物馆与月湖两大核心景区组成，地处宁波市中心地段，是宁波市区内的著名景点。月湖是一片是一座具有悠久历史的文化保护区，位于宁波老城区西南隅，因湖面形状如满月而得名。月湖开凿于唐贞观年间（627—649），并在宋元祐年间（1086—1094）达到鼎盛期。南宋绍兴年间，广筑亭台楼阁，遍植四时花树，形成月湖上十洲胜景。这十洲分别是：湖东的竹屿、月岛和菊花洲，湖中的花屿、竹洲、柳汀和芳草洲，湖西的烟屿、雪汀和芙蓉洲。此外还有三堤七桥交相辉映。现在的月湖公园占地面积约为96.7公顷，其中水域约9公顷。它是宁波最著名的历史文化保护区之一，以其丰富的文化遗产

月湖景区（龚国荣/摄）

和优美的自然景色而闻名。

天一阁是中国现存历史最悠久的私家藏书楼，也是亚洲现有最古老的图书馆和世界最早的三大家族藏书楼馆之一。由明朝退隐的兵部右侍郎范钦主持建造，占地 2.6 万平方米，已有 400 多年的历史，是中国藏书文化的代表之作。其藏书和建筑都是极为重要的历史文物。

笔者曾三次造访天一阁，癸卯年（2023）冬月，将前些年出版的苏联援建的 156 项纪实、应急管理、公文写作和近体诗集等 14 本个人著作捐赠给天一阁。

七绝　甬城掠影（八首）

（一）明清村落

杨柳秋风淇水桥，碧湖舟过影轻摇。

马头墙外高旗杆，慈孝传家郑氏骄。

【链接】

"郑氏十七房"系郑氏一支南迁后世居之地，现位于浙江省宁波市镇海区澥浦，是一个以明清建筑居多的古村落景区。

史料记载，镇海郑氏十七房商人，为宁波帮最早经商家族集团之一。十七房原有建筑面积达 6 万平方米，占地面积达 8 万平方米，由于岁月的变迁，如今仍有建筑面积 4 万多平方米，占地面积 6 万余平方米，现留有恒德房、恒祥房、三房堂房、大祖堂房、后堂楼房、立房、新房、四份头、老陆家、大弄、东弄、后新屋、河跟沿等"四水归堂"的单进和多进涤宅大院 10 余幢，二层砖木结构。目前有郑氏群宅住民 335 户，1024 人。

郑氏十七房（奚嵩华／摄）

（二）锦云飞丝

江南织造锦云丝，雄冠五洲康赛妮。
独角兽名闻远近，业中翘楚甬商奇。

【链接】

康赛妮集团始创于 1999 年，总部位于宁波，是一家专业从事高档毛纺产品的中国制造业单项冠军示范企业和国家级绿色工厂。专业生产和销售各种粗纺、精纺、半精纺和花式工艺的纯山羊绒纱线和羊绒混纺纱线，以及各种棉、蚕丝、羊毛、牦牛绒、亚麻、马海毛等纯天然原料为主的高档纱线、高档面料等，其中纯羊绒纱线超过 3000 吨，占世界纯羊绒原料产量的 15%—20% 以上，是中国大型羊绒纱线出口企业。

（三）游东鼓道

穿行地下两时空，创意新潮活力风。
品味春光人不老，休闲体验乐融融。

【链接】

东鼓道地铁商业街平行于宁波中山东路，19 个出入口与周边天一商圈、鼓楼商圈、和义商圈紧密相连。地下街区全长 760 米，分上下两层，以时尚、简洁、赋予创意的主题元素，营造出适合新一代年轻人消费的地铁商业文化。

（四）天一广场

水幕喷泉美景多，登楼会友尽欢歌。

商圈展示新时尚，城市客厅知几何。

【链接】

天一广场，位于宁波市中心繁华商业街中山路南侧，是宁波人气最旺的商圈，主体建筑是由22座欧陆风情浓郁的现代建筑群所组成，总建筑面积可达22万平方米，是融休闲、商贸、旅游、餐饮、购物于一体的大型城市中心商业广场。广场建筑以低层为主，充分体现现代商业气派为特点，中央以3.6公顷绿地广场为依托，缀以一条南北相向的水街，一池碧水，点缀着几幢精致通透的建筑，优雅的环境，丰富的景观，使广场的商业氛围更富情趣。

（五）院士之乡

院士星辉耀绿廊，一桥倒映水中央。
寄情桑梓秋光好，河畔花开醉故乡。

【链接】

宁波是蜚声海内外"院士之乡"，现有宁波籍院士童第周、贝时璋、谈家桢、郑哲敏、路甬祥等共122位，数量为全国第一。更有宁波籍的屠呦呦教授首获诺贝尔奖，这是中国医学界迄今为止获得的最高奖项。

高新区有一条院士路，两边陈列有院士简介，中有一桥名曰院士桥，旁有科技公园、院士林等，一个个科学巨匠"串珠成链"，彰显着中国科学家的精神。

（六）智谷花开

长安活水引江南，喜见千山起翠岚。
智谷催开花竞放，浅红深紫满庭簪。

【链接】

西北工业大学宁波研究院,坐落于宁波高新区智造港A区,占地41亩,建筑面积4.5万平方米,是宁波市人民政府与西北工业大学合作共建的科研事业单位。2020年8月研究院开园投用,设立柔性电子、智能芯片、无人航行、民用航天、卫星大数据、工业设计、文遗保护等7个技术中心,是宁波首批高水平新型研发机构。宁波研究院秉持技术创新+产业创新理念,引入世界级科技领军团队,建设世界一流的五大创新中心,三年来孵化出一批柔性电子、智能传感、无人航行等原创高技术产品,孕育出"瞪羚""独角兽"企业。

(七)三官堂桥

儿时江畔捉弹涂,常忆秋风两岸蒲。

今日驱车桥上过,凌波千叠接通途。

【链接】

三官堂大桥,是宁波市境内连接江北区与鄞州区的过江通道,位于甬江水道之上,是甬江科创大走廊南北向的重要骨架通道,全长3.3公里,桥梁总长2.2公里,主桥一跨过江、三跨连续,主跨采用465米超大跨度连续钢桁梁,为同类型桥梁世界第一。

"三官"即道教供奉的天官、地官、水官,又称"三元"。天官赐福,地官赦罪,水官解厄。从前各地都建有三官堂、三官殿、三元庵等。"弹涂"又名跳跳鱼,是在江海近岸滩涂上生活的一种小鱼,当年甬江边多见。

(八)大江东去

(藏头)

大浪滔滔万古风,江潮奔涌几桥雄。

三官堂大桥（朱红波／摄）

东南西北烟雨里，去久归来白发翁。

【链接】

甬江，古称大浃江，甬江之名源出境内甬山，宁波简称"甬"，源于甬江。甬江由奉化江和姚江两江汇集而成，宁波市区三江口以下的河段习称甬江。三江口以下甬江河段全长达25.6公里。甬江从姚江源至镇海入海口全长133公里；从奉化江源至入海口长118.7公里，流域面积4518平方公里。中国东海独流入海的河流，是浙江省八大水系之一。甬江贯穿宁波市，流域经济发达，奉化江、姚江航道运输繁忙，并可直通杭甬运河，与京杭大运河南段江南运河沟通。

七绝 东钱湖（二首）

（一）最忆钱湖

荻花岸柳满目秋，塘堰清波逐白鸥。
常念湖光山色好，最思碧浪荡轻舟。

（二）深秋晚照

蒹葭秋水映斜阳，碧峤钱湖桂绽芳。
一别经年尘梦远，归来两鬓已添霜。

【链接】

东钱湖，距宁波城东15公里，东南背依青山，西北紧依平原，是闽浙地质的一部分，系远古时期地质运动形成的天然潟湖。郭沫若先生誉其为"西湖风光，

东钱湖(龚国荣/摄)

太湖气魄"。

东钱湖由谷子湖、梅湖和外湖三部分组成,环湖有七堰九塘其布四周。七堰是:钱堰、梅湖堰(废)、粟木堰(废)、莫枝堰、平水堰、大堰、高秋堰。九塘为梅湖塘、梅湖堰塘、粟木塘、莫枝堰塘、大堰塘、平水塘、钱堰塘、方家塘、高湫塘。南北长8.5公里,东西宽6.5公里,环湖周长45公里,面积22平方公里,是浙江省最大的天然淡水湖,面积为杭州西湖的3倍,平均水深2.2米,总蓄水量3390万立方米。

东钱湖开凿已有1200多年历史,经历代开浚更具风采。唐天宝年间(744)鄞县县令陆南金率众修筑坝堤,这以后王安石、李夷庚、吕献之等历代地方官除葑清界、增筑设施,使之成为综合利用的水域。

东钱湖景区,目前已形成霞屿二灵、平水芦汀、名人景区、度假休闲区四个游览区域,建设有王安石纪念馆、沙孟海书画院、周尧昆虫博物馆、国防教育中心、蝴蝶阁、湖滨公园等景点。

七绝　谒天童寺

梵乐萦回太白峰,心随佛境转为空。
苔痕处处松间石,禅院钟鸣万竹风。

【链接】

天童寺,位于宁波市东25公里的太白山麓,始建于西晋永康元年(300),佛教禅宗五大名山之一,号称"东南佛国"。古寺藏于太白山麓处,掩映于茂林修竹间,周围群山环抱,古木参天。附近有天童森林,寺前有参天古松成行伴道,崇楼杰阁相映,更有深径回松、风岗修竹、清关喷雪、双池印景等十大胜景点缀其间。天童寺历史上高僧辈出,新中国成立后,寺内僧众也是早晚功课,威仪整肃,参禅念佛,不废古规。直至今日,全寺僧众依旧保持着晨钟暮鼓、诵经礼佛的生活,如法如律地进行宗教活动。

天童寺（张汝刚／摄）

好事近·印象鹭林

拗猛浪如奔,潮起声萦青浦。最忆儿时味道,捉蟹分公母。
炊烟篱舍鹭栖林,秋鸿逐云路。归梦花开无数,故乡思先祖。

【链接】

笔者的祖居地在宁波的路林,位于现宁波大学附近的风华路"路林综合批发市场"。每次回到故乡,总是要到那里去看看。路林旧属镇海县西管乡,20世纪50—80年代,一直隶属于庄市乡(公社、镇)。1985年10月,镇海撤县设区,此地划归江北区。庄市濒临甬江的这一段古称"拗猛江",上溯二三里,即"鹭林江"之所在。清乾隆年间编撰的《镇海县志》记载:"甬江绵亘九曲而出大浃口……鹭林江回流舒缓,是以沿江五十里多草场。"两三百年前,这里曾是一片白鹭群栖的芦苇林,"鹭林"一名大概从"鹭栖苇林"而得。如今白鹭在滩涂上翩跹起舞的情景,近年来又在宁波大学校园重现。先人赋予的这诗意地名,为我们后人回乡留下了一盏指路的灯。

七绝 鹭林怀旧(四首)

(一)江边夕拾

甬江浩渺向东流,又见芦花曲径幽。
舟过笛鸣惊鹭鸟,捉鱼潜水浪中游。

（二）田间忆趣

梦回十里稻花香，钓鳝捞虾手脚忙。
不见河塘杨柳岸，村边犹记捉迷藏。

（三）老宅印象

粉墙黛瓦小楼房，出户朝东见曙光。
石板路旁微草绿，凉亭小店果飘香。

（四）江畔碶闸

野菊秋兰引蝶来，江河交汇碶门开。
弹涂螃蟹随潮退，黄鼬穿林鸟息台。

【链接】

丁酉年（2017）仲秋，重返故里，在兄嫂陪伴下，隔江相望，不远处就是我们的祖居地——鹭林上庵根。1969年长兄曾插队于此，是年我偕弟妹四人，避乱"文革"，自西安回故乡借读一年。课余得暇，同学邻里相嬉江畔，摸鱼捉蟹，击水于江河中，不亦乐乎。转瞬之间半个多世纪过去，青春已逝，芳华不再，人虽老矣，但乡愁愈切。

七绝　古镇渔港（四首）

（一）彩渔镇

沙滩月夜半边山，碧水相连绕海湾。
石浦渔歌萦故宅，涛声依旧叩城关。

【链接】

著名的渔港古城，位于东海之滨的宁波象山县，居长三角地区南缘、浙江省东部沿海，处在象山港与三门湾之间，三面环海，两港相拥。因县城西北有山"形似伏象"，故名象山，由象山半岛东部及沿海608个岛礁组成。

新建的石浦渔镇，是集全国渔区文化、生活风情于一体的休闲度假区，由渔文化民俗街、皇城沙滩、旅居结合的欧美风情小镇，以及石浦渔港、石浦古街、檀头山、渔山岛、渔人码头等组成。

（二）出海捕鱼

登船离港日东升，层浪惊心海气腾。
一网鱼虾方出水，烹鲜浅酌饯良朋。

【链接】

象山石浦码头有个乘游轮出海捕鱼的旅游项目，能够完美地享受海风、海景、海鲜。渔船在近海出航，来回3个小时左右，能体验捕鱼放网、拖网、收网的全过程。当渔网放下去后，海鸥追随着渔船，捕食惊扰起的小鱼小虾。出海捕鱼一般要撒两次网。第一网打捞上来的鱼和虾蟹，在船上简单水煮，味道鲜到极致。第二网打捞的收获，可以让游客打包带走。

彩渔镇（翁华清／摄）

出海捕鱼（翁华清／摄）

（三）石浦老街

依山傍水古时街，老宅寻幽步石阶。
御敌海防成要塞，渔村亦有墨香斋。

【链接】

石浦是有600余年历史的渔港古城，位于象山县南部的石浦港畔，依山面海，陆地总面积119.5平方公里，其中沿海岛礁176个。石浦渔港古城的主街，封闭的空间连绵数里，高低台阶曲折蜿蜒，一道道风火墙沿巷跨街，层层递进，美不胜收，集江南古镇的古朴灵秀和山城渔港的开阔多变于一体。

（四）黄金海岸

金沙夕照海滩旁，绿岛秋风岁月长。
万里烟波收眼底，祥云五色尽苍茫。

【链接】

象山黄金沙滩距离宁波市中心9公里，海湾面积25平方公里，占地78公顷，14个岛屿错落有致，这里山海交融，岬湾众多，沙滩连绵，周边风景优美，富含负氧离子。

七绝　夜饮沈家门（二首）

舟山渔港海滨行，灯耀人喧夜市声，
数里海鲜排档里，清蒸热炒即时烹。

石浦老街（何幼松／摄）

黄金海岸（何幼松／摄）

  杨梅烧酒一坛开，豪气无拘尽忘怀。
  满座举杯聊共酌，畅饮今宵醉不回。

【链接】

  沈家门属于浙江省舟山市普陀区沈家门街道，地处舟山本岛的东南部，人称"小上海"，是我国最大的渔港和海水产品的集散地，向有"渔都"之称。由舟山本岛东南端及鲁家峙、马峙、小干岛所围之海域组成。沈家门渔港两岸建有码头数十座，可泊渔、商船数千艘，尤以鱼汛高峰期为多。今为渔、商、景兼备之综合港口。

溪口行吟（四首）

（一）五律　剡溪行

  花落随流水，剡溪风景佳。
  群山环笔架，乱世理桑麻。
  顾往孤城寂，追今故宅邅。
  潮来惊日月，逐浪荡泥沙。

【链接】

  剡溪是奉化江的上游，从四明山发源，迂回曲折，一路有六诏、跸驻、两湖、白坑、三石、茅渚、斑溪、高岙、公棠九处风光，称为"剡溪九曲"。剡溪流经溪口镇，经过萧王庙（古称为泉口），在江口镇和东江汇合后为奉化江，最终在宁波市区汇入甬江，流入东海。

（二）七绝　溪口遗梦

烟霞古镇剡溪旁，丰镐房前武岭长。
一代枭雄遗别梦，孤魂何日可归乡？

【链接】

蒋氏故居，是蒋介石前后几辈的故居，位于浙江省宁波市奉化区溪口镇境内。1996年11月，中华人民共和国国务院公布其为第四批全国重点文物保护单位，并列为中国国家AAAAA级旅游景区。蒋氏故居系群体建筑，它包括丰镐房、小洋房、玉泰盐铺。其中丰镐房在溪口中街，占地4800平方米，建筑面积共1850平方米，大门、素居、报本堂、独立小楼系原有，为清代建筑，其余都系蒋氏1929年扩建。2017年12月2日，蒋氏故居入选"第二批中国20世纪建筑遗产"。

（三）忆江南·雪窦寺

深云处，雪窦翠微峰。弥勒笑颜观世事，佛山禅意闻晨钟。开悟更从容。

（四）七绝　雪窦禅寺

银杏佛堂千古雄，人间弥勒启天聪。
住持说法因缘果，生灭冥冥四劫中。

【链接】

雪窦寺，全称雪窦资圣禅寺，位于浙江省宁波市奉化区溪口镇西北，在溪口镇雪窦山上。九峰环抱，瀑布齐鸣，景色秀丽，有"海上蓬莱，陆上天台"之誉。

雪窦寺（石春兰／摄）

据载，五代梁时有一位奉化长汀人，于岳林寺出家，法名"契此"。他长得矬额皤腹，笑口常开，常杖荷一布袋，向人行乞，人称"布袋和尚"。布袋和尚常在雪窦寺弘法。其举止虽看似疯癫，实则蕴藏深意。乃是以种种应化事迹教化众生，使令悟晓真谛。

从此，随着其传奇逸事的流传，布袋和尚是弥勒菩萨化身的说法便日渐传扬开来，雪窦山因此被世人奉为弥勒道场。1932年，太虚大师就任雪窦寺方丈，弘扬"慈宗"，并将雪窦山奉为佛教五大名山之一，奉雪窦寺为弥勒根本道场。1985年，奉化县政府及宁波市佛教协会邀集浙江省内外诸山长老，成立"修复雪窦寺筹委会"。1987年中国佛教协会会长赵朴初视察雪窦寺时曾寄语："雪窦乃弥勒应化之地，殿内建筑应有别于他寺，独建弥勒殿，并称雪窦为五大名山。"

七绝　故乡校友（三首）

（一）慎远学校

故乡名校历春秋，年少儿郎已白头。
慎远长思桃李苑，一泓秋水泛兰舟。

（二）故乡同窗

同窗长忆梦中游，相聚宁波正仲秋。
细辨乡音容貌改，举杯欢饮说离愁。

慎远学校（石春兰／摄）

（三）重阳感怀

酒香肴美意逍遥，九九重阳乐此宵。

赏菊畅谈人不寐，新醅旧友胜春朝。

【链接】

笔者1969年返乡时就读的中学，曾经是慎远学校，1967年与当地的联成小学合并。现位于地铁2号线路林站附近（宁波工程学院东门风华路旁）。这所学校始建于1920年，由当地乡人陈元顺等出资25000元，并置民田43亩，以基金7000元作为学校日常经费，因师资优良、校风淳朴，在当地一直是小有名气的学校。

2017年仲秋，我返回故里，专程寻访母校，拜访昔日同学旧故。虽经时代变迁，曾经的校园仅剩下一座保留完好的二层楼民国建筑，占地203平方米，是宁波市江北区文物保护单位。

七绝　参加宁波帮·帮宁波发展大会有感（六首）

（一）宁波商帮

（藏头）

宁知今日是何年，波浪粼粼水拍天。

商贾归来情似海，帮乡效力更无边。

【链接】

宁波帮是宁波经济社会发展的独特优势、宝贵财富和重要依靠力量。长期以来，一代又一代宁波帮人重工兴商、开拓闯荡，已有40余万宁波帮及其后裔分布在 103 个国家和地区，涌现出了一大批工商巨子、社会名流，享誉海内外。1984 年 8 月，邓小平同志发出了"把全世界的宁波帮都动员起来建设宁波"的号召，极大地激发了宁波帮人士爱国爱乡、造福桑梓的巨大热情，形成了"创业闯世界，合力兴家乡"的共识和感召力。

（二）甬帮盛会

大港朝东向海开，故乡唤我又归来。

金秋盛会多熟客，聚力同谋上云台。

【链接】

2012 年 4 月 13 日，首届世界宁波帮大会在宁波大剧院隆重召开。千名"宁波帮"人士代表 30 多万海内外宁波帮欢聚一堂，共话乡亲情谊，见证家乡巨变，共谋家乡发展大计。大会以"创业闯世界，合力兴家乡"为主题，旨在弘扬薪火相传、生生不息的宁波帮精神，凝聚海内外宁波帮爱国爱乡的巨大力量，共同建设美好家乡。

（三）同心兴甬

海定波宁故土情，乡贤才俊四明行。

众人合力齐挥楫，兴甬同心聚港城。

【链接】

2019 年 10 月 18 日第二届世界"宁波帮·帮宁波"发展大会开幕。1100 多位来自世界各地的宁波帮和帮宁波人士相约金秋、相聚宁波，感知这座"处处都挺好""处处有机会""处处有温度"的城市，助力这座文脉浩荡、活力涌动的城市，共同创造属于自己、也属于这座城市的精彩。笔者有幸与会，再一次沉浸在"与宁波一起奔跑，同宁波一起追梦"的氛围之中。

（四）商行天下

熏风照影梦华浓，宝毂香轮幸再逢。

日月星辰归大海，九天象纬在心胸。

【链接】

2020年10月27日，第三届世界"宁波帮·帮宁波"发展大会在浙江宁波文化广场大剧院拉开帷幕。大会以"同舟共济勇向前，合力兴甬攀新高"为主题，守望相助、共克时艰，逆风前行、担当作为，初心不改、扎根宁波，生动诠释了"四知"宁波精神，汇聚起战无不胜的强大力量，使宁波在经过风雨洗礼之后变得更加坚强、更有活力。因疫情的原因，大会开幕式采取了主会场和视频连线的方式。现场有500多名来自世界各地的"宁波帮"和帮宁波人士相聚一堂，畅叙乡情、共商发展。笔者有幸再次受邀参加，深感"知行合一、知难而进、知书达理、知恩图报"的宁波精神，是"甬立潮头、合力兴甬"的不竭动力。

（五）双星辉映

三江汇聚卷波澜，月照西湖夜未阑。

杭甬双城融一体，大湾放眼水天宽。

【链接】

2016年G20杭州峰会期间，习近平总书记提出：杭州、宁波要唱好"双城记"，为全国全省大局做出更大的贡献。为此，中共浙江省委、省政府做出了唱好杭州、宁波"双城记"的决策部署，加强两座"万亿之城"的融合、竞合和带动，到2025年，杭甬双城核心引领、错位协同、联动创新、竞合共赢的发展局面全面形成，杭甬双城经济圈格局基本形成，对浙江省辐射带动作用明显增强，进一步融入长三角一体化发展战略。

（六）双城共赢

（藏头）

双燕齐飞过画楼，城乡会友醉三秋。
共分列嶂环群秀，赢得江河入海流。

【链接】

浙江省提出杭甬要打造十大标志性工程，通过互补——加强产业"咬合力"，互联——激发区域协同廊道效应，互通——架起资源流动之桥，着力提升"双城记"的显示度和影响力。

五言 宁波帮博物馆落成典礼感赋

桂维民　桂维康

天下宁波帮，美名四海扬。
兴建博物馆，精神传八方。
一张老船票，悠悠百年长。
长兄拟家书，召我回故乡。
句句情切切，高悬门中央。
贵宾共揭幕，盛典喜洋洋。
手持金钥匙，归里享荣光。
火熄传薪久，相承永世昌。

宁波帮博物馆（陈东旭／摄）

躬逢此盛事，百川汇甬江。

【链接】

2009年10月22日，我与维康兄有幸代表西安宁波经促会参加宁波帮博物馆落成典礼。邀请函为维诚长兄所拟的仿古尺牍家书一封，并附有一张老船票，纪念品中还有一把仿古金钥匙和一只铜火熜，此为长兄为宁波帮博物馆所策划之怀旧迎宾方案。落成盛典上，以巨幅家书蒙住馆名，邀请贵宾揭幕。我们此行荣归故里，亲临盛典，不胜荣光。

秋风清·致家乡父老

秋潇潇。前路遥。最忆故乡月，儿时曾弄潮。家书情重怀桑梓，共听海上千重涛。

【链接】

2022年中秋佳节期间，在中共宁波市委人才工作领导小组办公室的支持下，甬派客户端独家策划"遥寄家书话婵娟"活动。笔者写给父老乡亲的"家书"有幸入选发表。家书纸短，家国情长，我用手中的纸笔，浅浅讲述着自己心目中的家乡模样，深深表达着对故土百姓的眷恋，同时汇报了自己的所思所想所获，并附上了这首小令。

七律　返乡和长兄

又访明州故土还，童年往事忆翩然。
少时最爱三江口，杖国犹观万里天。

遍野云烟遮望眼，寄情手足梦游仙。

流觞林涧同吟咏，再过桥头戏水边。

【链接】

  2023年中秋，笔者回到故乡，与长兄再次相见，十分亲切。兄弟唱和的一组诗词，还登上了"甬派"平台。

七律　与民弟重逢有句

（孤雁出群格）

桂维诚

我向南行君北还，相逢甬上尽欣然。

一生辛苦身前事，万古功名梦里天。

莫道老来成幻影，且于闲处学神仙。

百般放下天天乐，却看浮云过眼边。

五律　步韵长兄《北仑港》

大港东方立，堆场日夜喧。

吊机挥巨臂，车马逐平原。

江海风帆顺，城乡贸易繁。

宁舟成一体，吞吐出藩垣。

北仑港（石春兰／摄）

（附原玉）五律　北仑港

桂维诚

海色连天迥，潮声隔岸喧。

津梁浮碧水，道路贯晴原。

送往船锚启，迎来货物繁，

凭栏观大港，秋日照城垣。

【链接】

　　北仑港，是宁绍平原东端港口，位于浙江省陆地最东端，沿海海域有金塘港、穿山港、峙头洋、梅山港等，港湾棋布大小岛屿。整个港区呈长方形，由西北向东南倾斜，东西长52公里（两端最长处），南北宽29公里（两端最宽处），海岸线全长约171.2公里（含大榭岛环岛海岸线21公里）。北仑港全区行政区域面积为845平方公里（含海域），其中海洋、江、港面积为260平方公里，占总面积30.8%，陆地面积585平方公里（含内陆水域面积），占总面积69.2%。

五律　次韵长兄《梅港晴湾》

大坝泥沙截，云天万里开。

海波清漾起，鸥鹭远飞来。

白浪迎红日，乌礁布绿苔。

深秋诗兴伴，何处觅蓬莱？

（附原玉）五律　梅港晴湾

桂维诚

今到梅山港，行舟白浪开。

海风吹雨散，鸥鹭入山来。

日照凉秋晓，云生绿石苔。

何时携一笛，长啸向蓬莱。

【链接】

　　宁波梅山保税港区位于梅山，规划面积7.7平方公里，实行封闭管理，其功能和有关税收、外汇政策执行《国务院关于设立洋山保税港区的批复》的相关规定，于2008年2月24日经国务院批准设立，这是继洋山、天津东疆、大连大窑湾、海南洋浦之后的中国第五个保税港区。它以国际中转、国际采购、国际配送、国际转口贸易和保税加工和保税物流等保税港区功能为主导，以商品服务交易、投资融资保险等金融贸易功能为辅助，以法律政务、中介签证、休闲文化、进口展示等服务功能为配套，具备生产要素聚散、重要物资中转等现代功能的国家重要区域性配置中心。

七绝　手足情深

数十年来兄弟情，梦回旧境故乡行。

疫情久隔今相见，亲切乡音耳畔萦。

摊破南乡子·乡恋

乡恋赋秋诗。童年梦、说与谁知?白头不负黄花瘦,写愁写喜,看溪看海,九月逢时。

忽听白鸥啼。声切切、唤我来归。金风休怪花残谢,天边大雁,亦通人意,秋暮南飞。

五律 七十抒怀步韵长兄贺诗

七十春秋过,行吟无际涯。
诗词寻句乐,翰墨抒情遐。
寄意山和水,书怀国与家。
双城酬唱共,闲看满天霞。

(附原玉)五律 贺民弟七十初度

桂维诚

古稀身未老,无悔此生涯。
梅艳香如故,山高意更遐。
白头思梓里,赤子念邦家。
杖国行犹健,长安醉晚霞。

注:《礼记·王制》曰:"七十杖于国。"故杖国为七十岁代称。

月湖景区芳草洲（龚国荣/摄）

七律　故土感怀

万壑萧疏一夜风，寒烟吹影落霜鸿。
潮平江阔云无际，人去楼空月有弓。
老树犹闻归鸟噪，小桥不见钓鱼翁。
江村寂寂柴扉掩，谁向梅梢挂短篷？

五绝　双城吟

明州日月长，秦岭御风扬。
陆海开丝路，双城蝶梦翔。

癸卯行吟

桂维诚

　　我童年时曾跟随父母迁居西安,对于故乡宁波"鹭林"的鲜活记忆,始于老祖母。祖母在祖父病故后也到西安定居了。老人家给家乡亲人写信,因父母亲工作忙,常常让我这个小学生代笔。信写完了,祖母仔细拿出包在手帕中的旧信封说:"上面的地址就是阿拉老家的'地脚印'。"我一看,寥寥四字"宁波鹭林",心生疑问:"这能寄到吗?"祖母十分肯定地说:"这是你阿爷生前特地抄下的'地脚印',信笃定能寄到的。"

　　从小生活的地方,远行千万里总会记得,更难忘老辈人说过的故事,那地名就像烙印一样,深深刻在心灵深处。如今村落消失了,道路拓宽了,再过数年,也许连地名也会消亡,以后就再没人记得那些历史了。1969年1月我已高中毕业,在上山下乡运动中返回故乡宁波务农。岁月荏苒,算来至今已在宁波生活了整整55年。阿拉宁波人把地名称为"地脚印",颇有深意。有了地名,就能循着前辈的脚印,找到回家的路。

　　故乡,总是以母亲伫望的姿势欢迎着游子,牵连起远方的乡愁。忘记该忘记的，记住该记住的，守候该守候的，向往着永远的向往……与温暖的人同行，与善良的人抱团取暖，屏蔽所有空洞的宏大叙事的陈词滥章。冬天终将过去，无论雨雪霏霏，无论云遮阳光，应该依然坚信：我们站立的地方就是春天的故乡。

古诗云："生年不满百，常怀千岁忧。昼短苦夜长，何不秉烛游？"为编此书，检点旧作，虽素来技痒时，偶尔附庸风雅，然而边写边丢，存之寥寥，且多不合题。想想不要像杨修那样，"老不晓事，强著一书，悔其少作"。那么，还是把刚刚过去的这一年里的五百多首吟稿，付以充数，聊为远离宁波故乡的游子们，坦陈一个家乡文人的心路历程吧。这不寻常的一年，的确有太多的所思所感，诚如陈寅恪先生诗云："名山金匮非吾事，留得诗篇自纪年。"

春　曲

老外滩天主教堂（龚国荣／摄）

五绝　暮霭

暮霭映霞晖，红崖写翠微。
长空浮皎月，月影鸟相依。

蝶恋花·观三江口元宵灯光秀

（次韵东坡《密州上元》词）

　　光耀明州元夕夜。灯秀空中、万众观新画。美女衣香飘暗麝。三江六岸多车马。

　　苦乐年华春至也。咳唾悲欢，尽在群中社。千里推敲圆月下。诗情如涌星驰野。

倾杯令·元宵送别

　　正月良宵，花灯火树，只见满街喧闹。帘外声声鞭炮。天上蟾宫明耀。

　　东风化雨红梅早。草初青、长堤春晓。桥头送客无语，岁暮归来便好。

木兰花令·寄友

俯瞰雨中灯火路。冬尽春来闲似故。街寂寂,少行人,几度寻来皆闭户。

时念友人心戚戚。长夜梦惊风雨急。悲欢岁月不寻常,提笔欲书长叹息。

五律　梅雨

梅雨望乡路,乌云过顶巅。
几番心力尽,一纸泪痕鲜。
谁解忧心结,难驱往事烟。
九州绵劫历,觅句哭斯年。

五律　早春

风动玫瑰颤,烟销燕子稀。
晓莺啼客旅,芳草染篱围。
翠竹经冬瘦,红梅沐雨肥。
缘何春料峭,相念苦依违。

五律　春晴

云物开青眼，江梅绽赤英。
波浮晴日影，林唱早莺声。
花下渔家曲，楼头旧友情。
归来何处寄，新翠满园生。

五律　梅海

梅绽春如海，山间遍地红。
新年辞腊月，游客醉花丛。
桃李羞无色，云霞别有功。
鸟鸣晴日里，十万八千风。

五律　癸卯雨水

春日晴难久，阴云昼亦昏。
皆因风化雨，更见草生痕。
山润连天碧，溪喧逐地奔。
凭栏一览远，清气满乾坤。

七律　观镇海油菜花田

东君驾到月犹残，一阵芳声破晓寒。
可撮蛳螺肴有味，且观花蕊秀堪餐。
碧莹影里千丛密，黄灿枝头万点攒。
莫怪晨风迟送暖，春临沃野漾金澜。

七律　初春感吟

云色逢春渺似烟，东风昨夜过江边。
梅梢正艳绽红萼，柳眼初睁观碧天。
鹰隼盘旋峰峭立，农家星布水回旋。
年来百事皆成梦，远足逍遥可效仙。

品令·新茶

　　望涧壑。云中瀑，洗耳清心可乐。春风里、雨后山茶树，片片叶、碧露落。

　　新焙芳芽翠绿，齿颊留香轻嚼。漱石泉、松火烹已沸，注壶中、雀舌跃。

清商怨·吟春

疏枝香冷萼半绽。独立寒汀晚。夕照丘山,春回风未暖。
湖边林中鸟啭。暮霭里、水波悠远。月满西窗,朱帘何缱绻?

阮郎归·雨中归来

潇潇春雨洒江天。桥边舟楫还。石阶湿滑过街沿。相扶举步艰。
油纸伞,水涟涟。飘飞雨巷间。谁家小女叩门环?归来已忘年。

越江吟·踏青

如痴如醉春光赋。处处。柳垂陌上飞絮。频回顾。相闻笑语。歌于路。
连年来、这般耽误。忒辛苦。何堪久久闭户?花无数。焉能再负。同游去!

虞美人·晚归

(顾敻《少年艳质》体)

紫英遍野杏花明。一树映波清。春梅岭下落红盈。流年荣谢说人情。世无争。

翩翩蝶舞东风袅。曲径园池小。夕阳斜照影犹长。晚归望见月轮光。满垣墙。

七绝　唤春

白发回望未展眉，繁花不再忆当时。
唤回春至驱冰雪，啼血子规开满枝。

虞美人·雨蛙惊跃
（步韵张炎体）

春风一夜溪声聚。山道登临处。雨蛙惊跃发川华。羡煞自由鸣鼓、乐无涯。

梦中未记曾归去。不辨来时路。几番猜量眼昏花。莫说陈年往事、早还家。

注：川华，指浪花。

万里春·惊蛰感时

蛇虫百脚。尽伴东风惊觉。乱纷纷、恐后争先，欲横行作恶。
迅疾逃难捉。讨人厌、躲于墙角。步园中、处处提防，竟寻春无乐。

注：甬人谓蜈蚣为"百脚"。俗谚云：蜈蚣百脚，还是蛇游快。

西施·咏山茶花（二体）

（柳永"苎萝妖艳"体）

满坡丛绿觅无花。寂寂盼春华。蓄芬浴雪傲，次第缀枝丫。自有亲民态度，情切切，植根布衣家。

踏青邀友寻芳去，锦团簇，遍天涯。种于市井院，朝夕伴云霞。岁岁年年期待，寒冬尽，见她唤山茶。

（柳永"柳街灯市"体）

满坡丛绿绽红花。独傲发春华。蓄芬披雪，次第缀枝丫。富贵无缘，自有亲民态，赠与布衣家。

踏青最爱寻芳去，团团簇，遍天涯。种于市井，朝夕伴云霞。岁岁年年，每到寒冬尽，见她唤山茶。

万里春·咏樱花

千娇百媚。一片斑斓云起。只因他、热烈清纯，怎教人不醉？

读懂才知你。便如此，学诗群里。共吟哦、扑面东风，借樱花春意。

睡花阴令·春风

谁挥画笔。大地紫云飘逸。涂抹遍、再添黄碧。尽缤纷欲滴。

随心渲染,似这样、了无痕迹。竟日里、不辞朝夕。去来何处觅?

梦玉人引·雨后即景

（李甲体）

沐霏霏雨,百花妍,草柔碧。趁育新苗,小园添些春色。霁止云开,忽暖阳初照石阶湿。收伞随行,见路人如织。

丽人街拍,分明是、美艳恁端的。薄衫春衣,恰装点春消息。凶疫散去,轻松欢难抑。不堪再提,连年郁闷,随风抛掷。

七绝　醉春

（次韵杜甫《绝句漫兴》其四）

杜甫有诗寻句来,韶光不负共春回。
无忧可得年轻态,知己相逢几引杯。

七绝　买醉

夜长沉醉无忧瘁,久睡何须对目瞪。
一树残英飘落尽,不闻春晓鸟啼鸣。

七绝　木兰花开

（藏头）

木笔书春绘水天,兰芳柳翠鸟鸣泉。
花园美景凭游乐,开荡心胸纳百川。

七律　步韵友人题海棠诗

海棠万朵舞仙姿,妆饰胭脂醉摆枝。
且学玉兰挥木笔,亦随杏雨报春时。
见花忽觉离愁迫,举步方知返辙迟。
家国云山千里远,聊将思念赋新诗。

五律　春分

（孤雁出群格）

昼夜日中分,晨光雨意沉。

海棠争绮艳，元鸟向浓荫。
远客摩肩过，新花信手簪。
踏青须趁早，漱石水鸣琴。

春花三吟

（一）三台·早樱

千树春樱竞放，落红满地缤纷。何恋枝头久久，护花甘作芳尘。

（二）赤枣子·玉兰

白俏俏，瘦削削。娇羞无语半含苞。身洁拒尘容素雅，魔都流韵自清高。

（三）杨柳枝·杜鹃

花鸟同名映日红。子规啼血染春风。谷峰十里都开遍，半入哀歌半入丛。

醉乡春·玉兰争俏

几朵玉兰争俏，清绝素衣丰貌。瘴疠过，燕归来，重见市声喧闹。
落寞赏花人老，一任昏鸦聒噪。说圆缺，忆如潮，去年四月魔都悄。

七绝　感时步韵韩翃《寒食》

雨过风狂折草花，君恩谁说不心斜？
民间禁火皆寒食，灯烛难明百姓家。

破阵子·采茶归来

（晏殊体）

雨霁山峰黛翠，枝头芽嫩尖尖。双手采茶如啄米，匀得春光叶满篮。隐身入雾岚。

急急杀青翻炒，柔柔几片轻拈。一撮明前无限意，漫道壶中岁月添。清馨品味甘。

河渎神·紫藤

藤蔓紫花繁。二月春暮姗姗。向阳舒展望云端。思念深深挂牵。
霞蔚绿枝开未歇。簇团连串如蝶。描此质形高洁。画成难掩欣悦。

七律　春寒即景

（藏头拆字连环诗）

二月春寒骤北风（風），虫眠未醒隐园中。

口呵冷气添衣帽,目接空街少媪翁。
羽帐金床迟懒起,土工瓦匠早忙匆。
勿嫌美女裙单薄,寸短吸睛独家工。

后庭花破子·春燕筑巢

(王恽体)

燕子筑巢忙。衔泥择栋梁。吉宅春光满,孵雏草铺床。正朝阳。人间亦羡,家家有住房。

浣溪沙·癸卯谷雨

谷雨春浓忽放晴。江河水涨一舟横。稻秧吐绿啭新莺。
难见农人鱼贯出,何堪田壤失时耕?村头盼见荷犁行。

七绝 题谷雨玫瑰

春风三月雨霏霏,一树玫瑰映野扉。
松土修枝勤护养,花开对我笑微微。

应天长·和戴莺《双鹢舞长天》

（王沂孙体）

　　屏中动画，词里挚情，春光任自流去。触喙碰头梳羽。蹁跹起歌舞。湖边影，花满树。一遇见，便难辜负。羡双鹢、比翼缠绵，轻说心绪。

　　山远隐云端，水色蒙蒙，相伴忘归路。莫道共甘同苦。空名托朱户。温存意，甜蜜语。竟不敌、恁多财富。又何必，看透炎凉，问甚缘故！

春从天上来·答友人

（张炎体）

　　共品新茶。似昔年相识，今又回家。故地依稀，树高楼在，无觅十里鸣蛙。犹见西溪陈迹，歌吹里、四季芳华。夕阳斜。忆泛舟湖上，娇语谁夸？

　　栖霞。岭低路近，正晚照丛林，醉了桃花。莺啭声声，欲寻旧梦，何时春去天涯？一阕乡思常写，迢遥处、游子归槎。乐柔嘉。是埙箎互应，不是琵琶。

七绝　楝花

　　紫雪飘香苦楝花，耕归带月荷犁铧。
　　蹉跎凭问春何去，一样悲欢逐岁华。

注：苦楝花是二十四番花信风之最后一花，花开预示着夏天的到来。

少年游·祭春

（李甲体）

吹落楝花花信尽，不见少年郎。满头白雪，怎堪回首，悲月黯星光。

年年杜宇啼归去，一任妒群芳。更伤惋处，落红满地，谁举别离觞？

七律　感时八脚步韵诗友《春日大同山阿》

山间春雨绿藤萝，岁月匆匆叹奈何。
乡梦离愁随草盛，皱纹白发染霜多。
虽知逆旅身为客，常觅新词律作歌。
陌上晨鸡啼唱里，且安有酒有行窝。

夏　歌

宁波火烧云（龚国荣/摄）

阮郎归·癸卯立夏

春归迎夏雨绵绵。池塘荷叶圆。几枝花落意阑珊。醒来日影偏。
浑不觉,岁华残。霜飞两鬓间。陈年光景忆从前。夕阳已满山。

风流子·赞忍冬花

(吴文英体)

　　花绽舞鸳鸯。迎风笑、十里播奇香。似金粉世家,不存奢念,镀银器皿,亦作寻常。漫道是炎凉物态,为药尽流芳。清热目明,视瞻昭焯,解烦心定,神志昂扬。

　　经冬含春蕊,冰霜雪、寒性以是深藏。造福梓乡间里,身寄何方?纵碎骨无存,顷除顽疾,赤心犹在,长保安康。皆赞忍冬情愫,伉俪双双。

　　注:忍冬花,又称鸳鸯藤,俗称金银花,一蒂双蕊,始白终黄。五至六月采花,七至九月收藤,十至十一月摘果,全身皆可入药。

七律　题《牡丹图》

露冷晴空锦绣围，柳丝飘絮逐春晖。
洛阳官殿香初溢，汉使园林客已归。
酬唱诗词佳句出，勾描花草彩云飞。
全凭渲染丹青手，蜂蝶寻芳落画扉。

金错刀·咏郁金香

（冯延巳体）

千玉盏，万金觞。如开欢宴醉城乡。花田七彩谁描绘，莺燕蹁跹舞一场。

春烂漫，意飞扬。纷呈红紫粉金黄。采来欲赠何相诉，聊表诗情锦绣肠。

潇湘神·梅雨天

梅雨天。梅雨天。意多缱绻且休闲。品茗抚琴听一曲，丛烦皆避得心安。

注：缱绻，固结不解。

采桑子慢·梅季闲情

（格五）

雨季即临，天际昏昏云暗。品梅子、青青初果，未熟犹酸。掩卷沉吟，世情难料事犹艰。轻启纱窗，烦蒸郁闷，午憩难眠。

青苔生绿，石桥阶滑，徐步盘桓。忽凉风吹叶，顿觉舒爽恬然。亭中小坐，偷来半日清闲。竹园幽径，千竿滴露，鸟啭丛间。

五律　步韵戴莺《癸卯芒种》

芒种夜逢雨，清晨忽转晴。
凌霄呈烂漫，蚕蚁待孚萌。
麦浪随风皱，瓜藤带露轻。
田家忙趁季，四野喜争荣。

夏云峰·台风

（格五，赵长卿体）

夏风轻。迎拂晓、骄阳似火温升。初暑薄岚，岸边微浪层层。稻株垂穗，都盼望、五谷丰登。怎料到、台风聚力，黑絮翻腾。

远方惊起雷鸣。暗无光、昼如昏夜燃灯。搅乱玉宫，万千嚄唶天兵。乾坤无色，一路漫卷九峰倾。遍地落狂飙，顷刻横扫江城。

醉太平·癸卯夏至

（刘过体）

风高浪盈。同祈太平。世间歧路民声。似蝉鸣聚成。谁怜众生？骄阳酷蒸。夏迎长昼临城。眺曙光梦醒。

采莲令·甬江落日

夕阳沉，天际云如火。凭栏望、甬江舟过。绮霞起舞大桥边，水上迎归舸。渔歌起、声声婉转，频频寄意，不知谁在司舵？

远渡重洋，一别数月几颠簸。行千里、浪高风作。怎般辛苦，但记挂、久久思君个。晚潮急、山衔落日，波光红泛，两眼望穿江左。

荷华媚·本意

莲花午时绽。池中叶、托起亭亭娇婉。凉生消酷暑，波痕荡漾，恰清风夕晚。

月似水、悬泻流千里，美芙蓉出浴，轻纱柔曼。听繁漏、人无寐，荷香飘过，想哪年曾见？

蓦山溪·癸卯小暑感赋

（格五，易袚体）

夏荷亭立，塘下开无主。蝉噪树丛间，日焚火、迎来小暑。热潮掀浪，席卷古城池，空调响，悬楼宇。叵耐高温度。

谋生不易，骑手奔于路。曝晒最平常，遇红灯、挥挥汗雨。几多岁月，曾忆理桑麻，忙双抢，农家苦。蓬转人生暮。

卜算子·金丝桃花

朵朵绽枝头，美艳如仙女。金蕊高挑舞晚霞，风里梳云缕。
惊艳惹回眸，长在寻常处。莫谓桃夭不赠人，盛放花无主。

五绝 步韵屠一宝《小暑观荷》

月下芙蕖影，清香掠绿波。
纳凉人不散，挥扇逐蚊多。

七绝 兔儿尾苗

六月开花在草丛，至今默默对狂风。
三年化碧苌弘血，忧郁凝于紫卉中。

七绝　步韵屠一宝《伏始荷花已半凋》

芰荷遇伏渐零凋，午噪高枝厌马蜩。
无雨云山溪少水，干雷轰响送归潮。

注：马蜩，即蚱蝉，夏蝉的一种，自其大言之曰马。

七绝　次韵徐秀强《夏凉》

（一）

秦时明月白光凉，岂为风流被雪藏。
何以高升人仰看，今朝千唤雾遮岗。

（二）

月明秦汉现何凉，瓜结晓田岂可藏。
雪压海棠皆惯见，且观雾起隐青岗。

（三）

细雨轻飞送夏凉，绿枝挂露翠蝉藏。
尘寰安得云雷震，雾起晓田蔽短岗。

七绝　次韵徐照采莲曲亦咏荷蜓

大雨将临日乍阴，蒸腾热浪气难沉。
蜻蜓点水荷塘上，天际雷鸣叹息深。

七绝　中伏感时次韵张潮《采莲词》

连日朝云胜火红，滚雷阵雨洒城中。
缘何仲夏街萧寂，人气回升待好风。

七绝　步韵蓓蓓校友昙花诗

昙花绽放艳高台，速朽凋零暴雨来。
昨夜一钩秦月现，芳华刹那已难回。

五律　忆旧步韵本家栖鹏兄《苦暑》

双抢农家苦，禾丰酷暑天。
秧田多蠓蚋，柴灶少炊烟。
犬伏阴凉喘，人忙昼夜颠。
老来时梦见，惊醒再难眠。

五律　八脚步韵戴莺《癸卯端午》

半夏逢时节，凌晨已大光。
露凝瓜叶润，蜂逐豆花香。
舟泊无人渡，田丰万物阳。
远山衔夕日，风起自然凉。

五绝　说蝉六首

（一）无光

地下苦劳工，四年居穴中。
一朝天日见，迎来八方风。

（二）无阻

移居高树上，四望接晴空。
齐唱无拦阻，声声震碧穹。

（三）无谓

一夏纵情歌，无词调不多。
须知名是假，岂了百忧何？

（四）无由

聒噪惹心烦，何由热愈喧？
若非人所雇，无故莫攀缘。

（五）无助

犹怜合唱团，秋后便玩完。
声噤枯枝上，风中始觉寒。

（六）无声

萧瑟雪连天，冰封似铁坚。
何时春拂柳，又忆夏鸣蝉。

五律　火烧云

无处隐栖遥，钟声响寂寥。
风生松子落，月上梵音消。
炽烈云如火，飞翔凤入霄。
此愁何所寄，雨打绿芭蕉。

秋　韵

横街镇庄家溪古洞桥（龚国荣／摄）

天仙子·钱湖秋色

（韦庄"深夜归来"体）

风拂钱湖杨柳翠。千亩田畴秋色美。盈盈水上泛渔舟。人欲醉，共悠游。天地之间能忘忧。

五律　咏棠棣

万木丛中植，千葩尽吐芳。
常沾春雨露，更见蕊金黄。
玉砌含余润，银辉映晚妆。
诗云兄弟意，自古最悠长。

五律　钱湖泛舟

湖岸秋光好，风吹鬓已斑。
游船披霭雾，沙鸟集滩湾。
竹色遥环水，涛声暮入山。
座中多白发，静对夕阳闲。

七律　七夕夜雨

河鼓星桥望欲阑，鹊声偏向夜风寒。
天地织就千针幕，儿女妆成两髻攒。
雨露沾裳衣袂湿，洪涛扑面涿州宽。
人情别有关心处，愁损蛾眉泪不干。

醉花阴·次韵李易安

热随三伏巡夜昼。威猛如凶兽。气闷郁于中，霹雳惊雷，滚滚声穿透。

早春蕊秀冰溶后。忽夏归挥袖。转眼又秋风，萧瑟街区，皆叹囊中瘦。

七律　秋荷

十丈芙蕖翠盖间，晚风习习水潺湲。
碧盘承露圆珠润，赤石侬亭岸柳环。
天上霓裳疑舞月，人前绮席乐归闲。
湖山更有东篱约，醉倚阑干夜未还。

五律　白露

月色清如水，枫林静可怜。
夜来秋意早，晨起雁声偏。
砧杵疑残柝，渔灯伴远烟。
遥山不见日，何似故乡天。

五律　题温时幸兄大丽花照

红芳何自发，叶落一枯荣。
不是无情色，谁曾有赞声？
晓风低舞袖，残月伴琴笙。
域外移来久，而今泪暗生。

注：此花产自墨西哥，有人以为其骄傲冷漠，斥之不吉。

五律　次韵徐秀强《万寿菊》

花艳秋来早，寒香缀满丛。
晨岚笼翠碧，夕日映橙红。
花语呈千瑞，诗笺托一鸿。
寿翁犹未醉，酬唱对清风。

七绝　豆花

豆花得雨蔓爬高，忽起狂风怒呼号。
吹倒没于荒草里，攀升依附劫难逃。

五律　蟋蟀

唧唧入我诗，感此欲何之。
不见风鸣处，犹疑月落时。
露浓秋有响，夜黑木无姿。
一点孤灯灭，声声到枕帷。

五律　次韵徐秀强《秋分湖畔》

一水环寒渚，千村共月光。
鸟随云影去，花带露珠香。
篱外多黄菊，园中少翠篁。
归心犹落寞，忽觉晚风凉。

五律　八脚步韵徐秀强《中秋桂香》

秋色伴秋芳，蟾宫亦播香。

绿枝披雨缀，金粟逐风扬。
凉意侵长夜，清馨醉月光。
故园双节度，树下共飞觞。

七绝　初凉

高吟不觉醉流霞，一首诗成酒不赊。
饮罢方知三五夜，初凉满地月之华。

五律　次韵徐秀强《秋凉》

双节游人织，湖边草未霜。
金风凭拂掠，碧水任行藏。
山麓寻新菊，村头觅旧防。
深秋萧瑟意，渐觉薄衣凉。

五律　咏雀

岂作笼中物，衔芦独往时。
一枝栖未定，众鸟啄何窥。
雨暴何须驯，风高亦未辞。
翩翩飞不得，毋宁舍生之。

安公子·中秋月

（格四，晁补之体）

木叶风吹剩。数峰遥影银光净。河畔砧声三五夜，天悬冰镜。步亭下、抬头远望生诗兴。回首看、多少残荷映。拂菊丛滴露，几朵黄英香冷。

不堪今宵咏。一年佳节无欢逗。玉兔团栾身是客，哪时归省？独浮白、天涯孤旅书难整。雁鸣处、江上寒潮竞。且凭阑空倚，更忆蓬门花径。

五律　癸卯寒露

霜林秋意晚，寒露遍江皋。
落叶飞堤畔，西风鼓夜涛。
归舟徐傍岸，征雁远追舠。
驿路经游倦，羁怀岂逞豪。

五律　咏桂

海天生月冷，光色满团峦。
带露含秋馥，承风弄晓寒。
诗仙乘鹤去，墨趣拟龙蟠。
香袭知时节，还须把酒欢。

五律　咏菊

篱东日向昏，遍植近山村。
寻见花盈圃，邀迎客满门。
寒烟笼远水，疏雨润新根。
独爱陶元亮，秋芳共顾存。

七律　癸卯重阳

晚来篱落菊花黄，今又重阳岁月长。
遍野山风携冷雨，半溪壑泉带寒霜。
节前相伴唯诗酒，疫后身谋为稻粱。
来日何须长喟叹，几多忧乐阅沧桑。

五律　霜降

桂菊缀秋芳，田边渐降霜。
江亭深掩树，月影缓巡塘。
寒入溪山静，愁侵草木荒。
不眠还倚枕，索句见晨阳。

摸鱼儿·访古洞桥

（格三，步韵李演体）

壑深幽、洞桥缘寺，迁来相对无语。前朝旧影何从觅，化作烟波轻舞。皆逝去。两岸贯通途，翠竹迎微雨。山中古树。更阅尽沧桑，当年故里，翔集辨鸥鹭。

斜阳路。几座繁花别墅。蛮鸣惊梦羁旅。云溪水断生荒草，难见旧时乡土。车且住。共拾级登临，薄拱空山暮。虹飞翠浦。正瑟瑟金风，浓浓桂馥，吟罢咏秋句。

【链接】

古桃源乡（今宁波市海曙区横街镇）的武陵溪上，有一座绿树掩映的石拱桥，从薄薄的桥顶上三个遒劲的隶书可知，它的名字叫古洞桥。古洞桥又称"翠山寺桥"，最早建于宋代，后被毁，最后一次重修于1924年。该桥总长30米，拱跨达17.5米，拱高7米；桥基以江村岭岩石为基，基上叠石为拱，牢固可靠；拱与桥面紧贴，薄而减负；桥顶宽3.5米，而桥块宽达7米，两侧构成"八字形"步阶作支撑；桥额位于拱券中部两侧，上镌"古洞桥"桥名，上款"共和纪元十三年古历甲子岁立"，落款"雷山汪崇干题"。因水库建设，2007年迁入现址，是一处不可多得的古代桥梁建筑。

五律　题迟桂图

冷雨悄无声，秋迟桂蕊情。
香飘天上月，凉度水边城。
未见枯花落，来寻伞叶撑。

何愁人不识，莫作断肠鸣。

五律　菊泪

金英立北风，萧瑟对篱东。
瘦蝶晨愁雾，寒螀夜泣丛。
黄泥埋落卉，白烛泪良桐。
多少悲秋客，望天送断鸿。

五律　倩影

幽香脱俗尘，倩影满湖滨。
露叶初添绿，霜华已别春。
翠裙歌乍歇，蓝瓣展犹嗔。
仙界无愁虑，何须效此颦。

五律　冷香

篱落冷香悬，秋来色转妍。
寒云萦海口，残雨落山前。
独秀难名世，多情欲付天。
霜浓风景异，何必问林泉。

五律　旧缘

山边起夕烟，湖上紫烟悬。
蝶绕翩翩舞，蜂随急急传。
不辞秋月尽，长使晚芳延。
谁识其中意，陶然续旧缘。

五律　宵醉

山高碧水流，登顶觉清幽。
禾黍千村暮，风烟万木秋。
归来云岗下，望见古村头。
相约今宵醉，推窗月满楼。

五律　雪螯

玉脍雪螯肥，秋风岂可违。
平湖逢夜雨，落日映窗晖。
墨客醺犹饮，诗人醉不归。
闲来无所事，常把秃毫挥。

五律　栉风

白发栉风前，青山野渡边。
孤舟偕去棹，落日独归船。
晴雨残秋后，烟波菊月延。
今朝望故里，但愿子孙贤。

五律　迎风

秋来发几枝，翠羽映晴时。
雨密竿犹劲，林疏岁已迟。
高巢栖宿鸟，低叶拂清池。
自有虚心节，迎风咏古诗。

五律　黄鱼

撒网海无涯，金光泛浅沙。
佳肴偏石首，美味送娘家。
远浦人初醉，高枝月已斜。
渔郎归港泊，皆羡象山嘉。

五律　烟波

村头暖日斜，轻浪拍金沙。
野鸭栖寒树，山蜂逐晚花。
趁闲棋有约，收网乐无涯。
谁识渔舟子，烟波半是家。

五律　遥观

诗僧大德闲，古寺翠林环。
不见繁花季，遥观瀑布湾。
披霞迎暮霭，逐雁望高山。
自觉清凉意，莫嫌雀噪烦。

五律　寒流

天地一江横，寒流已上程。
雪临西府阁，云涌北山坪。
犹带悲凉意，更伤老大情。
须知边塞雁，千里正南征。

五律　幽怀

霜天云气清，鸥鹭下江城。
夜静月光冷，秋寒灯影明。
舟归东海渡，车伴北乡程。
何处堪追忆，幽怀独有情。

五律　空楼

风吹到海边，湿冷雨绵绵。
桑梓全无影，江湖几十年。
连天商宅起，易地草民迁。
一片空楼里，依稀忆故川。

五律　江河

岁月似云烟，天涯几变迁。
皆由生死命，何问有无权。
去国八千里，思乡数十年。
山河依旧在，回首已茫然。

五律　渔浦

江边渡夕阳，渔浦是吾乡。
天外青山断，桥头木叶黄。
沙洲连古戍，村落傍寒塘。
何处闻人语，孤灯伴夜光。

五律　孤舟

水岸暮烟扬，船头送夕阳。
乡心三载远，秋色百花香。
鸿雁舒云翼，潮声欲断肠。
孤舟何处去，渔火映沧浪。

五律　秋暮

秋暮季将更，今朝盼复晴。
云浓疑见雪，雷震觉无声。
过午犹初霁，临冬不再耕。
明春三尺雨，但愿好收成。

五律　瑶台

云阙共迎仙，瑶台锁翠烟。
山村春树外，龙窟暮岚边。
石窦三重瀑，天空几朵莲。
夜凉清梵发，明月照寒泉。

五律　紫云

深院紫云光，篱边傲晓霜。
色如桃李艳，寒带蕙兰香。
雨后呈娇媚，风前感嫩凉。
晚来犹未落，不觉露侵裳。

五律　守芳

深秋篱落荒，寒蝶伴飞狂。
云影随风动，溪流绕地香。
疏藤黄叶落，重瓣紫花光。
无限相怜意，萧条自守芳。

五律　早潮

风声起北方，残月挂西廊。
日出山河际，云飞星斗旁。
早潮平岸石，晓雾隔林霜。
莫上扁舟去，须知水路长。

五律　白鹭

翩跹入画来，绿树满园栽。
雪羽凌云展，霜风绕水回。
声随波浪起，影逐月光开。
何处闻羌笛，秋深倚碧台。

五律　秋夜

清秋一镜悬，风月忆西川。
水阁摇星汉，云窗列绮筵。
夜寒初结露，波静欲生烟。
如此幽人意，焉能不向前？

五律　塞外

古木掩苍苔，登临塞外台。
闲云行碧野，晴日逐边埃。
花讯随春去，茶香度夏来。
秋归飞雪夜，天地尽皑皑。

七律　品蟹

海国秋深万木黄，满地霜浓北风凉。
江村谷熟琼浆醉，岛树云来橘柚香。
初到水乡知有蟹，但尝美味是无肠。
觞余一枕西窗榻，梦里曾疑似楚狂。

五律　迎冬

一览秋将尽，何惊岁已阑。
风云虽未动，冰雪更严寒。
世道从今窥，人心由此叹。
冬雷呼地火，岂可得偷安！

冬　咏

天一阁（龚国荣／摄）

五律　题照

一树红千朵，何须春再寻。
秋深江上影，客近岁时心。
遥忆峰头立，长吟水外沉。
故园芳意在，醉貌岂霜侵？

五律　樟树

独木胜如林，凉生一片阴。
千年生勃勃，万叶绿森森。
自扎深根土，谁知赤子心。
任凭风雨骤，飒飒遇知音。

七律　癸卯冬至有句

岁除人事说纷纭，未觉春光伴晚曛。
冬至初生天际雪，年来已见暮时云。
乾坤何以呈危字，科技焉能测妙文？
懒写梅诗难慰眼，有词振振且氤氲。

注："汉语盘点2023"揭晓,"振""高质量发展""危""Chat GPT"分别当选年度国内字、国内词、国际字、国际词。

七律　迎元旦

寒风吹草过江浔,举目萧条黯此心。
白发故人闻疫恐,青衫归客带愁吟。
窗前把酒休嫌少,灯下鸣琴莫放音。
我亦倦游花落尽,忽悲木叶满疏林。

七律　元旦有吟

身世平凡任所如,此生常在故乡居。
偶因多虑皆忧事,便觉微言尽废书。
浓雾迷蒙犹未已,繁花凋落尚何余。
闲情且逐深云外,谁道人稀迹亦虚。

五律　癸卯小寒

霜重午方晞,天涯雁北飞。
雪随残腊至,风送小寒归。
梦醒黄粱熟,饥怜玉食肥。

江河犹日下，何处采新薇？

五律　腊月

木叶已全凋，朝来冻未消。
云山连海国，星树接天桥。
远客心何极，孤舟梦亦遥。
梅边谁做伴，独立小楼寥。

七律　疏窗寒影

疏窗寒影透帘纱，香逗东风遍海涯。
一抹月痕侵瘦竹，几年心事寄流霞。
吟诗客伴无愁减，醉墨天悭着意奢。
何物更先春色至，同迎芳讯满平沙。

梅花曲·访梅

诗曰：

孤山清气满西廊，窗外疏枝自吐芳。
韵致无边花绮艳，风流未改月悠长。

客来树下曾留影,鹤去云端几断肠。

今夜与谁同一醉,嗟余何叹鬓添霜。

词曰:

望孤山夕照,清气满西廊。推窗只见疏枝,三两朵,犹自吐芳。绮艳半含苞,无边韵致扬。黄粉红,风流未改变,月影悠长。

骚客同来树下,曾留影,忆过往时光。白鹤去,翔云际,话当年,几断肠。与我共酌可邀谁,夜叙一醉千觞。守岁人,何叹鬓添霜。

五律 悼基翁

从今别有涯,大国隔洋槎。

世纪逢缘客,往来外事奢。

忽惊华夏梦,犹祭北京花。

史册翻篇看,时迁浪卷沙。

五律 霜凝

憔悴老篱东,霜凝冷蕊丛。

秋心无所寄,晚节有何逢。

孤影悲江郭,残英落厉风。

只因真意在,一掬泪蒙蒙。

五律　思旧

残夜路灯光,天寒菊又黄。
秋林斜日暮,旅店石阶霜。
征雁过江去,冬虫入地藏。
醒来思旧事,三载苦哀伤。

五律　幽怀

阶上绿苔齐,霜晨早听鸡。
晚舟归夕日,余梦念西溪。
白雁横汀落,青林水岸迷。
幽怀无可诉,烟渚晚云西。

五律　席散

朝暾万里红,江畔拂秋风。
映日千门柳,追云一路鸿。
鸟鸣花苑静,曲尽美人慵。
席散归孤寂,何悲百事空。

五律　飞流

飞流挂半天，深涧漫云烟。
云锦开朱阙，溪山引碧泉。
鱼龙争跃出，鸿雁共翔前。
日夕寒岚起，层林接翠巅。

五律　云飞

天公亦有情，残日落荒城。
烟树青山出，江潮白石明。
三秋空极望，一拱对相擎。
忽遇风吹去，欣然逐雁征。

五律　凭栏

远望水天长，秋风送晚凉。
夕晖流古木，灯火伴孤航。
雁别沙边草，枫披月底霜。
凭栏人独立，悲喜可偕忘。

五律　初冬

朝暾映碧穹，日出万山红。
天阔江垂野，林疏鸟入蓬。
村头迎浣女，舟尾见渔翁。
已觉寒冬意，流霜草木中。

五律　小雪

岁暮雪无缘，江寒水石边。
半生随世薄，六出舞空绵。
远近多思竹，言行少愧天。
何时归此隐，山里伴云烟。

五律　立冬

风物尽无猜，阴云惨欲开。
寒鸦栖树杪，饥鼠啮冰苔。
野店炊红黍，山厨积黑炱。
农家茅屋外，不见断鸿来。

五律 天寒

天寒菊蕊香，深院少灯光。
半夜三更梦，千山万里长。
风高云影乱，月暗水痕凉。
不觉衣襟冷，孤鸿别梓乡。

五律 冬夜

霾雾漫林山，烟痕万嶂环。
月阴难入幌，囊涩已知艰。
霜降严冬近，虫眠旷野闲。
梦醒抬望眼，夜黑水潺湲。

五律 大雪

六出怅辛艰，冬雷震八关。
漫天如可作，残月岂堪还？
格物须无束，修心得自闲。
风云多变幻，难以上高山。

注：六出，即雪花。

五律　小雪

岁暮雪无缘，江寒水石边。
半生随世薄，六出舞空绵。
远近多思竹，言行少愧天。
何时归此隐，山里伴云烟。

五律　忆昔

无道问苍天，阴阳有代迁。
人间遭逆顺，鬼域亦迍邅。
几地同遭劫，三年共克艰。
难忘肠寸断，岂尽化尘烟？

五律　殷忧

风雨惹愁思，灯前搁笔时。
殷忧延似草，诗病渐成丝。
天冷鸿飞逝，山寒叶落知。
江湖今已远，归去复何之。

五律　欲咏

文思乱似麻，欲咏缺词夸。
水石无奇异，风云有际涯。
青山千叠出，绿树两边斜。
数字生奇景，何愁笔少花？

五律　登临

萦纡究可通，窈窕映芳丛。
林静闻莺语，山高掠竹风。
辞秋花落去，归暮水明中。
不尽登临意，烟波万里空。

五律　红枫

秋叶历霜浓，丹英晚逐风。
飘摇迎暮色，烂漫送飞鸿。
云过层峰上，谁来壑涧东。
山中冬日暖，只见满林红。

五律　边塞

古木掩苍苔，风吹塞外台。
闲云行碧野，晴日逐边埃。
花讯随春去，茶香度夏来。
秋归冬雪夜，天地尽皑皑。

五律　秋声

登关故国开，经济跃无垓。
融与市场合，谋成发展来。
风吹云易变，潮退水难回。
萧瑟秋声里，愁思满此台。

七律　落叶

仰望娇黄满目金，西风起处入衣襟。
空中鸭脚飘飘下，天际霜风悄悄侵。
奇色妖娆千岁树，同窗吟咏百年身。
芳华犹惜斑斓季，一片辞秋入我襟。

七律　芳讯

曾闻玉蕊满江城，香气穿林一路行。
不向俗时同沆瀣，自怀介气独澄清。
秋光入眼随人老，夜色连天伴月明。
谁识此山芳讯至，层林寒影万枝生。

七律　征鸿

西风瑟飒遍崖跟，满耳秋声水不温。
千里江河无限好，一生身世数年恩。
鸟逢此节愁霜雪，人到今时近暮昏。
最是杭州看未够，征鸿已过艮山门。

七律　野猫

岂愁无主懒跟人，爬树安能教虎臣。
但为秋时擒地鼠，却因敢怒失天真。
花丛扑蝶犹随意，水底捞鱼不误身。
未敢争荣多谄媚，逍遥野外亦迎春。

五律　地震

山崩不见星，遍野绝飞萤。
边塞关河震，凌晨夜柝停。
地摇飞坠石，天哭悼亡灵。
悲笳传千里，同祈百姓宁。

五律　听漏

瘦竹月痕枝，幽人此处宜。
影斜疏雨断，声远乱云垂。
梅绽吟偏早，香浮酒未衰。
西窗听漏尽，何日可舒眉？

五律　山茶

吐艳此时新，风中且待春。
故人千里别，老树四明邻。
水带烟霞色，山封日月神。
无争桃李劫，幽独脱凡尘。

五律　水仙凌波

不畏晚霜侵，幽香自杳沉。
春风犹未至，秀色独先临。
翠叶凌波影，柔枝托素心。
谁怜寒蕊瘦，月下且沉吟。

五律　烟花夜

烟花破晦暝，彼岸得宁馨。
水落春波动，风柔暮雨零。
远林生细影，浅石露幽汀。
未等黄粱熟，三更梦已停。

注：刘禹锡《赠日本僧智藏》："为问中华学道者，几人雄猛得宁馨。"

五律　腊八

腊八岁寒时，辰年已未迟。
雪梅将破萼，风柳只垂丝。
春色藏田畔，乡心逐水湄。
江南芳草地，何日发新枝？

五律　梦牵

但憾问名无，相思寄玉壶。
一遭逢莫逆，数次入荒隅。
雪静庵成景，莲开梦在途。
何时重到此，得见月明珠。

五律　大寒

又见旧山川，无言亦悯然。
莫疑归雪上，岂问到冰前。
风色生孤榻，溪流咽小舷。
何嗟尘世事，岁暮望来年。

五律　清夜

清夜月明乡，归人步急忙。
何来寻凤侣，焉得梦龙骧？
花草哀枯败，笙簧漫醉狂。
谁家吹玉管，千里惹愁肠。

五律　降温

岁暮降温寒，城头日照残。
风随南去雁，雪逐北征鞍。
白草迷歧路，黄云挽巨澜。
溪山无处觅，阻隔为何宽？

五律　岁寒

腊月望孤岑，梅开一段心。
岁寒风雪虐，世乱战争侵。
天道凭谁问，生涯只自寻。
故交无处觅，回首泪盈襟。

五律　寒流

万竹咽冰泉，千峰白玉悬。
风声来涧畔，练影挂崖前。
林密迷亭寺，云阴起暮烟。
寒流从北至，天暗路蜿蜒。

五律　兰花

春意满岩扉，丛生翠叶肥。
幽香飘野渡，清影逐林霏。
蕊似湘娥佩，姿如楚客归。
空余残月冷，何羡彩云飞。

五律　独倾

明月照孤城，萧然且独倾。
谁人知我意，何事惹乡情？
未饮犹空醉，多愁已自生。
伤时添白发，常作不平鸣。

五律　残冬

残冬近暮昏，郊外两三村。
暗夜人稀见，荒田草独存。
雪寒梅蕊绽，土暖竹根温。
若为苍生计，安能自闭门？

五律　迎春

新旧岁相将，东风拂绿杨。
鸟声鸣远水，花色媚晨光。
尘路谁家客，关山何处乡。
故园梅一树，江上雨丝长。

五律　晚风

老眼看昏黄，海鲜宜少尝。
投资无置问，觅句自空忙。
未用夸功利，何须逞霸强。
小山花木好，犹待晚风香。

五律　柳絮

湖畔未曾栽，风前自半开。
春残方落寞，月瘦转徘徊。
难见当时面，争飞何处台。
此心原不定，只可任人猜。

五律　前路

晓雾掩河滩，天阴细雨寒。
日晴山一碧，月出竹千竿。
鸟噪方知静，鱼游未觉欢。
待何株下兔，前路亦蹒跚。

五律　立春

春意尚伶仃，长亭又短亭。
年光新旧雨，人事迩遐萍。
柳色含烟渺，莺声隐雾冥。
风吹微草绿，除夕待晨星。

五律　江城

江城雨脚低，风冷晚凄迷。
小草初生叶，乌云尚满堤。
鸟归花底语，人困屋中栖。
夜哭谁家女，闻鸡又早啼。

五律　冰封

江北雪茫茫，天南雨后霜。
冰封千里路，梅绽一枝香。
野水添鸥白，寒风减杏黄。
归心无处寄，辛苦独彷徨。

五律　烟雨

一别又逢春，愁添白发新。
青山迷故里，芳草渡归津。
槐梦徒余感，鸦鸣更远人。
何须明此意，烟雨暗江滨。

五律　年味

年味醉悠长，逢春意独狂。
雨晴云气薄，岁尽蜡梅香。
有酒多愁虑，无言少感伤。
故园归未得，一片雪茫茫。

五律　除夕

除夕送寒潮，迎新守此宵。
疫经千纸驿，春到万家桥。
旅况归犹晚，江津渡且遥。
满山松竹茂，荒径久萧条。

五律　西楼

雨霁北风征，西楼夜有声。
寒侵衣领掩，凉入枕衾生。
露白蛮啼切，林高鸟宿惊。
不休除夕假，腊月岁将更。

人 文

保国寺（龚国荣/摄）

七律　重游宁波保国寺

山间小圃菊花黄，古寺道中秋雨凉。
大殿昏昏昼过半，长联凿凿意犹长。
遥思两宋千年史，尝忆四明三度荒。
心界平常连眼界，风云惯看莫恓惶。

【链接】

保国寺位于宁波市江北区洪塘街道（2004年7月撤镇建街道）的灵山之麓，距市区15公里，始建于东汉世祖时期，初名灵山寺。唐会昌五年被毁，广明元年（880）重建，僖宗李儇赐"保国寺"匾额，遂改名为保国寺。保国寺精湛绝伦的建筑工艺令人叹为观止，存有大雄宝殿、天王殿、唐代经幢、观音殿、净土池等殿宇古迹。大雄宝殿（又称无梁殿），是长江以南最古老、保存最完整的木结构建筑之一，保国寺古建筑群占地面积13280平方米，建筑面积7000平方米，寺外28公顷自然山林。1961年3月被国务院公布为第一批全国重点文物保护单位。

七绝　谒曹娥庙

事父和亲孝女诚，江河万古著其名。
千秋庙祀彰先善，但望儿孙重践行。

【链接】

曹娥庙始建于东汉元嘉元年（151），早年又叫灵孝庙、孝女庙，是为彰扬东汉上虞孝女曹娥而建的一处纪念性建筑。曹娥庙坐西朝东，背依凤凰山，面向曹娥江，占地6000平方米，建筑面积达3840米，主要建筑分布在三条轴线上。整体建筑规模恢宏、布局严谨，以雕刻、楹联、壁画、书法（古碑）"四绝"饮誉海内外，被世人称作"江南第一庙"。2013年3月曹娥庙被列入第七批全国重点文物保护单位。

七绝　漫步老街

盛唐建镇曰安昌，十七桥横倚宅墙。
远眺涂山留禹迹，傍河街市柳丝长。

七绝　题古镇风物照

碧水穿街百姓家，人间烟火酱醋茶。
小桥雨巷墙头湿，梅雨潇潇石级滑。

【链接】

安昌古镇是绍兴的四大古镇之一，是浙江省第一批公布的历史文化名镇，是绍兴师爷的发源地。位于绍兴市柯桥区境内西北端，与杭州市萧山区相接，南靠柯桥城区，北邻杭甬高速公路。始建于北宋时期，后因战乱，多次焚毁，又于明清时期重建，其建筑风格传承了典型的江南水乡特色，一衣带水，古朴典雅。其特产安昌腊肠、扯白糖远近闻名，具有水乡风情的水上婚礼也是别具特色。

五绝 访竺可桢故居

古镇香樟翠，幽窗竹影虚。
室涵书卷气，共仰故人居。

【链接】

竺可桢（1890—1974），字藕舫，浙江绍兴人。中央研究院院士、中国科学院院士，中国共产党党员，中国近代气象学家、地理学家、教育家，中国近代地理学和气象学的奠基者，浙江大学前校长。其故居位于浙江绍兴东关镇（今属浙江省绍兴市上虞区）。

中兴乐·句章怀古

大江浩浩海茫茫。奔流阅尽沧桑。楫船无数，烽火刀光。从来多少兴亡。忆句章。岸边古港，繁华巷陌，地下埋藏。

风云过眼意飞扬。十年教训图强。卧薪尝胆，雪耻称王。两千年后思量。战沙场。尽填沟壑，黎民茹苦，都为谁忙？

【链接】

句章故城位于江北区慈城镇王家坝村与乍山翻水站一带，距今已有2000多年，被誉为"宁波第一城"。"勾践之地，南至句无，其后并吴，因大城句余，章伯功以示子孙，故曰句章。"据刘宋范晔撰《后汉书·臧洪传》唐章怀太子李贤注引北魏地理学家阚骃所著《十三州志》记载认为，句章城为越王勾践所筑，且指出勾践建城的目的在于灭吴后"章伯功以示子孙"（"章"者"彰"也，"伯"者"霸"也），"句章"之名由此而来。

一斛珠·甬江镇海口怀古

古城威远。依山而立风云乱。浩然豪气长虹贯。敌忾同仇,弹发江河畔。

英法寇酋开海战。频遭炮击樯桅断。败兵残将忙逃窜。四抗雄篇,读史千秋赞!

【链接】

镇海口海防遗址,位于浙江省宁波市镇海区甬江入海口,始建于明代,面积约4平方公里。包括甬江北岸镇海区招宝山的威远城、明清碑刻、月城、安远炮台、梓荫山的吴公纪功碑亭、俞大猷生祠碑记、泮池(裕谦殉难处)、吴杰故居等8处,甬江南岸北仑区的戚家山营垒、金鸡山瞭望台、靖远炮台、平远炮台、宏远炮台、镇远炮台等6处,是明清以来东南最重要的海防遗址。"四抗"指镇海军民历代抗倭、抗英、抗法、抗日的英雄史篇。1996年11月20日,镇海口海防遗址被国务院列为第四批全国重点文物保护单位。

七律 访广德湖十三洞桥

烟波浩淼昔乾坤,广德湖心已是村。
桥洞十三迎日月,节时廿四历晨昏。
过功得失今犹说,舟楫津梁不复存。
阡陌田畴花似海,乡愁何处可寻根。

洞仙歌·寻访鄞西十三洞桥

（赵长卿体）

潇潇雨密，湖泊河边树。来访当年洞桥处。久闻名、浩渺广德湖光，几寻觅、图索沧桑千古。

途中勤问路。举步当车，沿岸菜花赏无数。昔渔家、今在何方，听人说、往事尽如烟雾。

为稻麦、造田尽填埋，得失间、旱魃施威真苦！

【链接】

十三洞桥位于宁波市海曙区集士港镇湖山村董家自然村，建于清代嘉庆年间，该桥为东西走向，横跨于广德湖旧址的湖泊河上，全长53.31米，宽2.2米，桥墩高近6米，由13个券洞组成，是宁波孔数最多的塘河桥。2017年1月，被公布为第七批省级文物保护单位。

多丽·咏竹

（格五·步韵张耒体）

满山青。远瞻东海冥冥。最虚心、凌云有节，千竿挺直如屏。板桥吟、迎风摇叶，坡仙咏、植宅流萤。从古而今，三君挚友，傲霜披雪未凋零。与松并、约梅同舞，梦里唤人醒。无相忘，几篮新笋，孤屋茅亭。

诵诗词、挥毫入画，更须留印西泠。恁秋声、掠过个个，残荷尽、难见蜻蜓。些小吾曹，位高富贵，夜间安卧只堪听。冷雨急、此时天际，何觅月边星？萧萧竹，为民申诉，独立寒汀。

兰陵王·白鹭

（格三、辛弃疾体）

送归去。展翼今飞远处。秋风起，霜重露寒，广阔海天等闲度。常来曾寄住。最喜余晖日暮。如今是，绿满海滨，翠竹高竿傍新树。

长途最辛苦。怅天宇浓云，江海迷雾。迢遥千里回家路。忽六合清澈，乡关犹在，晴空忽见数白鹭。举双目再顾。

羡鸟，意难诉。共约品茶时，悟禅心静，坐而论道谈今古。且付与流水，几多愁楚。岂羁津驿，得莫误。失莫误。

七律　赴《大善文明》作者分享会游善园咏梅

忽从微雨见仙姿，更向东风斗色奇。
疏影几枝寒湿季，红梅万点早春时。
双鹅悠缓频回首，一碧涟漪尽展眉。
同赞明州慈善者，凭窗吟唱百行诗。

七律　屠一宝兄建议古琴课进善园感吟

宫商角徵羽希声，共坐幽篁雅韵鸣。
诸葛空城曾退敌，广陵绝响最关情。
清音澹澹同谁诉，弦乐泠泠自古倾。
欲向善园开教馆，习琴修性惠群生。

【链接】

宁波善园,位于鄞州区广德湖南路与泰康西路交叉口,它的核心建筑为鄞州区文保单位——宁波帮严氏建筑群,其主人就是近代沪甬著名金融家严康懋(1878—1929)。严氏建筑群完整保留了清末民初的建筑风格,内有义学、义仓、义庄等,是迄今发现的种类最为丰富的宁波帮慈善建筑群。

倾杯令·湖畔寻旧景

(格三,步韵李演体)

晴日涟漪,高墙黛瓦,似见昔年庭院。杨柳春风湖岸。依旧春光无限。

丹青妙笔波痕浅。画屏中、归来双燕。人非物是何觅,可叹时迁境变。

注:1980年吴冠中曾在甬上写生作《双燕》图,月湖畔之旧景已恢复如故,然意境不再矣。

七律　月湖春色

水面风来皱碧痕,柳梢新绿近茶村。
湖光远树烟生岫,云影斜阳雾掩门。
鱼跃春波浮细藻,鸥巡芳草引诗魂。
歌声直上青霄外,且借扁舟载酒尊。

七绝　归途吟

（依苏轼《赏花》格作回文诗）

近乡情怯别京城，怯别京城两眼生。
两眼生人言可畏，人言可畏近乡情。

七律　寻废祠

河畔宗祠已久倾，断碑残碣倚荒城。
风声夜半无舟渡，雨脚朝来少客迎。
几只流萤依宅影，数家茅舍隔江营。
年年更觉伤怀处，又见黄鹂绕树鸣。

七律　谒九龙湖香山寺

古树婆娑倚碧山，溪桥流水自潺湲。
一湖风雨晨钟响，满院藤萝暮鼓闲。
唐寺重光三宝在，春梅齐放九龙环。
菩提法喜耳清净，罗汉松繁绿藓斑。

五律　香山寺礼佛

二月烟岚起，群山紫翠浮。
云生千嶂晓，春伴九龙游。
古寺临南浦，高僧坐北楼。
净心闻梵语，开悟得无忧。

【链接】

香山教寺位于宁波市镇海区九龙湖镇横溪村，地处镇海与慈溪的交界处，背靠达蓬山，面对九龙湖。周围修竹茂盛，空气清新，达蓬山映在湖中，风光秀丽。始建于唐朝天宝十四载（755），史上曾三受皇封，唐代宗李豫下诏赐寺额"大中香山寺""香山智度寺"。千僧云集，香火兴盛。清同治年间毁于战火，2002年经政府批准重建，寺院规划占地400余亩。整个建筑是仿唐代风格，依山而上，错落有致，十分精致。

七律　谒宁波城隍庙

城头又见石麒麟，邑庙千秋祀鬼神。
万里风云通海气，四明歌舞满江滨。
天无雁影斜阳暮，庭有兰芳古殿春。
游子归来心寂寂，月湖波渺日沉沦。

【链接】

据史料记载，后梁贞明二年（916）刺史沈承业在子城西南五十步建城隍祠，明洪武四年（1371）春，郡守张琪迁建于握兰坊元帝师殿旧址，即今海曙区县学街城隍庙址。明洪武年间全国城隍庙分为都、府、州、县四个等级，宁波的城隍庙为府级，因此定名为"宁波府城隍庙"。最近一次修缮从2018年10月开始，修缮面积6000平方米，2020年6月27日重新对外开放，重现由照壁、门厅、仪门、前戏台、拜亭、大殿、后戏台、寝宫等组成的"四进四天井二戏台左右厢殿"的建筑风格。2022年，宁波府城隍庙修缮工程被列为首届"匠心杯"浙江省优秀文物保护工程项目。

七绝　题屠呦呦旧居陈列馆

开明街上女神屠，诺奖殊荣竟几无。
望族从来崇教育，青蒿取素胜悬壶。

注：屠呦呦落选国内院士，理由竟是：一无留洋背景，二无博士学位，三无足够数量的论文。为之一叹！

七绝　癸卯甬上药皇祭祀大典

尝草神农奉药皇，亭中赑屃诉沧桑。
斯人已逝功犹在，殿宇声声祭颂长。

【链接】

当年因业余文保员杨古城、王介堂，以及专家邬向东，媒体人张蔚飞、龚国荣等五君的呼吁和努力，2001年4月12日《人民日报·华东新闻》刊发了《宁波业余文保员呼吁原地保护药皇殿》一文，在市领导高度重视下方得原地保护。惜杨古城先生于今年初疫情中已作古。

七绝　参访殷隘殷氏宗祠

汝南泽荫昭殷隘，余庆宗祠俎豆光。
开国文臣曾作记，顾名思义赞行芳。

七绝　贺殷氏宗祠重建落成

（藏头）

殷挚儿孙祭祖先，氏繁瓜瓞久绵延。
宗功积德名余庆，祠佑后人千百年。

【链接】
鄞县殷隘殷氏宗祠位于现宁波市鄞州区邱隘镇前殷村。

七律　题曹厚德纪念馆落成

（藏头拆字连环诗）

羽升八艺情淳厚，子弟传承惠甬东（東）。
小大不捐勤学习（習），白灰自洁笃诚忠。
心如明月迎晴昼，旦逐朝阳造佛宫。
吕律清音千曲震，辰参永隔忆曹翁。

【链接】

曹厚德（1930—2018），浙江宁波鄞县人。号碌翁、五明楼主，宁波工艺美术界泰斗。六岁开始习字，后师从沙孟海、陆维钊、诸乐三等大家，精通书法、绘画、篆刻、雕塑、诗赋、工艺、考古和著述，人称"八艺碌翁"。曾任中国书法家协会会员、浙江书法家协会理事、浙江省篆刻委员会委员、宁波市工艺美术研究所所长、宁波市书法家协会副会长、宁波市篆刻创作委员会主任、宁波市工艺美术研究所高级工艺美术师等职务。曹厚德先生一生致力于传统文化的研究与保护，曾主持天童寺、阿育王寺佛像重塑，呼吁保护前童古镇和东钱湖南宋石刻等文物。曹厚德生平存诗600余首，治印数千方，发表论著数百篇。全国景点、寺院求其碑文、得其楹联、牌匾者不计其数，人赞"厚德无处不在"。

七律　古村艺苑

（藏头拆字连环诗）

羽觞共咏好民风（風），虫篆书联赞海东（東）。
　　木凿石刀雕发髻，吉光片羽写儿童。
　　里闾朗月明如昼，旦暮春风暖拂宫。
　　吕律雅歌琴瑟奏，天池舟上画渔翁。

七律　山中谒寺

（藏头拆字连环诗）

肃风飒飒山中寺，寸晷移窗守戒条。
　　木阁行僧云鹤骨，月庭说法佛灯苗。

田熟香稻白沙鹭，鸟掠平湖绿铁蕉。
焦墨画松离众苦，古诗吟咏伴笙箫。

七绝　贺桃源书院刊入宋韵文化地图

宋代先贤庆历师，韵传千载四明诗。
地灵人杰桃源水，图舆存今岭下池。

误桃源·赞桃源书院

宋代有书院，庆历五先生。盛名传四明。播吟声。
半山重教化，亲自授儒经。梓里小邹鲁，脉相承。

【链接】
　　桃源书院始建于北宋初年，堪称浙东文化的源头和摇篮。王安石（号半山）治鄞三年，提出"天下不可一日而无政教，故学不可一日而亡于天下"，兴学校，举贤才，曾到桃源书院讲学。

七言　再访桃源书院

四明满目溪山好，书院斜阳碧树草。
庆历五师风度翩，桃源千载春光早。

诗词觅句韵如何，耕读传家人不老。

今日逢君忆昔年，相看白首立残照。

七绝　赞傅璇琮先生

博施惠众德高标，功济于时一世骄。

理足可传言久立，骆驼草碧未疏凋。

【链接】

傅璇琮（1933—2016），1951年毕业于宁波中学，考入清华大学，生前为中华书局总编辑、清华名教授、著名古典文献学者、学术界规划师，是当代学术史上的一座"三立"丰碑。在傅老90周年诞辰之际，《傅璇琮全集》付梓，收录有《驼草集》，此命名足见其人格力量，曾任新桃源书院首创院长。

天仙子·桃源雅集

（韦庄"怅望前回"体）

傅老亲人故里归。桃源书院沐朝晖。浙东文脉赞雄魁。齐献计，共攀追。承继先贤再创垂。

七绝　贺《音乐新空气》直播成功

李白诗风浪漫情，秉承梁祝奏琴声。

璋珪挺曜新星闪，赞咏弦歌艺更精。

七绝　贺集士港镇秋实社区第一届"一星火光"读书节开幕

（藏头）

一路高歌向未来，星辉闪耀九天开。
火辰明则和天下，光被千家育俊才。

注：火辰，即"大火"星。《文选·陆机〈答贾谧〉诗》："在汉之季，皇纲幅裂。火辰匿晖，金虎曜质。"吕延济注："火辰，心星也。明则天下和平，暗则天下丧乱。"

朝中措·埙

悠扬乐曲古来闻。河姆渡吹埙。日落归舟唱晚，引来燕雀穿云。
文人雅集，茶香四溢，一室氤氲。初见喜犹难禁，相邀红袖同门。

七绝　赞青田

瓯江波映彩虹桥，今日侨乡最俊娇。
鱼稻共生肴有味，青田石美出精雕。

七绝　宝庆讲寺十景藏头诗

（一）古渡慈航

古庵敬佛问禅茶，渡口舟横送暮鸦。
慈泽四方滋法雨，航归一苇走天涯。

（二）莲池印月

莲境庄严颂佛声，池中鱼戏水澄清。
印心顿悟登经阁，月旦香烟殿上萦。

（三）鹫山观日

鹫峰不与旧时同，山下丛林殿宇雄。
观海遥看霞蔚起，日轮光焰照苍穹。

（四）青林映翠

青霭丹霄日色新，林中百鸟正鸣春。
映山红紫千花放，翠柳迎风舞水滨。

（五）宝幢接云

宝盖和光诵佛经，幢幡相引过门庭。

接晨连夕三春暖,云锦弥天世永宁。

(六)七星礼佛

七宝真经日月光,星河一渡鹊桥长。
礼传千载须勤读,佛号齐宣佑八方。

(七)虬松立雪

虬枝密叶傲风霜,松植堂前映佛光。
立节守常高洁志,雪中更见郁苍苍。

(八)福地稻香

福庇千家悯众生,地邻东海四明城。
稻花五月僧人乐,香饭三餐喜稼耕。

(九)海棠花雨

海风十里绿田畦,棠棣枝头叶渐齐。
花发蝶蜂忙采撷,雨耕不负杜鹃啼。

(十)钟鼓鸣天

钟梵声声古寺深,鼓楼遥对暮云沉。

报晨鸡唱催人起,天际朝暾照翠林。

【链接】

宝庆寺始建于北宋端拱二年(989),为宗本禅师所建,初名为"西资庵"。南宋开禧年间(1205—1207),寺僧广清进行大规模扩建,并奏请朝廷。嘉定十五年(1222),宋宁宗赐名"宝庆讲寺",并请一代大儒王应麟撰《宝庆讲寺记》。在新建观音殿落成时,又请另一大儒黄震撰《宝庆讲寺观音殿记》,有石碑立于寺。民国年间,寺院逐渐破旧败落。新中国成立后,寺院一度辟为学校,后又作仓库及村民住宅之用。"文革"期间,寺院破残,佛像无存,香火中断。1993年2月,寺院僧众发愿重兴宝庆古刹,在宁波佛教协会、政府各部门和十方信众的大力支持和热情关怀下,几年来,克服重重困难,终于使千年古刹重放光辉。

七律　谒金峨寺

千峰列笏似金鹅,百丈开山立则多。
唐宋梵音盈殿宇,明清香火敬弥陀。
蒋公夜访楼台在,鄞邑禅修僧俗和。
更请药师除苦厄,丛林信众入三摩。

【链接】

金峨禅寺位于宁波南郊金峨山之麓,距宁波城35公里,即鄞州区横溪镇金峨村山岙内,创建于唐朝大历元年(766),已有1200多年的悠久历史。"千峰列笏,万壑朝宗"的金峨山是鄞南名山,海拔高度633米,是天台山的余脉。其山形两翼分张,昂首天表,酷似振翅欲飞的天鹅,故在宋之前名金鹅山。金峨禅寺开山祖师百丈怀海(720—814),福建长乐人,俗姓王,师事东土禅祖第八代马祖道一。唐大历元年,百丈怀海云游四明,见金峨山清水秀,遂披荆斩棘,结茅建庐，于团瓢峰下创建罗汉院。并与附近的大梅山法常禅师过从往还，同为中国禅寺第九代之正脉。据《金峨寺志》记载，百丈怀海在金峨山时，八仙之一的吕洞宾曾上山寻访，由于无缘相遇，遂留下"主人岂是寻常人，我来相谒不得见"的诗偈。故金峨寺旧有"留偈堂"，今尚存"迎仙桥""引仙桥"等有关吕洞宾的古迹。

五绝　三江晨汐

潮起拥朝晖，三江纱翠微。
舟行浮海去，两岸柳依依。

七律　游蒋家池头次韵林佩茂首唱

截弯取直小溪赊，流水环村日影斜。
慈孝园中传世德，晴云亭下沐朝霞。
昼耕夜读千般事，近悦遥来一大家。
和美乐园人共羡，行吟觞咏不虚夸。

【链接】

蒋家池头村位于宁波市奉化区西坞街道东南，村域面积3.06平方公里，先后获得"全国乡村治理示范村""全国妇联基层组织建设示范村""省全面小康建设示范村""省文化示范村""省AAA级景区村庄"等荣誉，2023年入选"浙江省健康村样板"。蒋家池头村建村距今已有千年，当初周世宗时，蒋氏祖先（村里的其中一姓）为避尘嚣，携家带口来此，见灵云山水秀美便居住下来，后代子孙则继承先人之志，勤于稼穑，并于村之东隅凿池养莼，后人称之为"蒋家池"，由此得村名。

五律　癸卯小满重访阮家祠堂

小满到祠前，依稀五十年。
昔来描漫画，今至诵名篇。
恍若流光速，疑为故址迁。
摩挲双石柱，欲辨旧时联。

【链接】

阮家祠堂位于镇海庄市街道永旺村，阮家祠堂坐北朝南，建筑占地面积732平方米。现存正殿、厢房、门楼等建筑，金碧辉煌，工艺精湛，用料讲究，结构严密。据史料记载，宁波帮著名爱国人士阮雯衷（1865—1934），于清宣统二年（1910）独资建造了阮家祠堂。据称当时耗费10万银两，很大一部分资金，用在了考究的漆料和木工上，务求规模恢宏，细节精美，保存久远。原堂前的梁下位置，牛腿、雀替、月梁等建筑构件，精雕细刻，均髹漆贴金。令人称奇的是，历经百年岁月磨砺，部分金漆筑件依然没有褪色。当年使用的金漆，上色后金光熠熠，耀眼夺目。近年来已修复如旧。

癸卯小满，笔者已七秩有五，应邀来此主持"以声之名"音乐朗诵分享会。五十余年前身为知青，尝应阮家大队之请，为之绘画布展。而今步入祠堂，修葺一新，似曾旧识，恍若隔世焉。

七绝　登亭溪岭古道途中

追贤古道夏风清，耄耋根翁健步行。

亭下忽闻童始龀，范公颔首笑盈盈。

注：龀，换乳牙。

七绝　赞东钱湖二一一创意空间

唯美中西合璧风，寻幽庭院半亭中。
砖雕券拱经重构，化作神奇更不同。

【链接】

东钱湖211创意园位于鄞州区大道旁边，以民国风情为主，园区内有大量的青砖和红砖相间的民国风建筑，还有砖雕石刻，漫步在幽静的小巷，散发着浓郁的复古风和民国风。

七律　访王升大粮油工艺博物馆

百草角藏王升大，黎民总以食为天。
酱油米醋调佳味，糕饼汤团庆吉年。
展馆传承深巷里，匠人授受作坊前。
悯农吟罢知相惜，千古唐亭读旧联。

【链接】

王升大博物馆坐落于宁波海曙高桥镇新庄村新庄路185号，原是王升大生产基地，占地 6000 平方米，四周环水，两桥相连。入口处有个柳亭，始建于唐代，重建于 2001 年，于 2013 年迁至此，亭前竖四根石柱，两副对联由曹厚德先生撰并书；旁树一碑，刻着王重光先生所作《柳亭迁建记》。

临江仙·端午说子胥

子胥仗剑深仇复，吴王赐死归终。葬身鱼腹志成空。众人投粽祭江中。

千古流传端午节，岂无关伍员公？君昏臣谏尽愚忠。从来皆赖壹民功。

清平乐·精英小学校歌发布感赋

守望成长。乐起童声唱。朵朵鲜花齐开放。晨伴霞飞潮涨。
镇海重教薪传。几多兴学乡贤。历数便蒙声远，精英心向明天。

【链接】

镇海区精英小学由港胞包景表先生捐建成立于 2001 年，其前身为樊芬先生捐建于 1903 年的便蒙小学（后改名为城关二小）和黄声远先生捐建于 1945 年的声远小学。

七绝　赞云龙村

（藏头）

云淡风轻水域宽，龙舟竞渡漾波澜。
文明薪火承千古，化作春光十里欢。

【链接】

宁波市鄞州区云龙镇云龙村，已有1000多年的历史了，最早的村民是从安徽等地迁来。云龙村地处鄞东南的最低处，横溪水、钱湖水都在这里汇聚，为了调节水流，早在清代，这里就已经修起了一座碶门，到了民国十四年（1925），碶门又经重新修建。村民把这碶门取名为"云龙"，村因碶得名。

拜星月慢·端午观龙舟赛

（周密体）

水涨潮平，龙舟飞渡，赢得游人争看。屈子行吟，记伤心江畔。咏名句、漫漫修途求索，几度国破，黎民多难。从古而今，诵《离骚》声远。

享清欢、浅笑如莺啭。雨倾盆、喜点蛟龙眼。只见众人挥楫，便船驰如箭。鼓声齐、勇夺三军冠。旗飘舞、翠柳连湖岸。庆端午、祈祷安康，盼人间疫散。

五律　游风情小镇

木阁临秋水，高枝拂夕风。
花香飘屋际，鸟影入林中。
云色遥天尽，岚光远岫同。
何须凭寄语，此处有飞鸿。

七绝　夏至谒衍庆寺

（藏头）

衍盈渔港有伽蓝，庆勉慈悲拜佛龛。
延祚苍生逢夏至，慧云法雨证禅谈。

【链接】

宁波市象山衍庆禅寺坐落在"东海之滨、半岛福地"——象山县城南 10 公里处的大岩山南麓，住持为延慧法师。

御街行·再谱甲天下

（格一，柳永体）

桂林山水闻今古。独秀峰碑露。王君劝驾宴群生，即席赋成佳句。四明文脉，千年书院，王说尊为祖。

甬城推介寻亲路。数语如春煦。正功乡梓共相邀，两地前缘再谱。

旅程无隔，欢游有约，心逐漓江舞。

【链接】

八百余年前，桃源书院创始人王说曾孙、四明才子王正功原名慎思，其"桂林山水甲天下"句至今惠泽八桂。6月1日，"邀宁来桂，再谱甲天下"桂林文化旅游（宁波）推介会在甬举行。桂林市文化广电和旅游局局长王子西将"推广中心"牌匾授予桃源书院山长翁国伟先生，并于今日访千年学府。以填是阕纪之。

忆瑶姬·秦岭印象

（格三，蔡伸体）

秦岭绵延。望朝暾托日，万里云天。进山披草径，眺眼前峭壁，云绕其间。幽深壑谷，杳远丛林，扑面风冽寒。忆少时、曾几番游历，思绪蹁跹。

鸟掠过、翠漫层峦。伴泠泠漱石，一路流泉。苍阶人迹少，只数声钟磬，何觅桃源。迷离古道，错落青藤，可知通孰边？且杖策，无问前程与后先。

七绝　贺大河君散文集首发

（藏头）

大山深处忆乡情，河畔听风一路行。
奔涌波涛潮向海，流年春去望归程。

七绝　读洪迪先生评论有寄

（藏头）

洪流东下海门开，迪哲声名贯耳来。
佳作真情行正道，评文犹爱学生才。

七律　读袁总书评有句并寄大河君

谁在声声呼唤我？青山踏遍历晨昏。
童年美梦非成幻，心底缪斯尚顾存。
身退公文无置案，春来诗意再牵魂。
从兹常与书为伴，更注情怀入酒尊。

七律　读车弓评大河君新著感赋

老去犹添两鬓霜，初心秉笔觅原乡。
童贞久蕴诗书乐，文本珍存翰墨香。
邀客到山游故地，问人寻舍忆农庄。
平生不忘来时路，笑指云边话短长。

七律　读张晓红书评有感兼寄大河君

一片诗心月色明，文章最重故乡情。
清溪绕舍环春水，碧树连村啭鸟声。
梦里忽惊年少事，老来不爱湛浮名。
从今且买扁舟去，塞外秋风伴客程。

七律　读郑炀和书评有吟兼寄大河君

万事纷纭梦里河，无须浊酒醉时歌。
曲音不及周郎顾，情义何嫌宋玉多。
纸上功名非鼎鼐，古来心迹本云罗。
人生苦难如搬石，岂可蹉跎一世过。

七律　读赵宗彪先生评大河君新著有句

千古文章一点尘，以心为鉴著书人。
清溪故事犹存忆，王爱山岗更足珍。
天地自来成往迹，江湖皆可识前身。
青灯影里留真史，苦难磨砻久未湮。

五律　读瑜语书评同赞大河君新作

故国常萦梦，潮回六月头。
儿时嬉水岸，老笔写山楼。
雨暗梨桃夏，霜侵草木秋。
无眠听夜雪，归处是桑洲。

注：李白《题上阳台》："山高水长，物象千万，非有老笔，清壮可穷？"

七律　读王继如书评兼寄大河君

春风秋月两清华，谁遣诗心到此家？
万里山川皆入画，一时人物尽如霞。
文章写就存真意，思想飞扬是苇花。
何似当轩邀客至，松荫石上品新茶。

注：帕斯卡："人是一根会思考的芦苇。"

七绝　读李浙闽先生神评大河君新著有句

（藏头）

可言世上无余事，视此丫头便是真。
阅尽一生桑梓意，读君佳作性情人。

七律　读张存书评有吟兼寄大河君

片片云飞过碧空，飘然虽去意无穷。
山高几许歌声远，风疾须臾月色融。
万树梨花疑雪覆，千村雾霭与烟通。
凭君更感真情意，读罢同寻梓里枫。

七律　贺大河君回馈故乡新书分享会

难忘山中草木春，老来回望几征轮。
清溪桥畔归游子，王爱峰头忆故人。
宦海风云犹过眼，梓乡烟月可存身。
书生本色堪留迹，妙笔生花写世尘。

【链接】

王剑波，笔名大河奔流，宁波市宁海县人。曾为农场职工，恢复高考后入读师专中文系，毕业后长期在党委机关工作。从小爱好文学，作品散见报纸杂志，系甬派红人堂入驻"达人"。现办有个人微信公众号"大河奔流工作室"。《是谁在呼唤我的名字》是作家第一部散文随笔集。他在个人史的书写中抚今追昔，观照自我，记录个人的成长历程和一代人的沧桑，其人生轨迹与时代的变迁印记不可分割。全书分为乡音乡情、风的痕迹、大地行吟三辑，分别回应"来自故乡的呼唤""来自岁月的呼唤""来自远方的呼唤"，语言雅致清丽，文字饱含深情。

七律　读袁志坚先生《拨灯续集》有句

艺事纷纭细辨分，拨灯下笔又成文。
眼前物色皆流韵，心底痴情亦遏云。
展卷未尝能识达，读评有得可彰闻。
从来慧眼知高下，白发归心遇使君。

【链接】

袁志坚，宁波出版社社长、董事长，著有《断续》《个人危机》《爱与同情》《拨灯集》《以问作答》《听蛙室笔记》等。《拨灯续集》为其新著。

忆秦娥·纪念"七一七"镇海保卫战胜利八十三周年

风声咽。据高抗敌英雄血。英雄血。荧屏造假，哪堪胡说！
戚家山上当年月。曾经见证真豪杰。真豪杰。而今谁记，我军骁烈！

七绝　观贺玉民兄新创话剧《誓言》有寄

频频承诺系深情，耿耿誓言威武声。
自古担当凭百姓，恤民惜力莫穷兵。

【链接】

贺玉民，中国戏剧文学学会会员、编剧，宁波首个社区话剧团——宁丰话剧团团长，著有《大海情愫》《夜太阳》《蓝蓝的天，蓝蓝的海》《和丰纱厂》《灯塔》等多部剧作，曾获得诸多荣誉奖项，出版作品集《浪花飞过》。

一落索（全套八格）

（一）癸卯六月奠

（次韵格一，无名氏体）

夏后凉风难透。热连三候。几声知了唱哀声，无有秋芳秀。
六月妖氛何嗅？楼坍浇酒。泄洪家破泪阑干，谁肯伸援手！

（二）再悼女排十一花

（次韵格二，吕渭老体）

齐市悲情未远。夜长眠短。亲人泣泪友同悲，怒对伤心馆。
昔日笑容寻遍。队难排满。花花草草尽枯凋，何去也、云间燕。

（三）七夕怨

（次韵格三，毛滂体）

织女娉婷河畔。本知水浅。待登桥上会牛郎，望故土、真遥远。
洪水涌来旦晚。风高坝短。波涛漫卷一重重，涿州涝、天无眼！

（四）故友宴叙

（次韵格四，张先体）

当年黑发容颜润。现今霜鬓。岁华虽逝意犹诚，共对酌、乡音近。权锁名缰谁问。此生何恨？惯看冬夏盛衰时，花落尽、泉无尽。

（五）雪化时

（次韵格五，秦观体）

雪花空中飘舞。叹日融何驻。岂埋污秽白茫茫，掩破败、无藏处。若任谎言开路。一朝烟飞去。水流石出众皆知，信尽失、难为主！

（六）双燕迁居

（次韵格六，严仁体）

双燕巢于高树。忽举家飞去。冷风寒雨折枝丫，失定所、迁居无绪。往事万丝千缕。自伤难语。几年疾苦付东流，不忍觅、春归处。

（七）雾里行车

（次韵格七，陈凤仪体）

早间行半迷浓雾。望车龙迟去。奈何改道大桥封，便倒退、迎江雨。敢问目标何处。叹纱蒙歧路。但凭胆大踩油门，悠着点，安全否？

（八）痴人语

（次韵格八，欧阳修体）

何人可解痴人语。拜神香三炷。彩屏歌舞倒春寒，岂忍看、幽燕雨。半空飘落鸡毛絮。噤声心无绪。灾民怒目问苍穹，泄洪事、天知否？

看花回·题管江花溪廊桥次韵屠兄

（格一，柳永体）

自古斯文久未残。非似云烟。象峰山麓花溪畔，杜族居、共奏丝弦。脉从诗圣后，耕读恬然。

岁月如流亦转旋。胜似从前。建成双座廊桥美，卧清波、汩汩未涓。纳凉闻笑语，争说丰年。

【链接】

前溪头村地处鄞东，塘溪镇中北部丘陵，位于象峰山北麓，东钱湖旅游风景区东侧，71省道和亭溪穿村而过，距宁波市区33公里，环境宜人，建村历史悠久，始于北宋熙宁年间（1068—1077），距今已有900多年，当时有唐朝大诗人杜甫的世孙杜安前来安家发族，后有张家、吴家等前来安居。本村人口以杜姓为主。曾有"前四荣"即现官房，一户出四个文进士，"后四房"即现四房，一户出四个武进士等名人而扬名。

河传·浣女

（格四，辛弃疾体）

晨雨。砧杵。河旁燕舞。晚春何处？几时催绽屋边花。似霞。竹村三两家。

暖风揭去轻纱霭。远山黛。水上舟行快。笑声飞。浣女归。翠眉。鬓间香汗微。

七律　赞"琴李之钟"李秉璋小提琴音乐会

玉轸朱弦李秉璋，练成绝技曲悠扬。
中西旋律传承久，音乐潮流引领长。
两地深情连沪甬，满堂清韵醉韶光。
此时应羡年华好，往日琴童挑大梁。

【链接】

2023年9月9日晚，宁波音乐厅迎来小提琴新星李秉璋的个人首秀。青年小提琴演奏家李秉璋，宁波人，这是他师从小提琴名家俞丽拿教授学琴以来，首次在家乡举办个人音乐会。

七律　谒净圆禅寺

古木疏篁掩石苔，壁雕罗汉拜如来。

半山旭日莲花动，一塔秋风佛诵回。

香篆隔帘文种院，善行传世僧人台。

红恩堂忆当年事，黄菊凌霜寂寞开。

【链接】

净圆禅寺位于宁波市镇海区汶溪乡神钟山。神钟山原叫石硼山，传说山上时有钟声传出，犹如神钟，故改名为神钟山。净圆禅寺坐落在神钟山南麓，占地面积3.4公顷。寺院山门上匾有国民党元老戴季陶所题"净圆禅寺"四个大字。

虞美人·思乡

中秋玉宇银光泻。海上金风惹。桥头望月独思乡。游子盼归千里、隔重洋。

迢遥片语祈安好。牵挂知多少？疫情三载苦难言。泪湿青衫司马、故人颜。

中秋月·宁波十六过中秋

中秋节。节到中秋填一阕。填一阕，明州十六，何来传说？

何来传说嫌词拙。远望天边一轮月。一轮月，史府团圆，同庆中秋节。

注：传说宋时宰相史浩侍母至孝，为了八月十六回家给母亲祝寿，把明州

中秋节推迟了一天。从此，宁波八月十六过中秋的习俗流传至今。

七律　题浙东第一古诗碑道

山人踪迹伴苍烟，细读摩挲石上镌。
风雨时惊联句妙，虙霓常现鸟声喧。
桃源书院闻机语，竹涧农家见稻田。
应惜文章终不负，多年心事付谁边？

七绝　观摩2023"阿拉上春晚"总决赛

（藏头）

阿拉祝福满江城，上下同欢别有情。
春色满台呈异彩，晚风频送板胡声。

注：友人的红柳营军忆同心艺术团演出板胡与乐队合奏《卖汤圆》。

七律　闻张曦先生重访包氏故居叶氏义庄感赋

故宅经年立市郊，依依秋水傍钟包。
古村有意门楼在，大海无边世纪交。
紫菊争芳迎贵客，金风送爽过林梢。

凭栏遥忆船王事，花满新城月满巢。

【链接】

浙江省委老领导张曦同志当年作为镇海区领导，大力促成包玉刚等宁波帮返乡复建中兴、创办宁大等。1989年，我曾遵张书记之嘱，为修复的包玉刚故居拟布展大纲，并为钟包村门坊撰联："德扬五岳云呈吉兆，舟通四海业腾巨龙"；"钟秀于是地，包裔如斯人"。至今记忆犹新。

选冠子·观"盛世修典"特展

（格十一，陈允平体）

几载辛劳，搜罗中外，盛世促成修典。丹青妙笔，汉帛留痕，唐代更多长卷。仕女游园，皇家气象，芙蓉竞芳春暖。赏宋时遗韵，溪山青绿，水云舟远。

古画展、美不胜收，清明河上，市井酒家如见。江山万里，绝代才情，藏在故宫深院。无界声光转化，满目琳琅，鸟飞花散。赞千秋珍品，寰球共宝，尽观华焕。

七律 "盛世修典"特别展

荟萃千年大系成，丹青杰作历朝名。
汉唐气象云华美，两宋风光月色明。
百卷珍藏寰宇宝，一天饱览世间英。
纸帛绢麻传薪火，春水秋山万象惊。

【链接】

  由浙江大学、浙江省文物局编纂出版的"中国历代绘画大系"项目，是一项规模浩大、纵贯历史、横跨中外的国家级重大文化工程。"大系"团队16年来携手全球260余家文博机构，汇数百位专家学者之力，为12250余件（套）中国古代画作建立精准的数字化档案，以五大全集、67卷240余册的宏大体量，推出了目前全球范围内收录作品最全、图像记录最真、印制质量最精、出版规模最大的一套中国古代绘画图像文献集成。"大系"再现了中国古代绘画2000余年的发展历程，为探索深入理解、保护、研究、展示中国艺术和文化提供了全新途径，推进了我国古代绘画的数字化回归，使有史以来持续最久、参与最广、影响最深远的人类文化创新活动之一的中国绘画艺术，以其深沉厚重的历史底蕴昂首迈向新时代。

七律　打卡锡山露营地

秋晚归途日已曛，驱车险径欲摩云。
露营高地同观景，留影危崖共乐群。
翠岫微茫迷夕照，黄花恣肆落寒芬。
甬城俯瞰楼林立，且寄幽情诵美文。

【链接】

  宁波锡山露营地，位于鄞江镇建岙杨梅基地附近，是一个可以俯瞰整个宁波夜景的绝佳露营地。

七律　赞重阳联欢满台生辉

一夜金风菊蕊开，秋逢重九故人来。

丹青渲染锋毫趣，明月翩跹蹈咏才。
亚运初归情未了，娘家常去意如孩。
喜闻齐颂冬难老，越剧欢歌满舞台。

七绝　民盟重阳慰问联欢会有吟

情深久别三年过，暖语欢谈惜晚晴。
重遇老时犹笑傲，阳光秋菊一时生。

【链接】

癸卯重阳节前，民盟宁波市委会老龄委三年后重启联欢演出，登台共诵《老有老的骄傲》，老盟友陈明纲先生现场挥毫作《秋菊》图相赠。

七律　再谒净业寺奉妙华法师

一别妙华三整年，重来净业忆陶然。
秋风拂菊香堂上，寒雨煎茶素馆前。
觉后清吟知放下，灯边诚诵悟真禅。
人生难得闲消息，且喜新词胜旧篇。

【链接】

宁波镇海净业寺，位于宁波市镇海区蛟川街道五里牌村，始于1993年，初名"宁波市镇海区佛教老年安养院"，2010年增挂"宁波镇海净业寺"额，是镇海区8个依法登记的佛教场所之一。本寺开山祖师立悟老和尚，早年出家，一生历经磨难，晚年驻锡宁波。因有感于众多居士老来生活孤单，遂发慈悲心修建佛教老年安养院，让众老年居士有一个吃斋念佛、安度晚年的去处。老和尚将自己多年辛苦节俭之净资倾囊捐出，并以佛法感化十方善信弟子同修功德，多方奔走办理有关审批手续，联系工程建设等。1993年9月正式向宗教事务部门提出申请以来，安养院建设得到镇海区民宗局和蛟川街道办事处等大力支持、帮助和指导。在各方共同努力下，克服困难，并两易其址，终于在1997年7月建成，2023年扩建。净业寺现住持为妙华法师。

七律　赞杭州越剧院《清风亭》主演石惠兰

海内声华尽日新，石家女弟最传神。
师承张派源头远，反串老生形象真。
泪目清风亭下事，人心天道世间伦。
艺坛红紫千枝秀，花月江南满苑春。

【链接】

石惠兰，出生于宁波市象山县。杭州越剧院国家一级演员。拜张桂凤为师，工张派老生。2018年获得第28届上海白玉兰戏剧表演艺术奖主角提名奖。

七律　王之炅小提琴独奏音乐会致敬
约翰内斯·勃拉姆斯

何言此曲无能解，忽觉高山水亦寒。
满座倾心听雅乐，双琴展艺动清欢。

人来远浦潮初落，秋到江城夜未阑。

才女弓弦谁与诉，大师情愫共兴叹。

【链接】

王之炅，1984年8月18日生于上海，小提琴演奏家，现为上海音乐学院小提琴专业教授及管弦系副主任。她3岁起开始学习小提琴，8岁考进上海音乐学院附小，9岁开始跟随著名的小提琴演奏家、教育家俞丽拿教授学习。随后，跟随小提琴大师、柏林爱乐乐团前首席高利亚·巴列夏（Kolja Blacher）在汉堡音乐与戏剧学院及柏林埃斯勒音乐学院学习，取得独奏家学位，毕业后在柏林音乐学院任教，担任小提琴大师巴列夏教授的助教。她于1998年荣获第八届梅纽因国际小提琴比赛少年组第一名。这是梅纽因大师生前所举办的最后一届比赛，王之炅的演奏深受大师本人赏识，梅纽因听完她的演奏决定亲自指挥法国里勒交响乐团与她合作演出协奏曲，从此开启了一位职业演奏家的生涯。

倾杯乐·重阳雅集

（次韵，张先体）

重阳雅集，今相聚，钱湖畔。菊蕊争妍，金风吹面，清波拂柳，渔舟泊岸。共叙别情欢，倚阑干、醉酒倾杯满。极目秋光，竹山青黛，云天万里，遥瞻北雁。

日暮欲归难舍，登高望远。行来景换。忆当时、苦乐年华，托离索孤鸿、挥寸管。人间聚散。浑如梦、鬓发飞霜，夜听双琴伴。披星弃杖还家晚。

七律　康园雅集廿届志庆

康大乘风万里行，园中草木发欣荣。
雅词度曲酬千首，集句挥毫缀百楹。
廿载艺文同品酌，届时宾客共登盈。
志名今已闻遐迩，庆贺声声满甬城。

七绝　康园雅集

（藏头）

康庄耆旧共欢娱，园树浓荫满画图。
雅趣本来名利外，集谋方得探骊珠。

题赠21届康园雅集

（藏头）

廿年几度见君频，一日归来已数春。
康乐故人今未老，园林处处觅前身。

【链接】

2023年10月27日，宁波康大美术画材集团股份有限公司在宁波市高新区研发园总部隆重举办了第21届"21康园应届，21世纪世界"康园雅集书画文化交流活动。来自宁波当地的40余位知名书画大家齐聚一堂，挥毫泼墨，共创艺术盛宴。2022年5月26日，举行了"翰墨初心　共绘使命"康园雅集20周年庆典。

七律　濮存昕阅读分享会有吟

学顽做悟终须舍，未了登台角色丰。
年少蹉跎忧不忘，古稀感慨意无穷。
乘风来也才为用，载月归兮道岂空？
有幸听君谈阅读，人生何叹太匆匆。

【链接】

濮存昕，1953年7月31日出生于北京，国家一级演员，曾任北京人民艺术剧院副院长。2023年出版自传《我和我的角色》。

注：顽同玩。濮君云："转瞬甲子，常有失眠，梦醒生出六个字：玩、学、做、悟、舍、了。以释平生。"

七律　题《佳人影》

月里娟儿伴好音，人间烟火玉镶金。
轻盈更胜长生殿，淡薄偏宜浅小林。
粉蝶有情飞上下，春莺无数语沉浔。
相逢莫认真颜面，见影犹怜少女心。

雨中花慢·灞桥秋意

（格四，步韵柳永体）

霸上临风，桥边逝水，秋意渐已阑珊。感商声萧瑟，花瘦河宽。

尽记得、儿时到此，急忙过、未知闲。在溪滩玩耍，戏闹狂奔，骚动难安。

而今白了鬓发，怕孩孙笑我，编柳为鬟。此时正归来，东望雄关。眼前景、依稀不辨，邀同窗、欲返前欢。但徐行默默，忽生愁绪，莫问何端。

【链接】

灞桥遗址，位于西安市灞桥区席王街道柳巷村灞河河床内，分布长度约在400米以上，是隋代至元代的桥梁遗址。灞桥遗址为半圆拱厚墩联拱石桥遗址。从残存情况看，这是一座多孔石拱桥。灞桥遗址的文物遗存有隋、唐时期的瓦、琉璃瓦，宋、金、元时期的瓷片，隋至元各时期的瓷器，唐代石碑等。灞桥遗址的发现发掘，为研究古往今来交通历史、修桥筑路技术、隋唐时期历史等提供了珍贵的资料。1996年11月20日，灞桥遗址被国务院公布为第四批全国重点文物保护单位。

七律　骆驼古镇

水驿商都宿雾收，一河如带向东流。
人潮渐落桥头市，月影斜悬岸尾舟。
野戍渔声来远寺，夜城钟响到高楼。
通衢直达三江口，满面春风不说愁。

【链接】

宁波市镇海区骆驼街道，以老街的慈溪骆驼桥得名。骆驼桥镇本是慈溪县（今慈城）辖镇，出原慈溪县城慈城大东门，从观庄桥起一路数来，此为第六座桥，人称"六大桥"，宁波话白读谐音"骆驼桥"。

五律　贵驷古镇

贵驷古桥凭，今朝约友登。
田平连海阔，山近带江澄。
四马高车过，千舟集市仍。
新添科技翼，潮起共奔腾。

【链接】

贵驷街道以贵驷桥得名。元泰定年间（1323—1328），世彩堂刘氏其十世孙刘复卿兄弟三人从慈溪县城（今慈城）赴耕渔庄（今贵驷桥）舅父家定居，遂繁衍成族，自成村落。而后建贵驷桥，筑贵驷堰。

七律　观话剧《延水谣》

一生如寄莫蹉跎，巨浪滔天铁马过。
挥洒豪情时代曲，沸腾热血岁华歌。
青山依旧潮曾起，黄土飞扬艺几磨。
观剧沉思犹读史，当年夜月照延河。

五律　进山

冬临万物藏，湖影入初凉。
不辨霜何白，难期雪欲茫。

山林真可乐，风雨岂能狂。

且喜天犹暖，霭飞朝旭阳。

五律　茅镬古树

老树悟禅同，根蟠与道通。

苍枝连旧岁，绿叶忆春风。

千载经霜露，三秋送雁鸿。

乾坤凭造化，敬畏自然功。

【链接】

宁波茅镬金钱松古树文化公园分为四个区块：山体生态观赏区、休闲观景区、茅镬古村落遗址公园、原始生态保护区，占地91473平方米。园内被市林业部门列入保护范围的有96棵古树，经过中央林科院检测树龄达600年以上的古树有52棵，部分超过千年。其中，有棵被称为"万木之冠"的金钱松，树高52米，胸径达1.13米，树龄超过900年，是名副其实的"金钱松之王"。2023年2月，茅镬金钱松古树文化公园成功入选首批"浙江省古树名木文化公园"。

五律　古村李家坑

野阔溯唐征，秋深落叶声。

寒侵千夜晓，雨到四明城。

树密云偏乱，沙平鹭喜晴。

归期飞雁去，流水寄乡情。

【链接】

宁波市海曙区章水镇李家坑村，拥有大量明清古建筑，现已修旧如旧。李家坑村原名徐家畅村。始祖李龚荐自清初于永康长恬迁入，因见李家坑山环水绕，景色秀丽，随即垦地开荒，建舍发族，迄今已有360多年的历史。在村南尚存一座李氏家庙，宗庙庄严肃穆，碑匾高悬，棣萼生辉。

五律　涉北溪

寻景去江城，寒溪倒影生。
鱼游花外水，人听竹边声。
远客农家酒，高楼近处笙。
此时何所寄，醉看雁南征。

【链接】

宁波余姚四明山镇北溪村，是一个名副其实的古村。据《卢氏家谱》记载，南宋年间，卢氏从北方南迁，分支到奉化、余姚、东阳等地，有位叫卢谷良的奉化州判，居官三年后隐居卢埠头。卢谷良向往与北溪相邻的四窗岩胜境。他上雪窦山，过徐凫岩，到了北溪后，看到这里环峰带涧，山明水秀，自此就携家人在北溪居住下来。到了明清年代，北溪已形成了如今的村落格局。北溪村位于四明山腹地，是典型的山谷型村落，一步一景。卢氏宗祠、天兴庙、积善桥、丹枫古道等历史遗迹，至今仍依稀可见。两棵600多年的古银杏是一雌一雄的"夫妻树"，被村民称为"镇村神树"。

五律　醉吟

侠气未能留，风流醉白头。
车驰城外路，莺啭驿边楼。
老发狂如少，迟归懒系舟。
酒旗摇野店，觞尽胜公侯。

五律　羽云

一片羽难擎，飘摇向玉京。
不迷瑶海路，更添宇宫情。
碧穹沾琼露，龙池动素声。
歌传云上月，吹落雪涛生。

五律　仰天湖

山上仰天湖，五龙争一珠。
青峰千叠里，黄雁九霄途。
草阁通幽径，风窗见雪芦。
不辞深翠远，来醉酒三壶。

【链接】

位于四明山国家森林公园的仰天湖景区，距宁波80公里，海拔810米，暑天日均20℃左右。林木森森，幽水迷人，洞谷揽胜，凉风习习，向称避暑胜地。

相传明朝开国元勋刘伯温为朱元璋觅荫地，一路南行，苦不能得。至仰天湖见五座山峰围一泓清水而立，呈五龙争珠之势，叹南有美女睇眉，北有将军凝目，东西为黑、白龙渊守护，实为龙脉之地。于是将手中竹杖插地为记，回报京都。待工匠上山，则遍湖生竹，枝叶倒展，不见龙穴。感天不助人，遂埋金于湖，以谢天赐，失意而去。现经几代后人整护的仰天湖，为有缘之人更添回归自然之雅兴。

五律　蛤蟒坑赏枫

秋实满山盈，丹枫尽染成。
蝶疑花瓣赤，叶胜嫁妆明。
碧涧笼朝雾，银盘伴晚晴。
无从寻蛤蟒，只见夕阳倾。

【链接】
蛤蟒坑村由雪窦山蛤蟒岭得名，岭间有小溪、水坑，所以被称为蛤蟒坑村。地处四明山腹地中两山之间的峡谷，距奉化溪口镇15公里，是前往商量岗风景区必经之地。该自然村与东姜村合并后，现属奉化溪口镇东姜行政村，在册村民仅50多户200来人，这个高山里的袖珍小村是深秋绝佳赏枫处。

五律　岙底网红树

多闻此树奇，三色叶纷披。
游客穿林去，斜晖逐影移。

堤边流水处，亭下落霞时。

　　素向晨昏立，相看莫笑痴。

【链接】

宁波奉化溪口镇岙底村，虽然名为"岙底"，可是并不是在山坳里，而是在山脚下，毗邻的水库名为亭下湖水库，每年一度的网红水杉林打卡地就在湖边。

真珠帘·辞青四明山

（格一，陆游体）

　　深山栈道千年树。已初冬、暖日徐风如故。鸭脚穿林，飞落不知归处。共约同游观野景，兴正浓、登阶寻路。当午。赏峰间秋色，轻云薄雾。

　　访古。何来相聚？溯唐时、隐入村头烟雨。漱石见龙珠，近岸边鳞露。桥下潺潺流水急，且洗尽、征尘浮土。将暮。只流连忘返，夕晖金镀。

七律　赞恩师周育德先生新作《魏三外传》出版

　　一代名伶气韵佳，吾师作传笔生花。

　　魏三声动京都醉，梆子风靡粉墨奢。

　　高脚水头皆首创，义行豪举尽身家。

　　史留今古梨园谱，绚烂奇文共晚霞。

【链接】

周育德，1938年生，山东省平度市人，资深戏曲史家。曾任中国艺术研究院研究员、研究生部副主任，中国戏曲学院院长。长期从事戏曲历史及理论的研究与教学，出版的著作有《汤显祖论稿》《中国戏曲与中国宗教》《中国戏曲文化》《昆曲与明清社会》《周育德戏曲论集》《中华传统文化百部经典·(牡丹亭)解读》《戏外寻梦》《胡同口的遐想》等。

七律　俯瞰三江口兼题王耀成君之《大潮初起》

风景依稀似旧游，今来俯瞰认归舟。
青天无碍行云路，白鹭争飞宿雨楼。
江岸笛鸣孤月冷，外滩人语暮灯幽。
大潮初起三江口，近看遥思岂忘忧？

【链接】

王耀成，笔名旅人蕉、非庸。浙江金华人。历任总政治部《解放军文艺》杂志编辑，海军东海舰队政治部文化部创作组创作员、创作组负责人，东海舰队政治部宣传部正团职文化科长，退役海军上校。1989年转业后，历任宁波市文联副主席，宁波市作协副主席，浙江省作协全委会委员。中国作家协会、中国报告文学学会、中国传记文学学会会员。宁波市第十一、十二、十三届政协特邀委员。

王耀成1971年起从事文学创作，著有《柿子红了》《农民的创世纪》《陈中伟传》《大潮初起》《石库门的主人》《女船王》（合作）等小说、散文、纪实文学作品10余部。1993年起从事"宁波帮"研究与"宁波帮"题材文学写作，著有《赵安中传》《王宽诚传》《蔚蓝的航程——走向海洋的宁波帮》《宁波顾氏家族（传记篇）》《商行四海》《甬商散论》《蔚蓝航程》《甬商列传》等10余部；宁波帮题材电视与戏剧作品多部；并主编《海外宁波人研究》《宁波籍港澳台和海外人物录》

《甬商书系》《百年风华》等。资深"宁波帮"研究专家,当代"宁波帮"研究开拓者之一。

七律　闻范伟国兄向大英图书馆捐《范钦诗文选》有句

天一藏书事可知,少闻曾读范公诗。

编成文选捐何处,携去英伦值此时。

故国应非封闭地,后人不负祖先词。

一程聊寄东明意,岂许浮生付酒卮。

【链接】

范伟国,人民日报社高级记者。1951年出生,1980年进入宁波日报社,从事经济报道,担任工交财贸部副主任、城市部主任。1992年奉调,至中共宁波市委宣传部、人民日报社工作,退休前曾任人民日报社驻重庆记者站站长、人民日报社华东分社副总编兼《国际金融报》社长、人民日报社上海分社副社长等职。

五律　贺"云·岁月"诗会暨陈云其《掩面眺望你》诗集首发

今约同行者,吟诗话昔年。

霞云追巨浪,谈笑悟真诠。

世上知音少,窗前举首偏。

问君相属意,掩面眺谁边?

【链接】

陈云其,诗人、散文家、词作家、国家一级导演,1989年毕业于解放军艺术学院文学系,系中国当代军旅诗坛的重要诗人,其海洋诗、水兵诗影响深远。

著有诗集《桅顶上的眼》《往事深吻》《低下头并且记住》《一生都在下雨》《两朵云的故乡》《渐离》《利刃划过时间》《掩面眺望你》等;歌词集《送你一朵黄玫瑰》;艺术专著《晚会策划与导演》;散文集《日影如尘》;旅行笔记《高原伴旅》;是电视剧《海盗与魔鬼》《喋血三江口》《敦煌梦寻》的编剧,中国首台航海秀《港通天下》的策划人和编剧,电视连续剧《相约来世》的总制片人;编导有《同心曲》《沸腾的港湾》等30余部电视专题片和纪录片;策划和导演了百余台大型晚会;曾策划导演中国首届"双十佳"和中国首届"金碟奖"的颁奖晚会及浙江省第十一届全运会开幕式,被称为"中国唯一的诗人导演"。为宁波国际服装节的首席策划,导演的代表作品有越剧《精编梁祝》、民俗歌舞剧《十里红妆·宁海风》。

七律　江亚轮海难七十五周年祭

寒天海上一沉舟,七十五年悲未休。
长忆冤魂哀落日,唯留船舵祭明州。
故乡有路终成幻,世事无端更着愁。
且向前朝听楚曲,夜阑月冷伴谁游?

【链接】

1948年12月3日,长江口外海发生申甬客轮"江亚轮"爆炸沉船惨案,船上多为回甬过年的乘客,不少资料显示遇难者逾3000人,超出当年震惊世界的泰坦尼克号海难,死难人数居世界四大海难之首。

女冠子·游山醉吟

（格三，李郑体）

始寒微雾。流霜村野田路。丛林枫树。画工来此，泼彩随心，挥毫齐舞。山中行栈道，转壑见川，扑面赭红处处。引几多游客共赏，赢得笑声欢语。

溪桥南北谁家住？见酒旗招展，醉饮壶如注。不禁回顾。竞抒发意气，青春无数。岁华浑似梦，白驹过隙，倏尔归去。便这般狂浪，一声长叹，岂成词赋！

七律　访明港中学（二首）

（一）

一夜东风百卉芳，明州大港近家乡。
丹青影像描山水，桃李门墙系甬疆。
廿载辉煌多奉献，一生执着乐奔忙。
有缘相会逢知己，再展鹏程共举觞。

（二）

满园桃李遍芳林，嫩萼新枝照碧浔。
明月三更珠上润，港城十里画中寻。
素描有术多神韵，锦瑟无端胜独吟。

同奏天山歌舞乐，来年边疆缀缡琛。

还京乐·校园即景

（格三，方千里体）

小河岸，夹道香樟叶茂荫匝地。过校园桥畔，百花竞艳，弦歌声起。待月悬云际。灯明室静钻研细。正共觅蹊径，学海行舟千里。

满庭桃李。沐春风、温暖身心，草木滋萌，霞彩映蔚。为师默默耕耘，育人才、问何功利？盼明天、看海晏河清，风和日丽。一代丹青手，描摹如画山水。

七律 军忆同心艺术团迎新春

同心赢得满堂辉，一曲汤圆载誉归。
丝竹佳音皆点赞，燕莺新啭未相违。
戎装曾忆从军去，民乐犹随启幕飞。
更向龙年寻胜迹，桃源深处尽红薇。

汉宫春·题宣城红杉图

（格十，无名氏体）

红翠斑斓，正秋林尽染，来此游乐。层杉落羽，恰似晚霞帘幕。

青峰白鹤。尽映入、山边湖泊。挥彩练、风轻阳暖,遥想昔年如昨。

赴约。谪仙曾到,慕宣城谢朓,敬亭留作。千年一瞬,咏诵此诗同酌。时空倒错。与李白、同观山壑。飞鸟尽、孤云独去,相看不寞。

七绝　悼宁波籍法学家江平

（藏头）

江流浩浩出明州,平远东南一叶舟。
千里故人归未得,古来无道杜鹃愁。

哨遍·读《秋声赋》

（格四,曹冠体）

千载美文,开卷感怀,共读秋声赋。闻悚然音动起西南,皎月明河林中树。赴敌兵、衔枚疾行车马,风狂更带寒江雨。夫奋发呼号,凄凄切切,伤因商律悲楚。意萧条、零落叶黄枯。肃杀以为心、烈威余。砭骨侵肌,栗冽穷途。竟鸣入户。

噫,黑发化星,动物之灵百忧诉。己力而不及,劳形其智难顾。与草木争荣,恐被戕贼,无须有恨叹今古。然童子垂首,入睡莫对,惟听虫唱相助。久沉浮宦海只影孤。居士独自愁闷踟蹰。岁华逝、怀才何遇?夜犹长,露偏冷,望前方歧路。人生虽短,焉求得志,到老迟迟觉悟。且将新句度名篇,抒情怀、再吟如故。

七律　日湖遗址碑

唐代明州二水邻，日湖望月自涵均。
波翻萍影清犹浅，形似莲花翠且匀。
渔唱隔汀浮白鹭，梵乐遍渚引红鳞。
先贤驾鹤西归去，遗址存碑示后人。

【链接】

唐贞观间（627—649），明州开凿日月二湖，日湖位于子城之南，亦称南湖，其水道取象莲花，至北宋后渐淤塞而废。今海曙区莲桥街立石于丙戌（2006）季夏，上镌曹厚德所书"日湖遗址"以志之。而江北区所建之日湖公园乃属姚江水系，非昔之日湖也。

宝鼎观·华山

（格四，步韵李弥逊体）

巍巍西岳，壁立千仞，何方寻路？奇险处、鸟飞犹难，雾绕悬崖曾折羽。望渭水、尽烟波林溆。夕照云岚近暮。见漫卷黄尘，轻扬微浪，无寻苍鹭。

石阶铁索游相侣。但惊心、前后从步。回首看、花岗岩立，峻秀峰腰松栎树。入岭谷、落丝丝寒雨。休说阴晴有数。正寂寂、潼关西去，且觅途中宿所。

古有盘道通天，传道教、高人何许。纵金精元气，焉得青莲诗绪？总乏少、逸情雅趣。不作闲愁赋。对月窗，触景感时，吟罢再掛黄醑。

薄媚 · 西湖

（格五，第二虚催）

如西子。浓妆淡抹宜端视。波光亮眸，春夏秋冬流绮。潭中月圆，柳翻浪，莺啼风色尤明丽。引得游人至。园林红翠。堤桥旖旎。

孤山植梅林隐士。犹妻侣，恁般深爱，相看永不离弃。鉴湖秋瑾奇。众敬仰，丰碑立此。三杰留芳，千年咏史。

注：西湖三杰，即岳飞、于谦和张苍水。

七律　贺《杭大人》月刊

年来群友唱酬存，忆昔时光似水奔。
十二期刊凝露雪，百千吟句记晨昏。
常怀高考青春忆，遥念西溪母校恩。
莫道岁华难再现，此间情境有余温。

七律　题李九伟女史惠赠新著二集

诗文忆旧故乡情，有女离家渐长成。
遥望中原千里雁，倾听春色数声莺。
妙言趣事童年乐，久梦亲人节日迎。
低语轻吟皆是爱，悠悠意境笔端盈。

【链接】

李九伟,河南省确山县人,现在宁波大学宣传部工作。浙江省作家协会会员,笔名木子,20世纪90年代开始发表诗歌、教文等,已在市级以上报刊发表诗歌近百首,发表散文、小说、评论、报告文学等作品近百万字。

七律 贺李浙东《崛起的世界大港》入选 29 届全国影展

大港苍茫月色明,舟船万里夜潮生。
空中雁落波涛远,镜里人忙岛屿横。
旧事依稀云上忆,新容焕耀码头情。
凭谁留得时光影,艺苑耕耘一老兵。

五律·题李浙东先生惠赠纪实摄影集《冠军的摇篮》

夺冠少年军,天天训练勤。
莺歌花竞艳,燕舞技超群。
定格成功路,扬名奋斗勋。
镜头无限意,光影远传闻。

七律　题李浙东先生惠赠
《雄镇旧影》摄影集

旧痕历历昔曾闻，五十年来过眼云。
日望江舟通海国，夜思雄镇读图文。
常居梓里采风久，亲历沧桑摄影勤。
存照几多今共赏，焉能不赞浙东君？

画堂春·题李浙东先生惠赠
摄影集《逝去的老街》

千年水岸骆驼桥。老街集市喧嚣。旧时光影忆春朝。烟火城郊。
身入其间纪实，情深不顾辛劳。远行回望梦迢遥。乡恋难消。

【链接】

李浙东，1954年生，宁波镇海人。宁波市文联委员、正高级研究馆员、宁波市镇海区文化馆原馆长、中国摄影家协会会员、浙江省摄影艺术学会顾问、宁波市摄影家协会副主席、镇海区摄影家协会主席。

五律　皿方罍

首身相合同，千里苦寻功。
完璧归湘日，方罍耀馆中。

世途多险阻，国宝转蒿蓬。
无愧炎黄祖，传承现古风。

【链接】

经千里追寻，才使国宝"皿天全方罍"身首合一，完璧归湘，现陈列于湖南省博物馆。

清江曲·咏瓯江

碧水悠悠百里长。舟船鸣笛往来忙。大桥两岸多高厦，江上流光绘彩妆。

源源水电堪居首。人文景观闻名久。一路漫步醉暮春，吟句情深付诗酒。

七绝　石门飞瀑

石门洞上日高悬，百丈飞流挂壁前。
七彩虹霓凝翠树，甘霖一掬润心田。
诗情喷涌九天悬，顷刻汪洋汇眼前。
小雾大珠倾泻下，效仙咳唾满书田。

五律　悬壶

悬壶走四乡，石漏袤烟光。
自守医家道，犹通扁鹊章。
施针知穴位，提笔写偏方。
青鸟殷勤探，人间爱夕阳。

五律　济世

金匮有仙方，悬壶济黔苍。
鱼游波底跃，鹤唳月边翔。
紫雾飞龙盖，青云覆凤床。
缘何皆不识，谁得渡寒塘？

五律　挥毫

云窗始泛红，翰墨醉秋风。
写意随天老，临池与海通。
丰姿梅影俏，流韵月波融。
纸上龙蛇走，挥毫气自雄。

水 利

它山堰鸟瞰（龚国荣/摄）

水龙吟·大运河畅想

千年一梦京杭系，多少旧时欢迹？故人音信，凭谁为问，不堪重觅。岁岁春秋，人生几度，也应难得。只为侬心事，和弦调瑟，莫辜负、春归日。

休说相思无极。最怜他、六朝金碧。三分月满，五更风急，良宵易失。把酒樽空，放船琴笛，水乡游历。这些儿韵味，都如此曲，可曾虚掷？

【链接】

京杭大运河始建于春秋时期，是世界上里程最长、工程最大的古代运河，也是最古老的运河之一，与长城、坎儿井并称为中国古代的三项伟大工程，并且使用至今，是中国古代劳动人民创造的一项伟大工程，是中国文化地位的象征之一。大运河南起余杭（今杭州），北到涿郡（今北京），途经今浙江、江苏、山东、河北四省及天津、北京两市，贯通海河、黄河、淮河、长江、钱塘江五大水系，主要水源为微山湖。大运河全长约1794公里，对中国南北地区之间的经济、文化发展与交流，特别是对沿线地区工农业经济的发展起了巨大作用。2014年6月22日，由京杭运河、隋唐运河、浙东运河三段组成的中国大运河，被列入世界遗产名录。

七律　赋京杭大运河博物馆

一带长河岸柳垂，门前芳草接城池。
东风送雨逢今日，北客怀人忆昔时。
莫道燕归云路远，且观鱼跃水波夷。
只需细辨前朝事，阅尽河山知所期。

【链接】

杭州京杭大运河博物馆，位于浙江省杭州市拱墅区金华路运河文化广场1号，占地面积27000平方米，建筑面积10700平方米，展陈面积5500平方米，是一座社会科学类运河专题博物馆。2006年10月1日，杭州京杭大运河博物馆建成并对外开放。

七绝　游胡雪岩故居有感

门前车马已成尘，客至何尝识旧津？
但使今人知进退，莫嫌贫富作东邻。

【链接】

胡雪岩故居，位于杭州市河坊街、大井巷历史文化保护区东部的元宝街，建于清同治十一年（1872），正值胡雪岩事业的巅峰时期。当时豪宅工程历时3年，于1875年竣工。这是一座富有中国传统建筑特色又颇具西方建筑风格的美轮美奂的宅第，整个建筑南北长东西宽，占地面积10.8亩，建筑面积5815平方米。无论是从建筑还是从室内家具的陈设，用料之考究，都堪称清末中国巨商第一豪宅。

七绝　重访南宋御街

四十年来两鬓丝，何时相见再开眉？
如今漫步街头上，店肆难寻易酒旗。

【链接】

南宋御街，是南宋都城临安铺设的一条主要街道。《咸淳临安志》等文献记载，铺设南宋御街一共使用了一万多块石板。御街南起皇城北门和宁门（今万松岭和凤凰山路交叉口）外，经朝天门（今鼓楼）、中山中路、中山北路、观桥（今贯桥）到今凤起路、武林路交叉口一带，是南宋临安城的中轴线，全长约4185米。它是皇帝于"四孟"（孟春、孟夏、孟秋、孟冬）到景灵宫（今武林路西侧，供奉皇室祖先塑像的场所）朝拜祖宗时的专用道路。

画堂春·拱宸桥上怀古

运河一派水悠悠，同来访古偕游。眼前风景几春秋？夙愿今酬。
遥想行舟北上，三千余里风流。时空穿越在桥头。寻梦杭州。

【链接】

拱宸桥，位于杭州市区大关桥之北，东连丽水路、台州路，西接桥弄街，连小河路，是杭城古桥中最高最长的石拱桥。桥长98米，高16米，桥面中段略窄为5.9米宽，而两端桥堍处有12.2米宽。采用木桩基础结构，拱券为纵联分节并列砌筑。

七绝　访西兴镇

古街桥下翠浮波，舟楫风帆一路歌。
莫笑老翁怀旧乐，水声流韵浙东河。

【链接】

西兴古镇位于钱塘江南岸，历史上曾是两浙门户，交通发达，地势险要，自古为"浙东首地，宁、绍、台之襟喉"。西兴的历史可上溯至春秋时期，越国大夫范蠡在此筑城拒吴，时称固陵，六朝时称西陵，吴越王钱镠以"陵"非吉语，改西陵为西兴。明清时，西兴属绍兴府萧山县管辖，民国仍之。1949年后，萧山县划归杭州市，西兴属杭州。西兴虽属于杭州市区，但是无论语言还是建筑，较之杭州，更近于绍兴。

七绝　游运河园

越地青山接八荒，通波千里赖河长。
镜湖深处寻纤道，旧日春风拂柳行。

【链接】

绍兴运河园记载了运河的历史文化，融合了运河的风光，传承着运河文脉，流淌着江南风情。它全长达4.5公里，从绍兴市郊直至绍兴县界，处在浙东古运河的主干河道。核心景区包括：运河纪事、沿河风情、古桥遗存、浪桨风帆、唐诗之路、缘木古渡。运河园如一部越中杂志，又如一首史诗。

五绝　鉴湖吟

湖水涵虚碧，清风拂面凉。
悠然心似镜，何必问仙乡？

【链接】

鉴湖位于浙江省绍兴市柯桥区，为浙江名湖之一，俗话说"鉴湖八百里"，可想当年鉴湖之宽阔。鉴湖是一处适合观光游览、休闲度假的江南水乡型风景名胜区，由东跨湖桥、快阁、三山、清水闸、柯岩、湖塘6个景区和湖南山旅游活动区组成。鉴湖不仅有独特的自然风光，还有许多名胜古迹为之增色。

七绝　雨中古纤道

河水长流万里途，山阴纤道接通衢。
风侵雨蚀成斑驳，皆入当年世俗图。

【链接】

古纤道位于浙东运河绍兴段，它是古代行舟时背纤使用的通道，因为古纤道的历史久远，并且都是青条石建成的，外形独特，像石桥一样横跨在运河上，这种古纤道是国内罕见的。

卜算子·丈亭访古

凉亭独倚阑，何处寻游伴？记得当年旧赏时，君在长河畔。

酒醒不成眠，晨起同车遣。岁月消磨两鬓霜，只识东风面。

【链接】

丈亭旧时为会稽、明州两府水陆通道上的重镇。至元十六年（1279）置丈亭巡检司，形成丈亭、渔溪集镇。清以前集镇规模较小，民国时丈亭建成一个长300米、宽3米的街市，逢二、五、八为市日，渔溪也形成一个长200米、宽5米的街市，逢一、四、七为市日交易。1949年后，集镇迅速发展，至70年代后期，发展成为姚东地区政治、经济、文化中心和交通枢纽、货物集散地。

七绝　访大西坝、小西坝

明州锁钥枕姚江，风雨千年古坝长。
舟楫兼通丝路远，阻咸蓄淡系家邦。

【链接】

大西坝村，位于宁波市海曙区高桥镇。大西坝村以坝兴村，以坝命村。村中有全国重点文物保护单位"大运河—姚江水利航运设施大西坝旧址"，还有上、下二个古凉亭（中凉亭已毁）、周家里（礼）五房、长弄堂民居、楼家七房民居、篱笆里民居、大西坝长弄屋、大西坝民居等众多古建筑，2016年被评为"浙江省历史文化名村"。

东流不息的姚江至丈亭后，分为前、后江两江，继续东行。后江即慈江，当年东行至夹田桥一带被民田阻挡，南宋中晚期，制使吴潜疏浚了东南两条河流，在南下的官山河上筑了小西坝，外阻江潮冲击，洪水季节内涝河水经小西坝直排泄洪。

七律　浙东运河印象

河贯浙东千里舟，远山烟岚水浮悠。
龙腾白昼雷喧夜，蜃出青云雨湿楼。
北极星辰悬斗转，东方江海望潮流。
千年碶堰无寻处，谁识沙汀鹭点头？

【链接】

浙东运河主要航线西起钱塘江南岸，经杭州市西兴镇到萧山，东南到钱清过绍兴城经东鉴湖至曹娥江，过曹娥江东经上虞丰惠旧县城到通明坝而与姚江汇合，全长约125公里，此段为人工运河。之后，经余姚、宁波会合奉化江后称为甬江，东流至镇海入海，以天然河道为主。浙东运河全长约200公里。

七律　参观甬新闸、保丰碶

千秋古木傍河栽，因水而兴入眼来。
不尽江流从古道，犹惊碶闸筑高台。
潮生浪起桥边堰，雨打风吹岸上梅。
喜见明州春似海，天工巧夺赞贤才。

【链接】

甬新河作为宁波市内河水网中最长的一条人工河，起自奉化区境内的东江，由南向北穿过奉化区、鄞州区、高新区，最后由甬新闸注入甬江，流向东海，成为最美的城市景观河。甬新河与甬新闸、甬新泵共同组成排水系统，直排甬江入海。

据《四明谈助》载：（保丰碶）在县北三里西管支港，受它山、林村两路之水，满则泄之江，若行春、积渎、乌金诸碶。宋淳祐辛丑（1241），参政余天赐典乡郡，尝有意经营，好事者以风水之说阻之。明年，郡守陈垲究水利，邦人备述保丰兴废关乡里丰歉，由是为闸两间，立石柱三，造板桥于浦口，以便行走。民借此碶之利，则丰年可保，故名"保丰"。宋开庆元年（1259），制府吴潜得水势径直之地于其右，因广其址，改创为五柱四门。坚密雄伟，虽湍流涌激不损，更名"永丰"。新建的保丰碶闸站西接北斗河、东通姚江、上靠姚江大闸，使北斗河、西塘河、卖鱼河等内河水体能直接与姚江水进行翻新互换，可通过自然流动的方式，提高水体自净能力，改善内河水质。

河满子·赞姚江大闸

樯橹舟行无数，姚江日夜奔流。截断滔滔春水，蓝图重绘湾头。蓄淡阻咸排涝，闸门雄立千秋。

【链接】

姚江大闸工程位于姚江入南江口处上游3.5公里的宁波市北郊，控制流域面积为1844平方公里（其中山区607平方公里）。姚江原为潮汐江，旱季咸潮可通达上虞通明堰，沿岸土地盐碱化，蟹类泛滥。雨季则容易滋生洪涝灾害，不利于农业生产。1932年，鄞县县长陈宝麟曾计划使姚江河口改道，但因经费和抗日战争之故，迟迟未能开工。1958年8月，宁波市政府开始在江北湾头地区兴建姚江大闸，1959年6月建成。湾头5公里原河道不再成为姚江主河道，新增引河1.24公里，形成现在的河流形态，剩余的姚江盲端于2004年建成日湖公园。姚江大闸的建设使困扰农业生产的咸潮问题得以解决，沿岸土质得到改善。但是，水库也造成姚江河口和甬江淤积严重，因而须常年清理，使航运也受到一定的影响。

柳含烟·白溪水库溯源游

春溪美,竹山苍。一片烟岚掩映,水波微漾掠鸳鸯。影成双。护卫清泉甘苦品。谁送千家共饮?感恩知报付韶光。鬓飞霜。

春晓曲·白溪溯源

春山滴翠溪声急。雨雾迷蒙淅沥。乘舟一路荡清波,几只鸟儿惊起疾。

七绝 白溪水库

(藏头)

白云影入镜湖中,溪畔花繁翠色濛。
水坝巍然如壁立,库容丰沛惠民功。

【链接】

白溪水库位于宁波市宁海县白溪干流的中游,是以供水、防洪为主,兼顾发电、灌溉等综合效益的国家大(Ⅱ)型水利枢纽工程。水库集雨面积254平方公里,多年平均径流量2.81亿立方米。拦河坝为砼面板堆石坝,最大坝高124.4米,总库容1.684亿立方米。

五律　钱湖泛舟

湖岸秋光好，风吹鬓已斑。
游船披霭雾，沙鸟集滩湾。
竹色遥环水，涛声暮入山。
座中多白发，静对夕阳闲。

五绝　半浦渡

半浦古天灯，曾迎旧友朋。
今来寻渡口，江上碧波澄。

【链接】

宁波江北半浦村因地处姚江之北，东为鄞西与慈溪两县相半之界，江以南九里有浦，北有灌浦古渡，两地均为渡而名，渡因浦而名，后人以其谐音简作"半浦"。半浦古渡，这个历史的见证者，依然矗立在姚江畔，半浦、河姆渡、邵家渡等渡口，共同构成了姚江流域的交通枢纽。然而，随着时间的流逝，姚江流域的其他古渡口已经基本绝迹。

临江仙·白水冲瀑布

四明山里观飞瀑，泠泠白水潺湲。千年桥上慕双仙。夫妻学道，腾举向青天。

十里小溪鸣壑谷，调琴奏瑟林间。阳明诗咏久相传。江南雨季，流翠意缠绵。

【链接】

白水冲瀑布，在浙江省余姚市梁弄镇南4公里的白水山上。白水山又名白山，因有白公在此修炼得道而名，山上有冶山、屏风、石屋、云根等四峰，石屋峰怪石嶙峋，峭壁悬崖；云根峰苍翠夺目，流泉生辉。两峰之间，一帘飞瀑从53米的高处飞泻而下，形若白龙飞天，声若沉雷震地，蔚为壮观，这就是白水飞瀑，俗称白水冲。

醉太平·姚江源头

（刘过体）

寻源到头。涓涓未休。四明台地千秋。注三江汇流。
风光尽收。茶园万畴。岸连天际悠悠。共扬波荡舟。

【链接】

姚江源头位于余姚市大岚镇大岚村左眠岗头东坡，距市区45公里左右，是余姚江的源头。这里群山环抱，山林青翠欲滴。水汽充足时，云雾缭绕，万亩茶海若隐若现，人入其中，有腾云驾雾之感，宛如进入了人间仙境。

五律 晦溪改名明溪换新颜

山光映竹青，溪水绕窗棂。
风雨如晦夜，烟波掩翠汀。

鸡声沿岸起，鸟语隔沙停。

古堡经年久，花香满石亭。

【链接】

奉化区溪口镇亭下湖水库，其水源一条来源于栖霞坑方向的筠溪，另一条主要水源就来自明溪。明溪上游，宋时有村庄名叫汇溪，因两溪相汇而名，一条源于新昌方向，一条源于壶潭村方向。汇溪村人，是从浙江东阳避世而来的单姓人家，逐渐成族，始成村落。南宋时，村中有个叫单钦的人，才德超群，与朱熹交好。因为朱熹酷爱"晦"字（朱熹字元晦，又字仲晦，号晦庵，晚称晦翁），于是将村名改为"晦溪村"，以此来纪念朱熹。这个名字用了1000多年，后来大家觉得在方言中"晦溪"音似"晦气"，于是在2004年将晦溪村更名为明溪村。

七律　游栖霞坑村

今朝到此一回眸，溪上流水景倍幽。

千载街村寻旧宅，四时花木寄乡愁。

天边雁字传书至，亭下鸭群嬉水游。

我亦因之怀李杜，唐诗路上赏清秋。

【链接】

栖霞坑村位于奉化溪口西北四明山之中，原名桃花坑，筠溪穿村而过，栖霞坑是王羲之后裔的聚居地，也是"唐诗之路"诗篇中多次提到的"桃花坑"所在地。栖霞坑古道，是新昌、余姚通往奉化、宁海的"唐诗之路"，沿途风景优美，为宁波著名的古道，2014年栖霞坑村被列为"宁波历史文化古村"，并入选了第三批《中国传统村落名录》。

五律　亭下水库莲花堰

大坝枕湖光，莲花堰带凉。
树高山水远，桥阔运输忙。
竹影摇书桌，泉流对砚床。
不辞深处坐，觅句入诗囊。

【链接】

亭下水库莲花坝在银凤山庄以西，过银凤大桥就可看到这座莲花坝。它以揽山拥湖之姿，坐落于九曲剡溪畔，东靠武岭门，北邻雪窦山，周边群山环绕，三面环水，邻近亭下湖，拥有自然山湖的写意风光，成为网红打卡地。

五律　游奉化青云村

空庭萦白云，幽寂自成文。
山鸟惊人语，江鸥掠水汶。
古村遗旧迹，萧庙祀先君。
回首兴亡事，无言夕日曛。

【链接】

青云村位于奉化区萧王庙街道，北邻剡江，西傍泉溪，南望同山，距溪口雪窦山风景名胜区10公里，地理优势突出，曾是剡溪航运中的重要码头之一。青云建村于唐代，至今已有1100多年历史，藏书重教是本村的光荣传统。穿行在村庄内，多见清末与民国时期的建筑，展示曾经的繁华和独特的文化内涵，获"中国传统村落""浙江省历史文化名村"等多项荣誉。

五律　方桥三江口

方桥何处是，相约溯源游。
风静波声缓，云低日影秋。
渔归江口鸟，客系浦门舟。
寂寞谁人会，潮来汇激流。

【链接】

奉化境内有三条大河——剡江、县江、东江，县江先在陕门汇入东江，然后与东江一起在方桥的西北端与剡江汇集，然后合流汇成奉化江，流向宁波。

卜算子·湖上

湖上漫岚烟，杯里成三影。停盏推窗水岸渲，满目盈春景。
联语映花红，翠柳轻扬并。石径无人夜静时，茶社寻清茗。

庆春时·观湖上皮划艇晨训

晓风拂面，烟岚湖上，训练繁忙。遥观划艇，青春小将，挥桨搅波光。

千山成岛，晨雾缭绕津梁。寒流凛冽，何时解冻，相约举觥觞。

更漏子·江滨

月将圆，星斗转。残雪江滨云暗。冰未化，早梅芳。五更寒夜长。东方白。风萧瑟。坐等天边日出。更漏尽，意难穷。推窗闻远钟。

洞仙歌·咏它山堰

（依晁补之《群芳老尽》体）

唐时堰坝，立于千年后。片石留香岁华久。这神奇一段、分水潺湲，梅梁卧，承重何辞夜昼。

无言功自在，晴雨风霜，此世前生共相守。纵春去也、千家遍插秧禾，待夏季、田畴繁绣。稻香醉心归、喜丰收，愿尔永存、须与天同寿。

【链接】

它山堰位于浙江省宁波市海曙区鄞江镇的它山。樟溪的出口处，属于甬江支流鄞江上修建的御咸蓄淡引水灌溉枢纽工程。唐太和七年（833）由县令王元暐创建。它山堰是中国水利史上首次出现的块石砌筑的重力型拦河滚水坝，全长113.7米，堰面顶级宽3.2米，第二级宽4.8米，总高5米。其砌筑所用石块是长2—3米、宽0.5—1.4米、厚0.2—0.35米的条石，堰顶可以溢流。它山堰选址合理，设计科学，具有阻咸、灌溉、泄洪等功能。洪涝灾害时，七成水量流入鄞江，三成水量流入樟溪；发生干旱灾害时，七成水量流入樟溪，三成水量流入鄞江。1988年1月13日，它山堰被中华人民共和国国务院公布为第三批全国重点文物保护单位。2015年10月14日，在法国蒙彼利埃召开的国际灌排委员会第66届国际执行理事会上，它山堰入选世界灌溉工程遗产名单。

六州歌头·宁波水文化揽胜

（格七，刘过体）

故乡情，水相伴，话明州。宁波港，春风十里，繁华更无俦。滔滔姚江畔，农耕始，河姆渡，图腾美，文明史，几沉浮。榫卯黑陶，稻谷金黄粒，赞叹回眸。考先民行迹，经历七千秋。直溯源头。岁悠悠。

大运河南下，京杭续，奔海向天流。兴商贸，通寰宇，志方遒。未曾休。万斛神舟去，烟波里，达瀛洲。古今立，它山堰，永存留。介甫治鄞三载，渠川浚，教化谋猷。望东钱湖邈，翠柳掩高楼。邀客同游。

七绝　贺《宁波水文化》创刊十周年

（嵌字：贺水文化十年）

贺厦新成大闸旁，水光云色入诗囊。
文章千古今犹在，化雨十年风播芳。

七律　贺《宁波水文化》出版五十期

碧水丹心付一毫，不辞辛苦十年劳。
洋洋大港行舟远，卷卷期刊载誉高。
往事皆随文字现，奇功亦借影图豪。
续航更待开新路，江海扬帆万里涛。

怀 旧

屠呦呦旧居（龚国荣／摄）

七律　题1981年春节留影

顾影相怜卅岁余，青丝对酌论诗书。
天荒路远云初霁，霜落冰封草已疏。
风雨夜凉生冷月，江河浊浪灌枯渠。
年光荏苒成追忆，惆怅何方觅旧居？

注：竺惠明兄赠我一帧旧影，当年正月初四，我们一家四口与刘克智先生一家三口在庄市后倪村竺兄家欢聚，午宴后于竺兄旧居池塘边留影，为刘先生所摄。自此跨入风云际会之80年代，至今屈指四十一载矣，抚今追昔，不禁百感交集，遂有所云尔。

七绝　应王剑波君之邀访青珠农场有寄

（藏头）

农桑遍野海堤高，场圃依稀往事饶。
记忆青春多苦乐，行途归雁逐秋潮。

七绝　参观青珠农场知青宿舍有感

（藏头）

老去方知身是客，屋梁尘落路迢遥。
怀人渺渺今相见，旧雁新鸿各远翱。

【链接】

农垦宁海县青珠农场地处浙江省宁波市东南沿海的宁海县东南部，西临胡陈港，南靠三门湾；农场地势平坦，土地肥沃，交通方便，水陆皆通，距宁波市120公里，距宁海县45公里。创建于1956年，初为省农垦机械农场，后又转为县属农垦场。王剑波君于1975—1977年曾在此度过一段知青生活。

五律　咏桂自嘲

何处香难断，幽幽一夜凉。
月高金粟影，露滴碧罗裳。
梦到天涯远，愁萦海上光。
无眠孤枕客，心定是吾乡。

注：74年前的今天，我呱呱坠地于上海城，后随父母迁居西安，54年前又被时代风雨抛回了故乡，往事并非如烟……

五律　题竺惠明兄《儿时手戏图》

月色当窗好，秋风入座寒。

帘垂光影变，手舞笑声欢。
只用油灯照，未嫌墙幕宽。
旧情侵老境，何处可凭栏？

五律　题夏超《杭大人系列之寝室》

当年夙梦圆，湖上忆归船。
孤旅难追月，长宵尽化烟。
笔间真意暖，画里晚情绵。
旧物如俱在，余温再续缘。

贺熙朝·乡愁

二月春阳渐送暖。旧时庭院。海棠花乱。离乡日久，盼归心切，忽见孤雁。能不肠断？

别君曾约再相见。望万里关山，游子泪迷眼。却迢遥难返。桑梓梦回，碧柳河畔。

五律　盼良机

遥忆梓桑地，当年黯少辉。
书生耕邑野，冰厂启门矶。

江水知寒暖，粮田改瘦肥。

蹉跎谁与语，郁郁盼良机。

注：吾乡鹭林近宁波市郊，滨甬江，多冰厂，冬储天然冰，春后开其石门采冰充于渔船。

赏南枝·忆昔

早春方疫散，玉兰正挺秀，又到申城。七十四年前，浦江畔、县后街里初生。多少事，故地情。几辗转，举家远行。父辈建功创业，便一去飘萍。

狂飙浊浪翻腾。校园停课，竟难卜前程。返故里躬耕，蹉跎苦、怎奈老大无成。雷乍响，天放晴。再应试、求知赋能。忆杭大曾攻读，白头梦飘零。

调笑令·时暮

（《来见》体）

时暮。莫耽误。姹紫嫣红曾满树。伤怀忽见芳华去。花雨飘飞一路。韶光易逝难留住。春在心中长驻。

七律　梦回故园

（藏头拆字连环诗）

水天一色百花鲜，鱼戏池中路在前。
月照西溪游学府，人临东牖忆先贤。
又观翠竹虚心节（節），即读宏文济世篇。
扁善结缘天地广（廣），黄龙洞上饮山泉。

注：扁，通徧（遍）。

七律　赞杭大之大先生

（藏头拆字连环诗）

多才高德世称奇，可领风骚一代师。
巾服心怀天下事，口碑人赞俊杰词（詞），
言行芳洁皆为范（範），竹帛深宏亦合时。
日久方知吾辈幸，十分努力莫偏移。

七律　陈情

（左右结构藏头拆字连环诗）

婴孩变脸数天晴，青翠枝头大雨倾。
顷刻云开飞彩练（練），束房书令启舟程。

呈词请假无暇往，主事难为有愿鸣。

鸟宿故林恣百啭，转回梓里满山樱。

注：柬房即官衙中处理书札往来的部门。

淡黄柳·西溪忆

城郊柳陌。飞絮添春色。几许离愁心悱恻。对镜徒悲鬓白。长忆西溪辨曾识。

夜灯寂。无眠望高宅。酒醒后、转身侧。老来时最怕天儿黑。往事悠悠，岁华流去，唯见田园又碧。

疏影·白发归来

暮春柳陌。绿渐浓、赢得满湖春色。傍水依山，农舍参差，犹见小康安逸。塘中几尾鱼相逐，望田间、稻秧青茁。醉晚风、更忆华年，怎辨梓桑陈迹？

多少儿时趣事，过桥石板路，通向亭侧。白发归来，物换星移，深巷儿童不识。古琴一曲长流水，倩谁问、弦徽音息。忽唤名听到乡音，无语泪沾襟湿。

鹧鸪天·重逢

送走时光醉晚风。春归付与落花红。育才楼挂当年月,桃李园鸣向晚钟。

思久别,盼重逢。校歌声里梦回中。东风拂水吹杨柳,湖畔风光已不同。

七绝　题照

祖孙共读续书香,自古文章百世昌。
春雨无声犹润物,江南三月柳丝长。

西溪子·中兴银杏

(毛文锡体)

银杏春萌新叶。老树相看明月。校园中,钟声唤。弦歌伴。百廿岁华悠远。桃李竞芬芳。好时光。

注:今过中兴园,见1963届庄市中学校友所植银杏树嫩绿婆娑。

五律　读范伟国兄《故纸》共情吟

插队别家行，无心问去程。
几番难语苦，数岁不堪情。
梦破人初醒，潮回月渐生。
思亲观故纸，泪下独怔怔。

五律　读范伟国兄《争气》有吟

争气声声嘱，何尝敢说休。
一年春启后，四季苦从头。
知母心非铁，励儿语带愁。
平生无此劫，岂解泪长流。

蝴蝶儿·忆高考

双蛋纯。友情真。一零零亦自奇珍。忆高考满分。
年少难圆梦，荒唐白卷神。迎来平地忽雷奔。感言留子孙。

注：今喜得友人赠鹅蛋二枚，归家转予孙女，加一笔如百分。遂忆余1973年因白卷英雄而大学梦破，四凶落网，复得忝列高考1977，语文获满分，乃入杭大焉。

西湖月·访孤山

（格二）

西湖倚枕孤山，有水榭桥亭，读碑轻拭。侣梅子鹤，云游寺院，去无踪迹。书童延客坐，纵羽告先生、归棹疾。与共饮、彻夜长谈，不醉岂能停席？

昔曾约友同游，只萼绽新芬，故址何觅？少年寻梦，言愁强说，意情难述。而今双鬓白，始晓悟、宽心轻得失。看淡利禄功名，可学诗逸。

唱　酬

奉化区蒋家池头村（龚国荣／摄）

七绝　题赠西安宁波经促会与商会四位会长

（藏头）

（一）赠傅丰林

傅岩鸿雁水云新，丰草清溪桃李春。
林海高吟西电赋，君归本是四明人。

（二）赠张羽

张君崇德孝而慈，羽猎于今冠一时。
雅有风流夸藻鉴，正驰沪上称雄奇。

（三）赠奚嵩华

奚囊有句传千古，嵩岳登临万仞台。
华表巍巍凌赤县，正看旭日荡尘埃。

（四）赠孙建光

孙侯戎马自风流，建业于今意未遒。
光映白云千里月，正临红日万山秋。

五律　赴沪参加中兴校友春聚有寄

盛会浦江吟，悠悠校友心。
琴声飞雅韵，众口赞琼音。
祝寿无穷意，感恩三度斟。
中兴双甲子，腾越更从今。

卜算子·水珍堂雅集

窗外正蒙蒙，琴瑟轻弹奏。迎得伊人雨巷来，鬓影衣香久。
品茗煮新茶，纤指倾壶秀。更尽杯中醉后吟，莫负今宵酒。

调笑令·听琴

《流水》，《流水》，绿绮乐声陶醉。纤纤十指飞花。溪谷天边蔚霞。霞蔚，霞蔚，夕照春山静美。

七绝　题雅集建群

（藏头）

万千日久比如邻，里巷扶藜近庶民。
登塔共看秋夕美，丰年余庆白头新。

南歌子·初心

翠竹深山里,当年苦备尝。草棚公馆把身藏。今日运筹帷幄,室堂皇。

注:访四明山,当年三五支队在深山用毛竹稻草搭成藏身的草棚,美其名曰"公馆"。对比今之豪华办公楼,更须不忘初心也。

五律 题《望佳人》图

春暮何兴叹?山边稻麦青。
沙风将肆虐,花树已凋零。
弹瑟犹凝咽,生悲不忍听。
别君堪折柳,相送到长亭。

七绝 "水美宁波·大江大河"纪行活动启动

水美宁波海息澜,遗存渡口共游观。
今朝启动旗飞舞,推荐河湖忝列官。

七律　步韵林佩茂自题百米长卷诗相赠

激流勇退得宽余，习字吟哦自裕如。
长卷挥毫临楷帖，律诗酌句写狂疏。
千杯未醉真情露，一管无拘恣意书。
花甲从头春又是，寄怀翰墨百忧除。

五绝　题校友戴莺晚霞照步韵屠一宝

夕阳调七色，造化绘岚霞。
潮退微波隐，西天美胜花。

七绝　步韵校友朱小明题戴莺摄红霞照

任由云海变千般，夕照红波一例看。
原本阳光分七彩，缘何只许敷彤丹？

七绝　题王介堂兄为栖心居"南岙硒红"茶命名

（藏头）

南山人寿谷中村，岙里深溪伴祖孙。
硒素养生茶树茂，红颜白发举清樽。

七律　步韵童志豪校友《栖心居小聚》

闲居半日养心篇，畅饮开坛弃酒权。
共品新茶祈寿祉，同寻旧宅数苔钱。
园蔬满席农家果，泉水盈池夏月莲。
栖隐怀真何处觅，人间仙境在山边。

海棠春·题家母健身照

（马庄父体）

老妈九五身犹健。行走天天锻炼。晨伴鸟儿鸣，双臂齐伸展。
满头白发慈祥面。触脚弯腰少见。不老劲松姿，共沐春晖遍。

渔家傲·和林佩茂《癸卯山居》

诗翁喜灌花园早。茵茵小径多芳草。落叶随风忧亦扫。迎夕照。炊烟几缕云中袅。

莫说闲居深院小。诸般放下非常道。白发频添年犹少。心情好。桑田沧海天难老。

七绝　韩岭访陈云其君

（藏头）

云在其中一别居，窝穰叙旧羡闲疏。
品流高洁凭风浪，茗饮题诗亦自如。

喜迁莺·寄诗友

　　汪洋暌远。有微信诚邀，唱酬如见。线上交流，推敲初识，分咏鸟鸣花绽。春归夏至，依时索句，风光无限。故乡景，母校情，异域更添思恋。

　　萦梦，时空转。多少往事，光阴犹重现。咫尺天涯，晨昏颠倒，季节居然相反。词中意境，遐悠呼应，捷才齐赞。寄诗友，趣相投，步韵同题兴叹。

五绝　咏水仙答戴莺

一夜莞尔笑，方知月色清。
堪怜香雪蕊，女史是君名。

七绝　步韵民弟《淳安揽胜》赠友人

新元喜雨密云低，繁茂香樟七彩霓。
情定大桥邀共访，春秋五百与天齐。

注：癸卯新正初一，应邀与章霓伉俪及儿女同游淳安之梓桐桥，是为二人当年定情处，桥首有古樟树，已历春秋五百度焉。

五绝　乘热气球鸟瞰湖山

俯观千岛湖，云水渺无殊。
两岸青山远，天边夕照孤。

七绝　乘车过钱湖戏作步韵戴莺校友

杨梅烧酒暖肝脾，醉眼迷离马路移。
烟雨湖中鸥鹭舞，车行景换隔玻璃。

五绝　再和屠一宝兄晚霞诗

仙女喜成亲，红绡帐里人。
阳婆巡大海，倾酒敬诸神。

临江仙·画屏遥见

一盏新茶三两果,水明风好蝉轻。似闻青碧海鸥鸣。画屏遥见,蓝海阔,晓云横。

半白月悬烟色里,滩头形影娉婷。隔空波涌感飘泠。庭前闲坐,看美女,看南汀。

临江仙·布里斯班冬日

一碧澄空山染黛,水含时泽风轻。酌茶闲坐听禽鸣。远眸方豁,潮水落,叶舟横。

几处澹烟犹袅袅,阶前花影亭亭。晓池波动细泠泠。银鸥来去,随物意,恋沙汀。

临江仙·美图同赏

(顾夐体)

彼岸逢冬洋海阔,澳洲天宇云轻。美人行摄自吟鸣。晒图同赏,明月照,隐参横。

万里此时邀唱和,佳词清丽娉婷。似曾相识在西泠。何年飞去,游异域,觅兰汀。

七绝　题火烧云

西望云天似火烧。甬江如练晚归潮。
夏来日毒难熬暑，杞虑苍生愈灼焦。

七言　痛悼杨古城先生

（八脚步韵伊建新兄《吊古城》）

古城长守山河在，笑貌音容今不再。
曾访商帮故地游，久闻善举乡贤爱。
醉心文保见痴情，狂笔呼号生逸态。
寄意明州未肯休，更期后学承前代。

【链接】

杨古城（1938—2023），宁波人，文保专家，就职于宁波工艺美术研究所。从1993年前后开始，他致力于宁波市，尤其是海曙区的文化遗产保护工作，对文化遗产的研究、保护不遗余力。认识他的人都知道，这位倔强的老先生喜欢以自己的方式行走在四明大地上，他的肚子里"收藏"最多的是宁波本土的历史文化；他脑子里"保存"最多的就是保护宁波的城市文脉的念想。经他呼吁奔走，保护下来的历史文化遗存已经不胜枚举。

七绝　痛悼贺老仙逝

（藏头）

悼亡高品世人钦，贺节缘何泪湿襟？
圣代疫情收放叹，谟猷随风岁寒心。

【链接】

贺圣谟（1940—2023），宁波人，毕业于杭州大学中文系。曾任宁波师范学院、宁波大学中文系主任。其父亲贺善运，字至衍，其祖从大碶迁到宁波。贺先生是研精覃思的学者，却乐意从浅近处说法。贺先生是研究现代诗的专家，著有《论湖畔诗社》传世，还有兼谈新旧诗事的《贺圣谟文存》。

五律　怀念沈祖伦省长并题遗墨照

一夜寒风里，孤灯室独明。
有人知此句，无意作斯评。
噩耗连微雨，归人别省城。
不辞乡国远，岁岁念民生。

【链接】

沈祖伦（1931—2023），浙江宁波人。中共浙江省委原副书记、浙江省原省长。1948年加入中国共产党。历任中共浙江省委办公厅秘书、绍兴县委书记、嘉兴地委副书记、浙江省农业委员会副主任、浙江省副省长。1987年起任浙江省省长、中共浙江省委副书记，是中共第十三届中央委员。

沈祖伦的遗墨为敬录习仲勋诫子三条：一不要整人，二要说真话，三如不能说真话也决不说假话。

七律　悼厉以宁教授

道德光芒天下奇，贤能于国称人师。
首言股份惊廊幄，力挺民营动殿墀。
名利无求曾发聩，文章有幸正逢时。
经纶济世谈何易，革故焉能志改移！

【链接】

厉以宁（1930—2023），经济学家，曾任北京大学战略研究所名誉理事长，北京大学光华管理学院名誉院长、博士生导师，闽南师范大学乡村振兴战略研究院顾问，中国民生研究院学术委员会主任，中国企业发展研究中心名誉主任。1988—2002年担任中华人民共和国全国人民代表大会第七届、八届、九届常务委员；2003年至2018年担任中国人民政治协商会议全国委员会第十届、十一届、十二届常务委员，2013年获得第十四届CCTV中国经济年度人物终身成就奖，2016年获得第五届吴玉章人文社会科学终身成就奖，2018年获得改革先锋称号、奖章。

七律　八脚步韵屠一宝兄《岁末有吟》

仙客花开花失色，万家染疫万家愁。
山河冰冻川流止，街巷霜封酒酹休。
冷月临窗悬暗夜，寒风拂木掠残秋。
跨年惊见新坟草，虎逞余威兔露头。

七律　观影片《满江红》有感

岳飞绝笔世人传，身后悬疑戏说篇。
千载焉能评帝过，三朝唯有颂尧天。
黄沙埋骨忠奸辨，白浪翻云梦影翩。
铁铸佞臣留跪像，斜阳荒草尽如烟。

七律　贺周子正先生八十大寿

除夕桃符万象新，龙年春景寿翁辰。
为孙犹记先贤约，敬祖堪称革命人。
两岸交流多贡献，四明电业亦艰辛。
功成回首应无悔，踏遍青山庆八旬。

【链接】

周子正，1945年出生，浙江奉化人。1967年参加工作，中国国民党革命委员会党员，民革十届中央委员。1985年加入中国共产党。浙江大学电机工程系发电厂电力网及电力系统专业大学毕业，教授级高级工程师。曾任宁波电业局检修队副队长、队长，宁波电业局副局长，民革宁波市委会副主委、主委，市政协副主席，民革浙江省委会副主委。

七律　同贺沪上书家杨老米寿

江南烟月两悠哉，天遣吴侬走笔来。

十二楼邀曾买酒，二三友约共衔杯。
黄柑白果随秋熟，碧柳红枫待晚开。
米寿时光深似海，华堂同贺醉瀛台。

七绝　贺老同学史晋川
《当代西方经济学流派》第六版付梓
（藏头）

贺喜同窗专著宏，史篇付梓六番迎。
晋书博识培桃李，川泽流波任纵横。

七律　八脚步韵林佩茂《群山行尽》

炎氛烈日热无边，上下蒸腾漫紫烟。
拍鹿媚言声落寞，吃瓜妙段手勾连。
列强困局炊粮断，本域高山稻海眠。
一地鸡毛标册历，且翻前史说荒年。

七律　步韵林佩茂《雨来》诗

游欧返里荷锄东，挥汗田园沐八风。
回味咖啡优雅里，久谙茶茗苦甘中。

弄潮商海功成退,寄意林山谷熟丰。

花甲青春今又始,杖藜唱晚古来同。

七律　贺佳必可公司廿周年庆

（藏头）

巡礼春秋二十年,航程辽阔海连天。

定章建制攀峰志,速客招商创业篇。

佳构宏图名誉起,必争胜绩品牌妍。

可期前路东风里,成允驰行再着鞭。

蝴蝶儿·赞佳必可公司

修内功,罐头丰。廿年辛苦化春风。践行志气雄。

江上翔鸥鹭,潮推后浪峰。奔流千里一帆东。远航恒速中。

少年游·贺佳必可二代接班

辞春迎夏石榴红,花语意犹同。廿年一瞬,星移斗转,长夜月朦胧。

后人接力迎风浪,司舵过波峰。海上鸥飞,曙光渐现,苦练远航功。

七绝　钻字谣

金枪鱼跃过龙门,铣志疾飞云有痕。
贝玉精神佳必可,钻研新品定乾坤。

【链接】

宁波佳必可食品有限公司,系马来西亚南洋统一集团公司在中国宁波投资建设的以水产类罐头食品加工和冷冻为主的合资企业。

注:铣,读如申,锐意进取。

相见欢·阿毛饭店雅集

（吴文英体）

濠河头老江桥。忆阿毛。新店文人小酌,且神聊。
浪滚滚,浪滔滔。路迢遥。休说二阳来袭、莫心焦。

七律　步韵林佩茂《癸卯六一感怀》

少年苦忆饱犹奢,大好时光付落花。
蓝裤白衫姿立正,蓑衣竹笠步倾斜。
接班准备呼豪句,受教耕耘赤脚丫。
无不荒唐前事鉴,青春虚掷岁难赊。

五绝　题赠千蜂侠何总

（藏头）

何寻花酿蜜，雨歇复氤氲。
霏霭连天碧，正晴漠漠云。

七律　谢毛宝钺兄赠词三百首

感君真意赠华章，开卷诗情满草堂。
黄叶渐飘秋水远，白头共忆晚风凉。
空阶月色迎游子，古道山光入梓乡。
回首当年春雨里，故园犹带杏花香。

七律　参加中兴火炬传递迎亚运感赋

焰起光生比日长，犹成金炬照东方。
操场口令声声壮，高厦灯标点点芒。
岁月流芳环碧树，星云耀彩入诗囊。
喜看学子风华茂，秋实丰登美誉扬。

七律　八脚步韵戴莺才女海城诗

秋雨霏霏木叶轻，湖光水色共相迎。
江天无际林山近，楼榭谁家酒幌晴。
归雁一声云尽染，集鸥满树月初生。
倚阑独立心犹切，诗咏佳人觅句成。

七律　八脚步韵林佩茂《癸卯白露与白露无关》

天下苍茫云脚低，一川流水别清溪。
无边岁月苍山老，千古文章太史齐。
风雨飘摇犹醉梦，乾坤颠倒尽沉迷。
潇潇秋水人间泪，疲马何堪怒介倪。

注：介倪，犹睥睨，侧目而视。《庄子·马蹄》："夫加之以衡扼，齐之以月题，而马知介倪、闉扼、鸷曼、诡衔、窃辔。"

七律　秋意

渐觉年来鬓染霜，风声飒飒醉秋光。
一轮桂魄千山静，四面柳漪百卉香。
湖外楼台云逐雁，江南草树雨传凉。
凭栏赏月登楼阁，今夜携壶问海棠。

七律　白内障术前留句

万里乾坤共此情，无端风雨过江城。
青天落日孤鸿去，白发浮杯半目睁。
老矣无须贪得利，愁哉不敢妄图名。
何堪所睹昏昏障，可待登楼看月明。

七律　用原韵记手术

查验吾身问细情，静临手术似攻城。
微凉药水施麻醉，锋利光刀任眼睁。
清障植晶酸伴胀，除霾澄宇实归名。
良医添翼凭科技，喜见天蓝百卉明。

七律　原韵答友

秋光如水亦关情，挥洒丹青画古城。
鸿雁来归云远逐，津梁入望眼微睁。
佳吟贺我诗友意，雅集建群杭大名。
遥致谢忱同健乐，耳聪更得目恒明。

五律　秋行

一叶感秋风，微茫烟水通。
夜听江上雨，晨眺海边虹。
木叶飘残影，汀波没远鸿。
河山千万里，共看夕阳红。

七律　观瀑

桥随山转势峥嵘，万里云端落素英。
千尺飞流齐泻地，一湾清涧远闻声。
天岩倒挂银河动，湖岸遥连碧汉明。
安得神仙相对好，洗心同乐濯冠缨。

七律　访茶

一别磐安几度春，溪风吹送野云津。
岭边雨脚沾茶树，林杪烟岚湿竹筠。
旧迹几多留印象，新诗尤贵见天真。
山人好客亲烹煮，莫道茗香不诱人。

采桑子·出游三日忘带手机

匆匆同去机离手，游乐山村。游乐山村。整整三天、闲目赏芳芬。
风吹梦醒无牵挂，睡到清晨。睡到清晨。方寸之间、不看不烦人。

江梅引·寄张沂南

（次韵格六，王观体）

当年章水见孤梅。会将开。笑声来。如入学宫，师者上高台。出语不凡挥玉手，影形远，音清脆、她是谁？

渐晓本似一冷蕊。历酷霜，归梓里。故芳独绮。朔风起、守望难飞。抱病踟蹰，邂逅为披衣。相遇冯兄人共老，抚心碎，互扶持、任雪吹。

七绝　贺中兴中考奏凯

（藏头）

中考凯歌传九霄，兴邦臻善耀新标。
威名历久今犹壮，武帐旌旗猎猎飘。

五律　线上同庆教师节感赋

一线连申甬，中兴共相知。
园丁谈往事，领导话今时。
白发千杯酒，青灯万句诗。
老来犹健乐，更喜果垂枝。

七律　过教师节有感

古来重教德为天，浩劫之年黑白颠。
布道何须言过实，逞威尚恐祸临前。
仁人尤贵和与善，宦者所依利和权。
仇恨入心观互斗，玷污耳目岂能宣！

五绝　次韵戴莺才女《闲居碧水边》

洞桥古寺边，不见水潺湲。
跨壑长虹贯，何寻独木船？

七律　感谢陈云其兄惠赠诗集《掩面眺望你》有句

时间老去诗难老，开卷秋风正倚楼。

莫道龙泉双剑在，已随牛斗片云流。
青山浅唱犹言志，白发低吟且遣愁。
今夕泛舟谁送客，月明吹笛是明州。

七律　次韵林佩茂《癸卯秋山居闲吟》

书生无事本来闲，风雅诗情伴醉颜。
滚滚浃江流渐逝，幽幽桂月鬓犹斑。
飘蓬阅尽沧桑变，经世嗟余岁月删。
谁说此心空许国，且持杯酒笑谈还。

霜叶飞·秋思

（格二，次韵方千里体）

西风萧瑟，吹枯叶，飘摇飞过林表。柳丝依水拂波痕，湖上犹幽悄。月脉脉、流光待晓。情牵牛女银盘小。看世上红尘，任聚散随缘，几度斜照。

曾记巷陌门间，人间烟火，又见游子来到。别愁离恨久弥浓，更晚秋怀抱。惜往日时光去了。童声皆改当年调。叹物是、人非矣，遗梦难追，蝶稀花少。

五律　次韵徐秀强《题陶姐秋林卧湖图》

湖畔晚枫燃，河山万里悬。
云连平野隐，人在远村眠。
旅泊寻诗乐，飘零作画妍。
何堪飞落木，谁共望霜天？

五律　题云其君稻熟图

雨后稻田黄，风来树杪凉。
农家听水碓，渔唱倚帆樯。
草软牛眠瘦，云高雁度忙。
牧童相语笑，随我上绳床。

五律　题张志刚照

番薯牵成线，从来未变迁。
山田生百物，农妇苦无钱。
为得沽油酱，还能换海鲜。
今逢晴日晒，一竹挂多圈。

五律　题所摄《思》赠士芳女史

忆昔春风里，唐村入暮时。
秋枫邀远客，红叶写幽思。
月照孤舟士，霜临朔雁期。
此情何所托，芳信赠君诗。

七律　读崔雨惠赠《宁波宋韵文化史话》

数曲弦歌赤子情，明州遥寄宋时声。
百年一遇机相待，万水千山意独倾。
满月鼓钟催玉漏，绮窗妻女奏银笙。
虽言此去长安远，乡恋同怀在甬城。

七绝　读贺玉民兄诗集《阿拉宁波》有吟

（藏头）

赤心史咏八千年，子夜吟成五十篇。
情寄故乡山水里，深居清宅烛灯前。
诗行句句推敲得，赞语声声诵叹传。
宁有风云多变幻，波涛声里认从前。

五律　题半浦稻田

一片秋云白，千山落日红。
鲜花迎拍客，饱穗笑轻风。
半浦非遗好，慈城晚稻丰。
农家耕故土，自古苦匆匆。

七律　感时八脚步韵林佩茂《癸卯大雪》

昔时冬冷始挑冰，风卷重茅咏少陵。
年老方知黎庶苦，岁寒尤盼暖云升。
多行不义恶盈指，无语犹闲甘曲肱。
昏眼望洋叹亦减，辰龙渐近齿徒增。

七绝　同心迎春

（藏头）

同仁欢聚共迎新，心心相连意最真。
迎我一樽聊自醉，春来又遇旧时人。

南歌子·贺"风雨同舟"六周岁群庆

劲舞如年少，欢歌胜往常。三月好风光。老来同一醉，喜洋洋。

五绝 题"四明红"杨梅酒

千年河姆渡，酝酿四明红。
一醉乡愁里，放翁游浙东。

五律 题张沂南辞青图

病愈辞青晚，情非梦寐求。
此时无恙虑，近处可秋游。
野草开迟卉，寒汀起宿鸥。
有哥惟自足，白首再从头。

五律 题华掬曦《冬至满月半人家》贺节图

今年冬至日，此夕倍伤情。
云暗山愈瘦，灯寒月半明。
家遥心易感，岁近节堪惊。
千里丹青意，婵娟共五更。

早梅香·读史

读史重温，忆百废待兴，实中求是。智慧超群，决心尤坚，趋利除弊。突破樊篱，无禁忌、直言无畏。大步行，迎来挑战、勇于尝试。

昔日闭关门，却吹牛盲进崩溃。浩劫临头，冤狱万千，前车鉴今须记。句句殷切，正相对、八荒萧瑟。遍野风声，如闻鹤唳，雪飘冬季。

七律　八脚步韵林佩茂先生《癸卯岁末觅句》

斯年转眼付东流，往事随风不尽愁。
画马原来生鹿角，拜神根本是魔头。
江河日下缘中定，龙虎云飞命里求。
庆历革新虽远去，后人犹记岳阳楼。

五律　题中兴新年台历

叶氏义庄桥，中兴百廿骄。
奇功惊世界，臻善领风潮。
历代门墙忆，平生德望昭。
天天闻寄语，相勉惜今朝。

七律　读张小红《清霜之味》有句

白露团凝万木霜，农家菜圃绿兼黄。
风前茅屋逢寒雨，世上真情胜暖光。
妙笔可摹知意蕴，善心细品赞饴凉。
同怜一段陈年事，掩卷焉能不断肠？

七律　题张小红散文《冬夜响起敲更声》

风吹雨送夜难眠，却道天公为甚偏。
十里有人悲落日，三冬无月伴流年。
更随石路梆声远，泪尽江流幕布前。
戏外情深堪吊古，世间烟火暖心田。

七律　题张小红忆水汤饭散文

珠玉清明汤饭烹，梦中旧忆故人情。
荒年饿骨非灾致，宝总繁花伴爱生。
酱菜咸齑加鸭蛋，青瓷粗碗带调羹。
儿时经历犹难忘，莫道寻常味久萦。

淡黄柳·初访岱山"鹿栏晴沙"

沙滩静僻。涛卷春潮急。漫步凌波留足迹。浩瀚连天海碧。今日相逢岱山识。

大桥直。驰车似添翼。坦途近、只顷刻。更无须、往返争朝夕。盛夏相邀，再来登岛，迎面凉风习习。

七律　自寿

七旬添五愧平生，身外功名尽短荣。
万里青山随我走，一双老眼对书明。
闲来观雨松萝湿，静后听泉涧壑声。
莫道今朝无酒伴，寄怀天地咏诗情。

五律　题照

插队青春逝，红衫白发新。
虽无多货布，却有好精神。
喜见花枝艳，共游溪口津。
明州三五月，犹照旧文人。

卓牌子·去翳前后

（格一，次韵杨无咎体）

晴空如临晚。混沌沌、浓霾布满。开卷一片朦胧，任凭昏眼圆睁，雾烟迷乱。

纱帘终被卷。去翳后、花明日暖。恰似扫净埃尘，洗清天地，争观雨停云散。

七律　贺十三届中兴校友代表大会

如烟岁月说曾经，百廿中兴臻善馨。
校友满堂迎换届，春风化雨送飞翎。
人才辈出前贤忆，江海长流后浪听。
追梦弄潮千万里，扶摇鹏翼向沧溟。

七言　慈母九六寿诞贺词

三千朱履随南极，九五萱堂尽霞岚。
童颜鹤发增福寿，松姿柏态迎百年。
休言客路万里远，更望人生百龄添。
杖朝之后贺上寿，筹添鹤算谢苍天。
根深干挺松百尺，叶茂枝繁竹千竿。
心明眼亮神容焕，经雪历霜不畏寒。

童年失怙成哀女，辍学持家茹艰辛。
日寇侵占故土陷，乘舟渡海奔申城。
十九出嫁结秦晋，侍奉公婆尽孝勤。
五十年代援西北，举家离沪长安行。
不甘人后寻工作，两头兼顾出家门。
岗位操劳担重任，一丝不苟最认真。
与人为善皆称赞，克勤克俭家风淳。
公私分明堪为范，服务群众寄爱心。
毕生养育六子女，母瘦儿肥多苦艰。
大家庭为主心骨，相夫教子内助贤。
世上风云多变幻，儿女长大升学难。
十年动乱下乡去，儿行千里忧虑添。
谆谆教诲须自立，历经磨难俱成才。
苦尽甘来步步高，四世同堂瓜瓞绵。
风雨同舟不离弃，相濡以沫度黄昏。
乐走天涯游山水，夕阳余晖第二春。
尊老育幼重家教，耄耋含饴喜弄孙。
漫步同看枫林晚，相携钻婚两情深。
不料椿庭驾鹤去，忍悲永别成孤身。
添五满百岂等闲，几多辛苦化甘甜。
坚持健身犹自理，不为儿女添负担。
杖国杖朝经耄耋，南山信步好逍遥。
而今九五杖天下，更向期颐精神豪。
萱堂春晖永不老，明月清风颂节操。
来年共盼春风暖，金萱百岁献蟠桃。

七律　贺吴鲁言贤契"萤火之光"读书社三周年

开卷心明不畏寒，几多熠熠映阶端。
不烦夜照无私影，更逐晦阴一路安。
欲趁晴晖依密树，旋随秋色过荒坛。
三年萤火传光处，聚作天边碧玉盘。

绛都春·观《繁花》有句

（格四，依韵刘镇体）

繁花似锦，大时代弄潮，申城春到。改革肇始，股市沉浮曾声噪。南京路上商机好。外贸战、还看阿宝。海遥天阔，风云际会，不凡身手。

何道人情世故，正华堂美宴，洋场歌酒。纠葛前缘，谁说红颜真情少？从来男女相知久。纵偶遇、难求终老。若须依靠。休把岁华误了。

七律　繁花不再

遥忆春风遍野时，尘封屏闭正遐思。
满城繁卉随心艳，万顷烟波逐浪移。
无奈屋斜逢雨夜，可怜路远隐云旗。
如今不见芳馨再，黄浦江边独自悲。

七绝　答友二首

冰封春运车行少,高铁趴窝多困扰。
游子归家唤奈何,寒潮肆虐何时了?

迎龙送兔吟今古,雪霁东风吹万户。
除夕团圆守岁迟,几声你好闻鹦鹉。

七律　为中兴未来社区运营启动仪式主持有句

社区建设久闻名,引领明天载誉成。
千户人家随意足,一泓春水达江平。
新栽梅竹花连片,更见槐杨绿满城。
自是居民求乐处,好风送去管弦声。

七律　贺范伟国兄入中国作协

名归实实意何如,浮世连篇共醉余。
著作等身谁可续,文章出手事非虚。
高才自合陶潜志,妙笔须从李杜居。
珍籍将藏天一阁,明年再读范兄书。

七绝　题赠元辉、赜韬父子档作家

（藏头二首）

元诗名与乐天齐，辉映书城父子题。
赜探秋光文字好，韬云五色上天梯。

父兄共赞意何如，子弟相承亦著书。
作述江南烟火事，家园不负少时居。

五律　题戴莺照

朝日满天晖，霞云七彩飞。
一湖如镜映，万物逐时归。
月落松林远，风生竹影微。
遥望南大陆，凉夏赏芳菲。

扫地舞·也说屠一宝

　　屠一宝，确是宝。抚琴赋诗无可少。晨起早，身体好。独酌微醺词更妙。构思巧。

　　爱老酒，品老酒。箸停举杯约校友。留一手，显个丑。铁镬煎鱼皮不皱。晒图秀。

七律　谢庸星君惠赠《添足集》有句

君谦命为添足集，星花成锦倚晴风。
孕苞日久生根固，吐艳香浓带雨红。
文字清超留目处，志行高洁用心功。
稻粱从此何须计，且付流光未老翁。

七绝　赞庸星《诗声词话》

（孤雁出群格）

饱读诗书自谦庸，勿加一笔便为匆。
临川望水徒兴叹，点点星光尽见功。

七绝　落红逐流来

（步韵屠一宝兄《寺径落梅花》）

婆娑起舞落春英，拥抱山溪似有声。
千瓣逐波漂水上，浣衣忽见指凝明。

七绝　步韵屠兄《题子建照》

十里溪山有小桥，爹来送女一肩挑。

怡然入画人间暖，漱石泉边步步娇。

七律　贺《屠一宝词三百首（第二辑）》付梓

倜傥风流奈若何，相期初见醉颜酡。
江南宝地诗铺锦，甬上明星曲漾波。
花雨春朝亭下舞，燕云秋暮岸边歌。
丝桐谁奏高山谱，三百新词妙句多。

七律　八脚步韵林佩茂以贺屠兄第三辑诗集出版

不用拈须不用笺，举杯吟就即成篇。
心中块垒言皆直，天上蟾宫朔未圆。
一卷好诗书体草，数行老泪岁华延。
寒冬雪里寻梅句，化作琴声抚七弦。

五律　贺屠一宝诗三百次编出版

（藏头）

有钱堪买酒，诗境胜山居。
相得弹流水，伴游寻祖庐。
心驰千里外，鼗鼓数声余。

远别风尘隔，方吟岁月虚。

七绝　题小梅姐《梅儿出窠》组照

（藏头）

梅窗深处暗香中，儿女来鸿喜乐融。
出坐秋阳无限好，窠花未落数枝红。

七绝　祝徐秀强君碎石手术成功

梦中体内激光钻，念念推敲肾石残。
咳唾妙篇苏醒得，吟诗克恙早痊安。

七律　祝舒崇习诗四十年并步韵其自贺诗

习诗言志不虚天，数学为师亦有年。
文理兼修跨两界，推敲自乐竟千妍。
因伊消得无毛顶，凭此何来多酒钱。
弘艺堂中同唱和，喜忧寄兴胜神仙。

七律　贺仇素莲师生书画展

写得明州七色霞，丹青妙笔绘仙家。
师生十载传才艺，风韵无边惜岁华。
云锦裁成诗入画，月明归去鹭栖沙。
辉光满壁添佳作，水墨江南众赞夸。

七绝　题赠费宇峰贤契

（藏头）

费家前辈本知青，宇静挥毫满画屏。
峰上云飞千嶂出，赞言艺苑一新星。

七律　中元祭父

秋意潇潇梦乍回，中元祭父久沉哀。
谁云悲痛随风去，更叹忧虞挟雨来。
世变何堪嗟往事，时艰岂忘抗瘟灾。
天堂无恙仙班列，思念绵绵酹拜台。

七绝　读屠兄贺父九秩寿诗有寄

（步韵伊建新）

屠氏诗书继世长，爷呼一宝爱孙郎。
念兹犹忆蒙冤屈，吟罢掀髯举祝觞。

七绝　读徐杰《不要掉队》

（藏头，孤雁出群格）

不忘当年共读情，要言数语聚南亭。
掉头未作悲歌想，队失中途忍涕零。

蝴蝶儿·戏说 Chat Gpt 评屠兄诗《金雀花》

金雀花。鸟形葩。老屠吟罢问茄娃。美词尽赞爷。
明末成名士，风流一宝家。天天诗酒抚琴奢。越行无际涯。

注：茄娃，是指 Chat Gpt（人工智能语言工具）。奢，出色；美好。刘禹锡有"玉面添娇舞态奢"句。

渔家傲·和林佩茂《癸卯山居》

诗翁喜灌花园早。茵茵小径多芳草。落叶随风忧亦扫。迎夕照。炊烟几缕云中袅。

莫说闲居深院小。诸般放下非常道。白发频添年犹少。心情好。桑田沧海天难老。

七绝　题屠兄收吾徒忻南习古琴

（藏头）

二翁今共醉流觞，牛岁轮回愧酒肠。
一见如初千爵少，徒歌须伴古琴扬。

注：徒歌指无伴奏歌唱。

五律　步韵墨匠《五翁小聚》

造字犹仓颉，长吟是逆风。
民间忧涨水，纸上喜歌功。
把酒神聊客，观时冷眼翁。
听君占此卦，共盼几年终。

七绝　吉日题赠小梅姐二首

（藏头）

难为相遇爱情深，忘却风霜破碎心。
十足温暖轻老病，九春相对一开襟。

要将承诺守如初，到老相扶乐有余。
永举齐眉深爱慕，久知此处是归庐。

五律　贺梅姐冯兄相逢九年

九载经风雨，迎晨望晓霞。
云庄归北雁，梅树暖寒鸦。
同路怜红叶，深情志玉笳。
此生相聚首，久赏夕阳花。

七律　八脚步韵墨匠《刀光贱影》

聊斋书里尽搜罗，海市文中未见河。
故国以西何许路，本朝之内什么歌？
纷纭众说哼村调，诡异诨名起谪波。
长夜寂寥无万籁，忽听传唱笑声多。

七律　再登中兴讲坛有感

桃李门墙不足夸，蹉跎曾忆理桑麻。
中兴园里时光好，臻善篇端榜样佳。
一赋深情歌未绝，千畴芳草碧无涯。
初冬夕照犹暄暖，喜看新城万树霞。

五律　贺《杭大诗词》第三辑出版

一别西溪久，惟余两鬓丝。
回头思旧事，开卷读新词。
草木青春意，弦歌岁暮时。
此生何足傲，沐泽爱吾师。

七律　步韵林总《癸卯岁暮笔记》

岁暮频催腊月残，谁知衣带渐余宽。
霜欺梅萼何时破，雪压松枝数九寒。
世事纷纭兴叹息，心情寥落失清欢。
北风吹我苍颜老，孤雁迷离觅路难。

招宝山鳌柱塔（谭乐／摄）

七律　贺镇海作协 2024 年会

高吟旭日醉壶觞，岁暮歌声动故乡。
花里莺啼田野觉，雪余鸟噪水流长。
千舟白浪酬佳境，一脉青山入典章。
最是春潮江海阔，古城门巷柳成行。

七律　参加宁诺附中教工迎新联欢会有句

万里风光笑语间，喜看宁诺又东还。
人思故旧长流水，心系家乡共乐山。
忆昔常吟篱上菊，抚今时梦校中班。
相邀共酌清泉谷，醉后悠然便是闲。

七律　迎龙年先父百岁冥寿祭

除夕春风动桂门，世间天地一乾坤。
长承高德千年脉，今祭先严百岁魂。
无际彤云含雨意，有情新草逐潮痕。
后人不忘西迁志，万里迢遥故土根。

明州赋记

桂维诚

"赋"作为中国古代的一种文体,讲究文采、韵律,兼具诗歌和散文的性质。其特点是"铺采摛文,体物写志",侧重于写景,借景抒情。赋与诗的盘根错节和互相影响,也许从"赋"字的形成就已开始。到了魏晋南北朝,更出现了诗、赋合流的现象。但诗与赋毕竟是两种文体,有人认为,诗大多为情而造文,而赋却常常为文而造情。诗以抒发情感为重,赋则以叙事状物为主。清人刘熙载说:"赋别于诗者,诗辞情少而声情多,赋声情少而辞情多。"

在中华古典文学体裁中,"包括宇宙,总揽人物"的赋是中华民族独有的文体,可以说最能体现中华民族文化的特色,代表汉字、汉语的优势与魅力。赋体擅长专营词汇的铺陈和声韵的叠加,以饱满外溢的情感和异彩纷呈的词汇,形成绚丽夺目的集束烟花般的别样效果。

而"记"也是中国古代的一种文体,这种体裁出现得很早,至唐宋而大盛。可以通过记事、状物、写景、记人,或寄景抒情，或托物言志，夹叙夹议，言简而意赅，来抒发作者的感情或见解，如碑记、游记、杂记等。

  "书藏古今，港通天下"的吾乡宁波，根植于几千年的历史文化沃土，走近每一条江河、每一个古镇、每一个村落、每一所学校……都是一道独特的风华美景，蕴含着丰富的人文物语，成为这座城市最动人的底色。笔者行走在宁波城乡间，常常会不禁歌之咏之，似乎诗词短章还不足以表达心中涌动的不尽情思，于是敷衍成一篇篇赋或记，洋洋几千言以寄慨，亦颇得人们喜爱。如《镇海赋》被书法家挥毫写成长卷，陈列于旅游节推介专馆；又被朗诵家深情合诵，传播于里闾街巷；《甬江赋》被发表于报刊，共情对母亲河的悠远思恋；《镇海中学赋》《中兴赋》《崇正书院新赋》《明港中学赋》等被师生传唱于校庆或节日的舞台上；《新桃源书院记》被悬挂于陈列馆门厅；《永旺花海赋》被列入新农村建设的亮丽名片；《花溪廊桥碑记》被刻石供游人赏景怀古……谨将这些篇什收录此卷中，以飨读者。

镇海赋

镇海古城，东南屏翰；海天雄镇，浙东明珠。蛟门险开，控两浙之咽喉；浃江东去，纳百川而汪洋。自唐建镇于鄞东，而今设区属宁波。登高眺远，千古名城望东海；凭槛观潮，一川秀水连云天。

据地理之要兮，壮哉镇海！招宝雄踞江口，候朝暮之海涛；金鸡秀登山巅，鸣水天之曙色。枪挑倭寇，碧血丹心戚家山；炮轰孤拔，忠肝义胆吴大佬。火炮血墙，伟绩自古书丰碑；金戈铁马，热血从来满壮怀。四抗遗迹写忠烈，百年故垒铸辉煌。城曰威远，扼雄关海口之要冲；馆纪海防，歌猛士英豪之壮举。城塘合一，后海无双；外御风涛，内成膏壤。城因镇海古今壮，塘以屏山气势雄。叠石筑塘抗风浪，捍城防汛历沧桑。山形卓立如巾帻，浩气长存有越公。明人诗曰："孤臣一旅捍危城，巾子山前白浪盈，今日田张昔日卞，越公遗恨定难平！"

山川之秀兮，美哉镇海！雨霁云消虹跨海，霞飞日出客登楼。雨沐山容，点染数重苍翠；岚浮海色，卷舒几缕霞云。指帆影于天边，数归樯于眉睫；观巨轮之来往，望群岛之森罗。百丈鳌柱，有塔镇此海无波；十里绿装，无处似斯城有福。登山撩诗兴，游塔闻钟声。荫梓钟千岩之秀，巾子削四方之山。山连天庭银汉落，海入玉宇白云生。曙色朝霞面大海，涛声帆影伴新城。万里波涛凭镇摄；九天霞彩任收罗。乡贤有怀古诗云："今是园林昔是营，关门无锁白云横。多情峰有旧时月，总带清辉照月城。"

镇海钩金楼

文化之兴兮，雅哉镇海！文脉恒昌，人才辈出。礼仪之邦，弘扬诚信精神；院士之乡，培育科技翘楚。鹤龄百有七，人瑞贝老金博士；院士三十名，国之俊彦真栋梁。名不及记，士不胜出。旷达自信承美德，潇洒天成传精神。古有南山书院，倡诗礼教化之训；今有镇海中学，传桃李门墙之风。龙赛书生齐踊跃，蛟川学子共驰骋。百年中兴，叶公始创；满园桃李，钟声长鸣。叶公徒手至沪，筚路蓝缕成巨贾；毕生乐善，白屋青云为义举。诚誉浦江，堪当今之后学者范；造福桑梓，行为富而好施者先。沪上澄衷学堂，故里叶氏中兴，双璧辉映，百世流芳。昔日少年旗手，世界船王名扬四海；当年中兴学子，影视巨擘星耀九天。历尽沧桑重崛起，幸同社稷共腾飞。心系桑梓，千里河山水连蛟川；梦萦故乡，四方游子情归镇海。

　　商帮之盛兮，奇哉镇海！港通环宇，为海上丝路之启端；名扬域中，乃宁波商帮之故里。千年县治，晨钟暮鼓；利涉道头，万斛神舟；老宅古街，卧虎藏龙。弃儒从商，比肩徽晋；开源立业，涉足西东。宅中街街中市，市中老店；门外水水外山，山外新天。日月万里，荥阳遗梦三千郡；风雨百年，灵绪留芳十七房。思厥先辈，创业维艰；诚誉商界，信达三江；远渡重洋，名扬四海。百年艰辛，一代商帮。千秋放眼天风正，一脉关心海月圆。爱国志士、商海巨子、文教大家、科技奇才、侨界领袖、书画名流：英才荟萃，中外蜚声。慷慨捐资，赤诚兴学；惠及千秋，泽沐八方；光前裕后，源远流长。

　　经贸之荣兮，强哉镇海！改革大潮涌，开放春风劲。东海潮平腾旭日，南天风正驻和春。海天秋色千帆满，楼宇春风万户新。追昔忆旧，先民以渔盐为业；抚今瞩远，后人举经贸而兴。百业同盛，三产共荣。天蓝水清，甬江不息奔大海；楼高路阔，港城方兴耀江滨。一桥飞架连南北，两岸通衢贯东西；立交枢纽联八方，东方大港达四域。石化新城，一派晓烟萦海气；镇海港区，半山夜雨涨潮声。沃野莽莽，勤于耕耘；民企欣欣，贵在开拓。岁月流金，登高俯览开放路；风华正茂，望远勇追改革潮。

和谐之美兮，妙哉镇海！物华天宝，人杰地灵。百鸟鸣山迎千客，一桥跨海送百船。长虹卧波辟海路，林带绕城开绮园。槛外潮声飞好韵，檐边月色动幽思。四面风光千幅画，一城胜景万行诗。极目长空，雄图骛远；寄怀故土，壮志承先。科学发展齐振翼，文明创建共扬帆。八方社区奏龙鼓，十里红妆舞春风。古镇重光增气派，新葩竞秀满绿城。噫！放歌抒怀，观潮喜见海天色；作赋寄慨，听雨常怀桑梓情。

歌赞曰：

威镇东南第一镇，势凌吴越三千峰；

天风海雨弘斯迹，古镇新区壮此城！

甬江赋

滔滔甬江，聚百川而注东海；汤汤春水，望三山而通五洋。追流溯源，纵横百里；抚今忆昔，沧桑千年。南眺奉化江，其与西来之鄞江相会，蜿蜒北上，流入明州；西望余姚江，其出四明而汇慈江，径流向东，滚滚而来。双江聚首，千帆竞发；甬江入海，百舸争流。

甬江古称大浃江，其干流自三江口至镇海大小游山，凡五十余里。上溯六千年，海水初回，至明州之东，今之三官堂乃入海口；四千年前，海岸渐退，而至镇海以东也。先民始建江堤，以御海潮，初为土塘，蜿蜒于两岸，以潮高流急而后改筑石塘也。远帆连海气，近村伴寒宵；潇潇风雨暮，荒江正起潮。

吾祖世代居于浃江之畔，卜居北岸，地处中游，西眺三江口，东瞰拗猛江。拗猛江者，因江流至此，曲折汹涌，水势急湍而得名也。昔时江阔浪高，蒹葭苍苍；潮涨潮落，群鹜掠波。至乾隆年间，先祖迁徙至此，筑堤屯垦，围田引水，灌溉斥卤，遂成良田，自是乐业安居于此也。十里膏壤，稻花飘香，江畔苇林，白鹭翔集，故有鹭林之谓也。诗云：风细一帆悬，潮平坐放船；乡心上村雨，客梦接江天；迢递川程远，苍茫夜色连；家山长入望，太白最高巅。

甬江自古为浙东漕粮海运之水道，且连通海上丝绸之路也。自唐以降，商贸日盛，海运往来，通商东邻，直抵南洋。北宋年间，招宝山下，舟楫辐辏，万斛神舟，远航海外。甬城自晚清辟为通商口岸，三江口建成庆安会馆,江北岸引来洋人集聚,门户开放,西风东渐,遂得风气之先矣。

　　遥想当年,战事频仍;英雄已逝,岁月如歌。兵家必争地,铁血铸雄关;四抗①著青史,万古流芬芳。江山巍巍,慕百年喽啰豪杰;流水悠悠,笑几多落马敌酋。江上桨声夕阳斜,闲倚篷窗数落霞;夕照晚霞映帆影,落日余晖望天涯。深秋寒霜染枫叶,初暮晚风吹残灯;千古荣辱休漫嗟,百代兴衰笑谈中。忆往昔,一盏浊酒酹江月;看今朝,八桥横贯②气如虹。

　　青山依旧,碧水长流,夫江河者,脉通千秋,气蕴万象;居天地者,雄视乾坤,融会阴阳。滔滔兮江海奔涌,浩浩乎日月其长。不拒

甬立潮头(徐达 / 摄)

细流而广纳，志在沧海以远航。流急水深，写意于碧波白浪；天高江阔，抒怀以云彩霞光。呼啸叱咤，执锐披坚，不失勇者之志；九曲回肠，温婉隐忍，永葆仁者之怀。故申大义，著鸿章，知白守黑，机变明理；吟风弄月，行止有道；君子当静若山岳，行如江川也。

壮哉，甬江！美哉，母亲河！五水共治，一路春风扬征帆；万里逐梦，满目朝阳唱大风；看大江东去，不废江河万古流！

注：①四抗：指甬江两岸人民近代以来抗倭、抗英、抗法、抗日的英勇斗争。
②八桥横贯：甬江上现有甬江大桥、外滩大桥、庆丰桥、中兴大桥、三官堂大桥、明州大桥、清水浦大桥、招宝山大桥八座跨江大桥。

致宁波乡贤的"家书"

某某某阁下敬启者：

　　国庆甲子，民逢盛世，适值宁波帮博物馆开馆之际，今特修家书一封，遥相呼唤，以传乡音乡情耳。兹诚邀阁下归里相聚，不胜荣幸！

　　杜子美诗云："烽火连三月，家书抵万金。"今日寰球，瞬息声讯，惟久违鸿雁传书之遗韵耳。时序金秋，落叶归根，而游子思归也。故遥致此书，以聊表故里乡亲之寸心。

　　思厥先辈，创业维艰；背井离乡，筚路蓝缕；诚誉商界，信达三江；远渡重洋，名扬海外；百年艰辛，乃成就甬上商帮之美名。

　　八方共襄，数年经营，宁波帮博物馆即日落成开馆，乃众望所归哉。氏有家谱，族有宗祠，同乡亦有会馆。宁波帮博物馆堪称众家祠堂、故里地标，实乃天下宁波人之精神家园也。

　　若蒙阁下拨冗光临，乡人恭候；怀先祖，同循足迹；访故里，再寻旧忆；承见教，共抒情怀；阁下之行，当为开馆盛典增辉也。

　　特此拜书，谨奉启恭候回复。敬颂
　　钧安！

宁波帮博物馆谨呈
二〇〇九年九月

新桃源书院记

桃源佳胜，书院千年；湖山秀拔，文脉绵延。全祖望《宋神宗桃源书院御笔记》载："桃源书院旧在城西武陵之林末"，即今横街之林村也。宋桃源书院之于明天一阁，犹早五百余载。此乃宋时明州冠名书院之修学圣地，历宋元明三朝，声名卓著，育家国栋材而承千年文脉焉。

稽天一阁所藏《桃源王氏宗谱》，鄞江先生王致与桃源先生王说赫然在列。王致始改旧宅为酌古堂，讲学授徒，道究天人。数十年后王安石知鄞，盛赞庆历五先生，后为王致作墓志云："四明士大夫立言以垂后世者，自先生始。"继而其侄王说创办桃源书院，迨王说之孙王勋进士及第，上书宋神宗，得御赐书额"桃源书院"，由是声名大振，讲席绵延五百余载。

宋丞相史浩作《桃源先生赞》云："公修隐德，约处桃源，文肩李杜，行踵渊骞，教育千里，执经满门，天之报施，煌煌后昆。"明大儒王守仁赞曰："桃源二先生之聚徒讲学，则真与人为善者矣，致大小讲道皆至三十四年，及门高第多至二三百人。"宋代书家张即之及明代翰林方孝孺、兵部右侍郎范钦、尚书周应宾亦为《王氏世系之宝》族谱题序，足以印证"桃源书院"由王氏家族数代经营，遂成乡学之翘楚，堪与同朝岳麓书院比肩矣。

千年学府，群星璀璨。宋初明州进士仅十六，而庆历至北宋末，八十余年间凡百有八。自宋以降，鄞县（今鄞州区）历代进士凡一千二百有五，宋代达七百三十，尤以南宋时为着，凡六百有一，鄞县以科举大县而名噪一时，举国罕见。全祖望赞之曰："数十年后，吾乡遂称邹鲁。"自此历代硕儒不胜枚举：王应麟、王阳明、范钦、黄宗羲、全祖望，皆名冠一朝，薪火传承。桃源书院被誉为宁波文化之源，堪称浙东学派之滥觞。

五年前获新发现，上海博物馆所藏元代画家钱选《四明桃源图》，钤有乾隆、嘉庆、宣统三帝御览印鉴，宋濂及十余位名家题跋评鉴。丹青妙手，传世画卷；四明山脉，峰峦连绵；葱茏林木，青石绿川；人物舟船，点缀其间；桃源书院，宛然在焉。足证千年学府位于是地，其不谬也。

公元二〇〇九年岁次己丑，经王国华教授引见，宁波乡贤傅璇琮教授偕原文化部部长王蒙一行，应四明山居董事长翁国伟之邀抵甬，经踏勘考证确认宋代桃源书院之遗址，适与宁波天马有限责任公司之四明山居毗邻。人文盛世，风云际会。文化学者致力探寻先贤遗踪于浩瀚书海，企业家立志回报社会，相逢相知，遂成就桃源书院重光之宏愿。

公元二〇一二年岁次壬辰，新桃源书院一期落成，巍巍石刻牌坊迎客。明清复古书院宛然，群贤毕至，名流云集，书香翰墨，盛极一时。再续桃源书院文脉，傅璇琮任院长，王蒙任名誉院长。三年后傅老易箦，王守常先生继任院长。《桃源书院》《南墩诗稿》《四明桃源图》《星耀四明》《桃源惠风》先后付梓。值此新桃源书院落成十周年之际，新建浙东历代文化名人纪念馆、桃源诗碑登山步道、武陵阁、桃花潭及乾隆御舫，以赓续光大明州之千年文脉焉。赞曰：

桃李春风万里芳，源头泉水是吾乡。

书传庆历先贤脉，院诵诗声岁月长。

镇海中学赋
——贺镇中一百一十周年校庆

东海之滨，文脉传承；院士之乡，中外驰名。古有孔庙学宫，远溯唐宋，倡诗礼教化之训；今有镇海中学，百龄添十，传桃李门墙之风。

岁次辛亥，乡贤盛炳纬筹资办学，镇海中学堂应运而生；一九五六，县中与辛成中学合校，第一所完中重振学风。其间数十年，历经沧桑；几度改制，未逊教风；抗战罹难，迁出县城；数易校名，宗旨不更。六十年代，跻身全国文教群英；改开伊始，冠名首批重点中学。世纪之末，普高独立，美誉日隆；新纪之初，剑桥国际，率先全省。示范辐射，影响力远播声名；共同追求，镇中系羽翼渐丰。百载育梓材，喜沐春风桃李艳；九州结硕果，堪撑大厦栋梁成。

至若人文校园，青史彪炳；海防遗迹，四抗雄风；爱教基地，举步可寻：泮池桥下，裕谦殉身；卢镗遗墨，流芳古今；梓荫山上，遗迹犹存；碑亭耸立，吴公纪功；生祠碑记，纪念俞公；林公则徐，书院挑灯；雄镇筹防，竭尽赤诚；柔石亭旁，二月春早；朱枫楼外，红叶秋深。梓荫山麓，岚气氤氲；鲲泮水滨，长风浩荡；百年气象，一代英魂；秉承底蕴，光大精神。风云百载，焘凤腾龙；社稷千秋，播火传薪；奠兴邦强国之基，重教尊师，培育四域英才，争创一流学府；树明德新民之帜，止于至善，更添百年精彩，大展万里鹏程。

于斯福地也，海天雄镇，候涛山中；江海气派，声震长空；校舍井然，独标高风；大成殿旁，琅琅书声；凤鸣水岸，折桂蟾宫。古镇因校而盛，梓荫由材益名。励志进取，勤奋健美——八字校训，前后传承；梓材荫泽，追求卓越——百年名校，遐迩闻名。乘盛世之东风，惠桑梓而振鸿。济济良师，诲人不倦；谆谆授业，敬业至诚；格物致知，焚膏继晷；滋兰树蕙，润物无声；挺脊做人梯，化雨如春风。莘莘学子，浩浩书城；学科攻坚，奥赛夺金；金榜题名，不负青春。英才济济，灿若群星；俊杰纷纷，层出不穷；家国称幸，民族振兴！

良驹奋鬣，琢璞玉于泮池东；大匠运斤，育栋梁在樊圃中；陶冶情操，显少年之活力；发展个性，开大象于无形。师生风貌，玉振金声；文明校园，全国冠名；特色示范，标杆临风；现代学校，誉满甬城。促进高水平差异发展，建设学术型普通高中。浙江领先，全国一流，国际知名，玉汝于成。优秀走向卓越，楷模立于域中。

壮哉，镇海中学！鸿鹄振翼，挟天风而高升；骐骥奋蹄，濒江海以奔腾。引领风骚，振拔百年文运；再铸辉煌，续唱世纪大风！

中兴赋

百年中兴,叶公始创;十里桑梓,桃李竞芳。公以幼孤,儿时辍读。徒手至沪,筚路蓝缕成巨贾;乐善好施,白屋青云志无双。诚誉浦江,言为今之后学者范;造福桑梓,行被富而好施者仿。公曰:"中国之积弱由于积贫,积贫由于无知,无知由于不学;兴天下之利莫大于兴学。"沪上澄衷学堂,故里叶氏义庄;身后丰碑,义薄穹苍;双璧交映,百世辉煌。

叶公好义,懿行不胜枚举;久蓄其志,易箦犹思建庄;付银三万,度地庀材鸠工;设塾赡族,惠及故里梓乡。壬寅(1902)六月开工,甲辰(1904)子弟启蒙,至辛亥翌年(1912)更名。广招异姓学子,造福四乡;叶氏中兴学堂,闻名八方。叶公之风,山高水长;钟声长鸣,千古流芳。

中兴得风气之先,继传统以弘。历任董事校长,孜孜播耕,殚精竭虑,建树甚丰;几代宿儒名师,谆谆育英,治学严谨,中西兼容。纳学子于八方,引清泉归一泓。勤朴肃睦,校训相承,百年培育人才众;与时俱进,友爱笃行,满园润泽桃李红。跻身蛟川四大名校,造就华夏一代杰雄。

环视世界,遍数商海巨子、文教大家、科技奇才、侨界领袖,曾启蒙于中兴,遂创业以大成。旷达自信承美德,潇洒以成好传统。物华天宝,人杰地灵;英才辈出,中外蜚声。一代世界船王名扬四海,犹

376 | 乡愁月千里——从西安到宁波

镇海区中兴中学远眺（谭乐／摄）

中兴中学（谭乐／摄）

记昔日少年旗手；东方影视巨擘星耀九天，无愧当年中兴师长。人才共振，堪称中兴现象；重教兴学，再续世纪华章。

改革开放，人和政通；躬逢盛世，满园春风；喜迎游子，情深意浓。旅港中兴学长包玉刚、邵逸夫、包从兴、赵安中及公子赵亨文、叶庚年及公子叶谋彰捐资港币千万，复建母校，于一九八七年秋落成，与建校三十一年之庄市中学合校为中兴中学。一九九二年，旅港旅台学长包从兴、赵安中、楼志章、朱之信、朱之康再度捐资扩建。

跨入新世纪，再启新工程；改建复扩建，设施得提升。校容新貌，焕然重光；高楼林立，沐浴朝阳；老树新叶，郁郁苍苍；弦歌不辍，再谱乐章；共铸师魂，同育栋梁；莘莘学子，书声琅琅。弘扬善文化，学习宁波帮。叶公塑像，俯视浩洋；中兴校标，钟声悠扬；握手之间，巨轮起航；荷池连廊，源远流长。

既述往事，当思来者。中兴复校，薪火传承，星熠熠而璀璨；学子勉力，上下求索，路漫漫其修远。先辈植树，惠及后世；今人奋发，不忘前行。立德千秋，葱茏荫于乡里；造福百姓，雨泽被于后生。水深江阔，乃有蛟龙腾起；根深叶茂，更引丹凤来仪。地势坤，君子以厚德载物；天行健，后人当自强不息。中和致远，兴德向善；勤学善思，追慕前贤。知行合一铸辉煌，志许中兴好时光。赞曰：

中兴百廿，皇皇巨篇。

昔日学堂，商帮摇篮；

今朝学府，育才万千；

瞩目未来，桃李满园！

崇正书院新赋

钟灵毓秀庄市镇，物华天宝传人文；不绝书声三百年，崇正重光又一春。维康熙五十八年（1719），知县田公首倡，会同乡里士绅，迎八面来风，择四方桥畔，拆罗祖庵，兴义学焉。崇正书院，弘文扬善；贫寒子弟，就学训迪；江南古镇，流芳年年。

至乾隆八年（1743），移址进贤桥；嘉庆十八年（1813），重修得承传；逮道光三年（1823），复集资重建。二十世纪初肇始，岁在光绪廿七年（1901），庄市士绅，追慕先贤；捐资万金，重整书院；延师课士，学风绵延。民国初肇，风云激荡；杏坛重构，新学煌煌；"两等学堂"，名闻八方。三十年代伊始（1930），易名"庄市小学"；及至本世纪初（2001），名冠"中心学校"。改开潮涌，港台学长返故乡；感恩母校，重教兴学乐解囊。

今日之庄市，崛起建新城。忆书院创立，惠及桑梓，已届三纪春秋；今迁址重建，新舍落成，学校复名"崇正"；更喜冠名"中国科学院大学宁波材料学院附属小学"，聘请薛群基院士为名誉校长。百年传统，一脉相承；斯为盛事，享誉甬城。

流风三百年，溯源古讲堂：三更灯阑，五更鸡唱；街市聚物华，书院标文昌；或纵论道义，或研习文章；听风雨潇潇，闻书声琅琅；道德顶立天地，文章恣肆汪洋；庠序三百年，英才辈出，名归桃李门墙；桑梓数十里，人文乡风，孕育宁波商帮。重教育则天下繁荣，惜人才则国家振兴；人才之旺源乎学校，学校之盛在于传承。弘扬传统，自信举步志高昂；耕耘浇灌，桃李迎春花芬芳。

崇文养正，明理成人，乃尊崇圣贤之学风，培育家国之正人也。以文化立校，凭质量兴教；广招教坛之才俊，乐育吾乡之精英；三尺讲台，笑傲春华；一头青丝，岁染霜风；厚德博学，励志笃行；滋兰润蕙，瑞草如茵；教海拼搏，蹈浪奋勇前行；文山开拓，运思革故鼎新；喜教学之相长，焕异彩之纷呈。

崇丘万物儒为道，正气千秋乐即诗。世代学子，来此负笈；梦圆古镇，学有所期；扬帆以竞，河通大海波千里；引吭而歌，山登绝顶青天低；勤学博览，好学深思；海阔天空，任尔驱驰。春光蝉鸟悦，潭影寒暑移；志存高远，且看虎啸龙吟；情系中华，最重知行合一。师道昭昭，日日自审；学风醇醇，岁岁遵循；集思而广益，擘画世纪鸿猷；破难以攻坚，共展万里鹏程。

河畔柳青青，舟去留桨影；校园草菁菁，时闻弦歌声；江阔凭腾跃，路遥任驰骋；山高人为峰，勤学同攀登；前行沐春风，有志事竟成；崇正三百春，薪火相传承；携手育梁栋，再启新征程。

噫！百姓安则百业旺，国运隆而文运昌。华夏复兴，春风浩荡；盛世弦歌，奋发昂扬。立雪程门，授徒马帐；登堂入室，皆成栋梁。比肩名校，虎视龙骧。唯愿吾侪，勠力同往。赞：

溯源崇正，探幽烛微；

育英千万，桃李芳菲；

志凌五岳，思接四维；

今日重光，山河同辉。

明港中学赋

和哉美哉,爱我明港!何以得名?明州大港。悠悠人文,浩浩东方;千载古韵,一脉恒昌;育人为本,桃李竞芳。春秋二十度,栽嘉树以尽葱郁;征程三千里,引骏马而奔远方。传承以典雅,耕耘而激扬。铃声当当,书声琅琅;校歌嘹亮,步履铿锵;聚焦内涵,提升质量;继往开来,特色更强。擎时代之旗帜,植文明于沃壤。明港之功,萃于春华秋实;明港之业,得之山高水长。

近望九峰山,远眺北仑港。划地筑楼于先,继而扩建互通;二区一体,比翼远鸿。明德广场,国旗高升;月霁桥边,初上华灯;未名河畔,水清木荣;濠池观鱼,其乐融融。漫步校园,看硕果之累累;驻足楼际,仰殿堂之宏宏。芳草因园丁而盛,青云为书香所凝。幽幽林荫,常闻师生舒心欢笑;茵茵球场,时见健儿捷步飞腾。

数历任校长,励精图治;传承创新,再启新程。尊重个性,和美发展;明德有为,至善至美;鲁殿灵光,德智体劳得厚积;琅嬛翰墨,综合特色以兼容。甬疆联手,民族高歌团结;特色发展,明港大展鹏程。樟树叶繁,学以弘毅;玉兰香远,教显赤诚。成长有导师,陪伴一路行;程门立雪而敬,牛角挂书以恒;学子不改志,师者不移情。夜灯明耿耿之志,晨鸟伴朗朗之声。

所谓学之大者,利乡利国;教之大者,立德立言。为师以立教为本,正身以笃学为先。辟蹊径而登峰,书山有路;攀蟾宫以折桂,壮志

北仑区明港高级中学（微尘／摄）

为怀。赋团队以精神，特色彰显；重育人于个性，文化绵延；树道德以立人，播文明而培元。山之所崇，奇秀可叹；校之所仰，人师在焉。青蓝接力，启航承传；严谨互助，上承秉烛之灼灼；创新奉献，下沐教泽之绵绵。

忆明港初辟，美术肇启；由美术而美育，彰美德以弘志。凤雏麟子，惠及桑梓。蒙师诲而明大义，谋超越而蹈实地。或助人为乐，亲如兄弟；或不甘平庸，自强不息；或感恩奋进，屡创佳绩。运动场上腾跃，图书馆里研习；上课专注，好问善思；课外钻研，究难探疑；学而时习，乐此不疲；慎思审问，乐学求真；懂美爱美，得一技之长；善良宽容，成美德之士。本科名校，前赴后继，尽挥七彩之画笔；央美国美，舍我其谁，创造惊喜之成绩！古之成大事者，必有良师；今英才辈出也，终成大器。亮相诗词大会，专利激励发明；鑫达杰奖学金，回馈母校深情。

新疆学子，山海千里情暖；明港负笈，师生三载结缘。多元发力，以爱为源；筑成长之体系，建幸福之家园。三尺讲台，晓于今古；一腔关爱，暖播心田。延教育于课后，送温暖在节前。课堂修业，剧院展才；和而不同，和谐共欢；载歌载舞，向学向前。励志明理，薪火相传；星引火炬，梦追明天。望其题名金榜皆佼佼，报国深情尽拳拳。

噫！北仑因兴教而盛，明港彰特色以成。自信自强，博学博爱；崇德奋学，善创笃行；殷殷校训，昭昭校风。饮水以思源，受教而感恩。沧桑为笺，其勋未尽；风雨作笔，其业惟新。追随致远，师者如光；春晖寸草，长者如光。夫霞光万丈，照我明港。惟乐教者敬业，惟勤学者自强。青春明港，拥抱阳光；久久为功，前路正长！振木铎于杏坛，扬云帆以启航，赞曰：

丹青写尽满园芳，桃李门墙系甬疆；

明月千山桑梓近，港城十里铸辉煌。

【链接】

宁波北仑明港高级中学，始建于 2002 年，位于东海之滨，北仑港畔，占地面积 108176.5 平方米，建筑面积 58217 平方米，绿水环绕，环境优美。现有 52 个高中班，学生 2200 多名，专任教师 200 多名。2012 年，获评浙江省第四批艺术教育特色学校，转为公立综合高中；2014 年，名列浙江省首批二级普通特色示范学校，扩建新疆班校区。学校坚持素质教育，按照"尊重个性，和美发展"的办学理念，形成了"新疆班、美术、体育、传媒"的特色发展模式，打造"明理启智，港通天下"为内涵的明港文化，使每一个学生得到长足发展。

永旺花海赋

美景清和五月天,撩人风光正当前;一片深红沾朝露,几丝浅绿飞如烟;任挥画笔写美篇,且采诗意度华年;一树新叶争春色,满池清波抚琴弦。时呈祥和,满目滴翠烟树;花含晨露,遍野醉人芳妍。赏花漫步,垂钓采摘;歌舞翩翩,笑语连连;茶道棋艺,陶冶情怀。光霁圆月,艳冠花海;和谐画卷,美丽水天。弘扬好传统,建设美家园;四季花海休闲,共享都市清欢。

阮家祠堂寄旧忆,美丽乡村扬美名。精心规划,整装换容;邻里和睦,同奔新程;童叟友爱,福满门庭。曲径幽园藏珍馐,琴弦笙歌唱心声;白鹅红掌嬉碧水,修竹小园醉江风;落花满地春光晚,芳草连云暮色萦;游人一睹归不得,顾盼骋怀未了情。鱼潜鸟鸣,明月抒其衷曲;小桥流水,柔风醉其心灵。碧波潋滟,澹澹如银;枝叶婆娑,高树成荫;遍地绿茵,满园芳馨。丹桂迎远客,翠篁伴游人;循霞径以观景,听琴音而赏心;一程欢笑,笑语盈盈;几曲笙歌;歌以怡情。嗟乎!春梦无痕,落红何堪伤夜雨;韶华一季,桃李从未负东风。但得余暇归故土,何求绮梦寄他乡。他乡纵有山川秀,故乡曾经岁月长。纵目桑梓地,何处不春风?

布谷声声,一棹烟波惊野渡;细雨霏霏,几双鸥鹭过林间。石窗寂寂,绰约丽人,雨巷谁撑油纸伞?灯影幢幢,依稀鼓板,戏台遥唱越人歌。亭榭花开婀娜,园林蝶舞翩跹;雁字横排天际,酒旗斜展村

镇海区庄市街道永旺村鸟瞰(谭乐/摄)

永旺村(谭乐/摄)

边。唤取两壶杨梅酒，与尔畅饮意犹酣；擎杯正觉三分醉，隔座犹听一席言。

君不见文明标于邻里，美名传于乡间；老少相携，妇孺皆欢，贤达来访，游客欣然。若子建融情，亲莅既而难和；虽杜郎俊赏，登临尚且羞言。佳期仙境，天竞物繁，盛世欢歌，人尽开颜。余今一睹永旺花海之美艳，宁不作赋以赞哉？

光明村赋

夫光明村，位居庄市人文地，大桥行车通舟山；东环北路穿村过，庄俞公路连北南；高速轻轨皆贯通，城乡毗邻近自然。光霁春月，千树花馨；兰园燕榭，霞照翠林；明妆丽质，春色撩人；美如画卷，日耀水天；农场果园，体验采摘；河畔垂钓，茶室遣怀；梨花明艳，徜徉其间；明星湾里，同享清闲。

赞光明之和美，创和美之光明；扬千秋万代好传统，建三和四美新家庭；走全面小康之大道，创全国文明之新村。统一规划，新宅连层；邻里和睦，同奔前程。一树梨花，满园清馨；婆娑枝叶，绿盖成荫；芳菲盛开，翠篁掩映；循径观光，林间鸟鸣。有线电视，且看歌舞翩翩；网络通信，犹听笑语连连。

园区新业态，创新实力雄；协作攻难关，科技展鹏程；栽梧桐以引金凤，上云霄而舞玉龙。重礼则乡邻克谐，乃行至诚；致富则企业反哺，方效大同。多方联动，薪火相传志成城；村企共建，志存高远气恢宏。

孰称大美，惟光明村也。道开卓越，德合光明，光明之耀，日月之辉。光者，晃也，光远而自他有耀也；明者，照也，凡明之至则曰明明。天之将明，光发动也；日月相映，明自生焉。光晃晃然以照远，在明明德之广崇。启民智，守诚信，德者必光华；谙道义，识礼仪，仁者以明德。明于世事，则独有识见；明以修身，则勤谨自勉；身能作则，则致远任贤。大学之道，在明明德，夫由微而著，由著而极，光被四表，是谓明明德于天下也。

　　艰苦创业，乘新城发展之浩风；团结奋进，圆故乡繁荣之夙梦。正可谓百姓逢盛世，千里起歌声。而今楷模树于新村，美名传于久远；民企相携，商贾皆欢；鱼贯踏春，游客连绵。观光明村之祥瑞丰姿，今作赋寄慨以记之。

花溪廊桥碑记

前溪头村原称管江，地处鄞东之象峰山北麓，山清水秀，亭溪蜿蜒，流出山中，遂分成二，一支向南，俗称前溪，村因得名。杜甫次子杜宗武由成都迁居姑苏，繁衍九代。北宋镇江节度使杜显第五子杜安，熙宁年间避乱，奉观音佛像至鄞东，卜居于此。遂立宗祠，建书院，并仿蓉城，引溪入村，名之花溪，以示不忘诗圣之后也。是为管江杜氏始祖，建村至今九百余载焉。前溪旧多石桥，凡十有三，若官房桥，以杜鏳明嘉靖十一年进士官至户部主事而得名。"文革"浩劫，歧世愚妄，拆杜氏贞节牌坊，取石料构建大桥，时村名前丰，且以名桥。一九六七年岁次丁未竣工，为石础砼构三拱桥，两肩各三小拱。千禧之年，前后溪截弯取直，两岸加高重砌，官房桥拆后不存。前丰大桥多年失修，几成危桥矣，于二〇〇七年岁次丁亥新建水泥平桥。和美乡村振兴之际，前溪头村两委会经三年筹备，得政府立项拨款肆佰贰拾万元，自筹陆拾万元，今年三月动工，七月告竣，于前丰大桥两侧新建廊桥各一，名曰花溪廊桥，以毋忘根本也。前后传承，村貌一新，前溪南北，双龙卧波，重檐古风，庄严巍峨，为鄞东罕见，遂成村景地标。廊下设座四围，可坐可倚，晨昏余暇，村民会聚。桥上连四域，廊下说丰年。古有《左传》载子产不毁乡校事，其曰：夫人朝夕退而游焉，以议执政之善否。其所善者，吾则行之，其所恶者，吾则改之，是吾师也。今之廊桥，犹古之乡校，众家客厅，可观村俗民风也。自

鄞州区塘溪镇前溪头村花溪廊桥（微尘／摄）

古建桥修路惠及桑梓，称无量功德，是廊桥亦可观乡里之政通人和者也。是为记。

公元二〇二三年岁次癸卯秋月立

镇海物流枢纽港赋

雄哉招宝山，壮哉甬江口；海陆联运处，物流枢纽港。依托镇海港区，当年百战获胜处；背靠新城古镇，而今千年祈福源。浃江东流，汇万里之大海；蛟门险开，控两浙之咽喉；东南屏翰闻遐迩，海天雄镇昭古今；海不扬波千古定，地无爱宝一山招。威远城雄踞山巅，扼海关之要塞；鳌柱塔伫立江畔，候朝暮之海涛；凭槛观潮，千年古镇望东海；登高眺远，一川秀水连云天；雨沐山容，点染数重苍翠；岚浮海色，卷舒几缕霞云。

山冈卓立高数仞，浩气长存越千年。"今是园林昔是营，关门无锁白云横。多情唯有旧时月，总带清辉照此城。"防空博览园，观百年中外之空战；海防纪念馆，歌一代英豪之丰功；四抗遗迹颂忠烈，百年故垒铸辉煌。烟消云散，海上开丝路；改革开放，山下拓新园；东海之滨，贯通水陆联运热线；招宝福地，打造大宗散货港区；铁矿原油中转，液体化工储运；集散于斯，春风遍江岸；吞吐其间，海港舞翩跹；长虹卧波辟新路，丛林滴翠开绮园。

百舸争流通异域，一山招宝耀东方；梓荫之秀钟千岩，壁立之雄巾子岗；海上丝路启碇港，千年沧桑后海塘。城塘合一，天下无双；外御风涛，内成膏壤。塘以屏山气势雄，城因镇海古今壮；捍城防汛建奇功，叠石筑塘抗风浪。数归帆于眉睫，指云影于天边；万里波涛任出没，九天霞彩尽流连。眺神舟之来往，望群岛之森罗；百鸟鸣山萦绿

招宝山大桥（谭乐/摄）

树，一桥跨海映碧波。

依雄镇，联远方；越关山，接城乡。物流配送，四通八达；百货快递，万户千家。满山绿荫，无处如斯山有福；百丈鳌柱，有塔镇此海无波。贸易港物流港智慧港，三港合一；电商园物流园保税园，数园共处。登山撩诗兴，游塔闻钟声；巍巍古塔水波横，渺渺烟波舟楫行；山外小楼听夜雨，海滨古寺观月明；曙色流霞临大海，涛声拍岸到古城。提升现代产业能级，推进港航物流服务；大步发展，融入一带一路倡议；勇著先鞭，共建美丽示范园区。

极目长空，雄图骛远；寄怀故土，壮志承先。山连天庭银汉落，海入玉宇白云生；放眼物流园区，薄暮华灯初上，仰望海天夜空，广宇繁星璀璨。自古商舶所经，共集珍宝处；而今山海相聚，喜迎财神时；雨霁云消虹跨海，霞飞日出客登楼；槛外潮声飞好韵，檐边月色动幽思；古镇重光增气派，新葩竞秀映晓岚；四面风光画千幅，半山胜景诗百行；道路纵横舒绿意，山河氤氲沐春光。噫！寄慨放歌，观潮喜见海天色；吟诗作赋，听雨常怀桑梓情。赞曰：

背倚英雄招宝山，水陆枢纽八方连；

东方大港傲四海，物流通达福祉源。

招宝山全民健身中心落成记稿

海天雄镇，科创镇海；浙东明珠，东南屏翰。蛟门险开，控两浙之咽喉；浃江东去，纳百川而汪洋。自唐置镇，迄今近一千二百年；自宋以降，历朝为县治驻地。堪称浙东之门户，行旅之要津，物流之枢纽，军事之重镇。四抗史篇纪忠烈，百年故垒铸辉煌。古镇炮台，自古丰功伟绩；金戈铁马，从来热血壮怀。招宝山，候朝暮起落东海潮；威远城，扼雄关要冲入海口；海防馆，歌猛士壮举众英豪；后海塘，赞城塘合一世无双。叠石筑塘抗风浪，捍城防汛历沧桑。塘以屏山气势雄，城因镇海古今壮。

1993年岁次癸酉，爱国港胞包玉书先生报效桑梓，慨捐巨资，曾建造龙赛体育中心于此。春秋三十载，经济大发展。而今招宝山街道依托镇海历史文化古城，推进老城提升，发展现代服务业，建设和美家园，打造独具文化魅力之旅游城镇。

2022年岁次壬寅，为完善老城基础设施，提供群众健身场地，擦亮蹦床运动金名片，经镇海区发展和改革局批准，动工兴建招宝山全民健身中心。包括体育馆、游泳馆、蹦床训练基地等建筑，并设置配套助用房及停车位；工程用地面积15134平方米，总建筑面积35292平方米，其中地上建筑面积24963平方米，包括蹦床训练基地8440平方米，全民健身中心16523平方米；地下建筑面积10329平方米；总投资概算31932万元。

招宝山威远城（谭乐／摄）

项目由同济大学建筑设计研究院（集团）有限公司设计，秉承"延塘·观塘·耀塘"之理念，毗邻古塘公园，延续千年记忆，观景新造平台，耀塑文化地标。建筑造型以反拱状单元为建构，萃取提炼于蹦床健儿之矫健身姿，抽象演绎于海防文化之奔涌浪花；和谐对话大自然，展示灵动生命力。工程由宁波市镇海枢纽港建设有限公司组织实施。于2024年岁次甲辰落成。赞曰：

招宝古塘，千载沧桑；外御风涛，内护膏壤。

物流新港，老城新章；改革开放，古镇辉煌。

龙赛体育，造福四方；包氏捐建，前贤流芳。

全国样板，镇海蹦床；屡屡夺冠，举世无双。

健身中心，延塘观塘；文化地标，新貌耀塘。

宁波小灵峰寺重兴廿年庆记

刘梦得云:"山不在高,有仙则名;水不在深,有龙则灵。"诚哉斯言,今始信焉。壬寅七月廿日,欣逢小灵峰寺重兴二十载,王介堂兄邀我等同好,于日前登山拜谒同庆。连日高温,骄阳当空,午后驱车至山麓,晡时策杖而登。一行多为古稀花甲翁,且行且止,听介堂兄一路侃侃而谈,先后驻足憩于三亭。是为二〇〇七年春所建,适逢小灵峰建寺六百六十六年。当年孰缘师太发宏愿已重兴古寺,思信众谒佛,登山困顿,拟增筑三亭,以供休憩。六角之亭,六檐六柱,众檀越踊跃捐助,若有神灵暗合焉。介堂兄提议以"六如""六和""六瑞"命之,请甬上诗书三老赐书题额。亭既成,兄撰《小灵峰三亭记》并书丹,勒石立碑于途中亭侧,今宛然在焉。

首为"六如亭",乃九十岁郑玉溥老所题,注云:"六如,佛家语,见《金刚经》:一切皆为法,如梦幻泡影,如露亦如电。应作如是观。"次为"六和亭",由甬上名家曹厚德老题额,并曰:"身、口、意、戒、见、利,六和也。诸项事和,谓之六和敬。"三为"六瑞亭",为九九人瑞张性初老所赐墨宝,并加注:"说法、入定、雨华、地动、心喜、放光,诸祥瑞谓法华六瑞序。"

登顶入寺,酉时将近,孰缘师太盛情相迎。见寺院中殿宇巍然,古木森森,师太备尝艰辛,苦心经营二十年,功德无量焉。大雄宝殿之侧有一池曰"九龟潭"。据裘连于乾隆四年所撰《九龟潭重新会龙庵

小灵峰寺（龚国荣／摄）

记》载:"山之北有峰耸然,其下有潭,曰九龟神龙窟焉,或曰:龙生九种,龟其一也,故名。或曰:旧名十龟,其一为远方祷雨者请去,故改今名。潭之坪,元至正间建经堂其上,山僧守之,以奉龙神。"

用毕素斋,纳凉于院中,南瞰甬城,万家灯火,如星辉熠熠。山高月小,晚风习习,更无蚊蚋相扰,顿觉神清气爽。品茗闲聊,问及山名,介堂兄曰:甬上有小灵峰者不下六七处,此山俗称马鞍山,盖以山形得名也。山下今有鞍山村灵山村云尔。元至正元年建寺,旧名为"马鞍山龙王经堂"也。此山乃宁波建城之座山,亦即靠山也。相传汉骠骑将军张公之所游处也,故亦名骠骑山。余遂口占一绝云:"小径萦纡掩薜萝,灵龟潭水轶闻多;峰头日落山风爽,寺壁存碑字可摩。"

夜宿寺中净室,至寅时中,相约登顶观东海日出。一路步道整饬,掌灯于后,拾级而登,攀至望海峰,用时仅二刻耳。夜色如磐,山下寂然,身沐晨风,静候日出。五时许,晨光熹微,云若火烧,旭日一轮,喷薄于东方,众皆欢呼雷动。有甬上名记龚国荣君放飞无人机,按动快门,实录其胜状焉。

辰时,同返小灵峰,山门大开,梵钟声声,披红结彩,喜迎善信,共贺寺庆。村民歌舞,诗人唱和,墨客挥毫,躬逢一时之盛焉。同游者:王君介堂、龚君国荣、陈君楠、毛君亚东、曾君建国、钱君建成、任君善洪、俞君文龙、何君良建、袁君国荣、董君兆祥与余,凡一十二人。

慎思斋主桂维诚记于壬寅初秋

壬寅五月采杨梅记

芒种已过，夏至将至。乡谚曰：夏至杨梅满山红，小暑杨梅要出虫。夏至前后采摘杨梅，正当其时。然疫情防控外松内紧，需三十六时辰核酸方得通行，梅雨季节湿闷难熬，久闷于家中，足不得出户，一把老骨头庶几发霉哉？

忽闻车弓兄在群里约起：诸位，三七市镇相岙村我堂弟山上杨梅可摘矣，诚邀兄弟小妹于周六上午八时拨冗前往品尝。此邀，务请赏光。

众皆响应，走起！周末雨霁初晴，红日当空，正宜出行。人同此心，一路车如流水，皆趁周末赴余姚采摘杨梅也。

相约由甬城驱车至余姚三七市镇，共赴今日"无罩之游"，欲与相岙杨梅亲密热吻之。

辰时，众人相会于田螺山遗址现场馆，一睹史前河姆渡文化类型原始聚落之风貌。车弓兄云：此处出土之陶器与榫卯木构件，堪称二绝，距今已有六千五百余载矣。黄教授多年从事文保研究，言及遗址发现与考古发掘经过，如数家珍。古陶罐造型朴拙，古玉玦琢磨精致，木榫卯凹凸相接，若非今日之亲见，焉知史前先民灵巧如斯哉？

参观毕，驱车行至山上，众遂入林采摘。杨梅树高丈余，枝繁叶茂，上缀紫果，伸手可及，摘下即食，甘之如饴，满口生津。一群老顽童出入于杨梅树下，行摄于山水之间。今日得暇以亲近自然，乐而忘返焉。

日当正午，车弓与恭权兄弟尽地主之谊，相邀共聚于村中酒肆，品尝农家菜肴，满斟杨梅酿制之烧酒，开怀畅饮，一醉方休，携满篮杨梅而归也。

嗟乎！偷得浮生半日闲，聊发怀古之幽思。游相岙古村，今非昔比，曾历七千载沧海桑田之巨变。惜白云苍狗，时光易逝，人生匆匆，于宇宙间仅倏忽一瞬耳。念天地悠悠，时不再来，人生无常，叹世人常为名锁利缰所困，汲汲于此而迷茫终生。须知诸事皆为无奈，若舍本求末，为鸡零狗碎纤微小事而争斗不息，岂不悲哉？吾侪虽渐入晚境，以文会友，同气相求，举觞对酌，于天地间放浪形骸，于诗文中反求诸己，不亦乐乎！

今应车弓兄与夫人黄浙苏盛情之邀，王君剑波、范君伟国、沈君季民伉俪、何君良京、潘君旭光伉俪、沈君伽如、华君掬曦、夏君萍儿与余，凡一十三人共游，时在壬寅五月廿日。

慎思斋主桂维诚记

亭溪岭古道漫游记

甬城钱湖之南,有亭溪岭古道,通鄞奉象三邑,绵亘拾余里,居宁波十大古道之首。

山径蜿蜒,绿树丰茂,谷中溪石相激铮铮然,惜少歇足避雨之亭也。修桥铺路造凉亭,乃甬人历来为善之乐事。由宁波市善园公益基金会发起公共路亭首期之五亭二桥一牌坊工程,于壬寅(2022)落成于此,今得一游焉。

古道入口立"亭溪岭东"牌坊一。自下而上,一曰陈杨亭,其侧为陈杨桥。二曰七旬亭,乃旧构新葺。三曰芳樟亭,其侧为仙子桥。四曰东明亭,五曰阳明亭,此二亭,皆冠甬上先贤之号也。

新建亭桥牌坊皆仿旧时形制,以古旧石件重构之,依山傍溪,相得益彰。并征联于文人墨客,题其上以增色矣。

余归来作《东明亭》词云:"岭东古道。五石亭、同心建造。曲径向高峰,林风迎客,百卉纷披窈窕。久慕先贤,约来登顶,共溯源流渊浩。云淡淡、一览苍冥,相接重霄深杳。晴好。藏书立阁,光华延照。草木掩新亭,巍峨耸立,号曰东明赫耀。范氏家风,传承充栋,苦守几多昏晓。愿后代、祖训为怀,长思报效。"(调寄二郎神)

古人云:"亭者,停也。"人生路遥,且行且停,宜也。清李渔撰"且停亭"联云:"名乎利乎道路奔波休碌碌,来者往者溪山清静且停停。"吾友范伟国君曰:"亭即空也,于此坐观天地,八面来风,放空自我，得大自在，岂不快哉！亭既成，吾谁与坐？明月清风我。"

嗟乎！陈寅恪先生诗云："名山金匮非吾事，留得诗篇自纪年。"此言得之，人生苦短，一如逆旅，得放下时且放下，况年逾七旬，名利皆视为身外之物矣。且寄情山水，偶做诗文以娱情耳。

癸卯仲夏桂维诚谨记

《癸卯立秋盛园雅集》跋

　　大疫之后，岁在癸卯，时序立秋，欢聚于月湖盛园，电力精英相会也。三载暌违，同事情深。周子正兄首倡召集，筵设美宴，客邀同道。群贤毕至，老友重逢；忆昔话旧，情深意浓。周兄有感于诸位育子有方，皆成栋材，可喜可贺，遂嘱余拈儿孙辈姓名藏头作绝句以赠，为雅集助兴耳。觥筹交错，一醉方归，兴犹未尽。周兄提议建群交流，晒照制片，命题作诗，以纪其盛也。遂得诸君唱和，月光与诗意相映，秋色共才情飞扬，当留佳话于湖畔，传友情至永远。余有幸躬逢其盛，谨以拙文为跋。吟诗为证：

　　月湖一鉴映清流，风起波来卷小洲。
　　天地逢秋诗入酒，江山有意月如钩。
　　鸟随故友窥金镜，柳拂凉漪傍玉楼。
　　却忆当年曾共事，情深今夜举觞游。

慎思斋主桂维诚谨志

代跋

雄心酬三秦　故土情未了
——写在先父百岁诞辰之际

桂维诚

我们兄弟妹六人可以被称为"西迁二代"，我和大弟维康出生在上海，三弟维民出生在宁波，接下来的四弟维平、五妹维真和六弟维中都是在西安出生的。我们的父母是20世纪50年代最早一批从上海支援大西北的，西安成了我们的第二故乡。

20世纪50年代初，父亲响应祖国召唤，从上海来到西安，他把青春和智慧奉献给了西安这个第二故乡，在这片当年百废待兴的黄土地上建功立业，最终长眠于秦岭的终南山下。青山巍巍埋忠骨，心系三秦情未了。镌刻于墓前的碑文——"诗书传家，美德昭四世；科技报国，雄心酬三秦"，正是他 86 年不平凡人生的最好总结。

父亲是一个做人做事都极其顶真的人。1949 年，他参加革命工作，脱下西装换上灰军装，自觉接受新思想，认准了一生跟着共产党走，全身心地投入恢复经济建设的热潮中，奉献自己的才智。

当年，中央决定将部分军队转兵为工，整建制转业搞建设。华东地区就接受了两个转业的部队——建五师、建六师，他们除受军队领导外，同时隶属于上海的华东建筑工程部领导。1954 年，父亲所在的建六师十六团承接了宁波压赛堰军用机场工程，对外称为宁波工程处。父亲当时担任团部的工务股股长，负责整个团的技术培训和施工的组织领导工作。这段时间，父亲一直奔忙在机场工地上，那时全家都已从上海搬到了宁波老家，但他却很少回家，一直住在工地。他由于工作业绩突出，曾荣立三等功，并光荣入党。

1955 年前后，建五师、建六师在华东完成几项大工程后，响应国家"支援大西北"的号召，相继来到西安，建五师后来又转战去了成都。建六师十六团连人带机器设备整建制落户到西安后，开始筹建隶属于西北建筑工程局的西北金属结构厂。十六团变为工厂后，军人脱下军装，全体转业为工人。

父亲在上海刚刚过完而立之年的生日，就离开父母和妻儿只身来到西安。当时的西安，还是个被战乱折腾得不像样子的"废都"，古城墙只剩下断壁残垣，城内马路不平，电灯不明，只有几辆破旧不堪的公共汽车，全城没有自来水，仅有一口"甜水井"，周围百姓都在那里打水吃。城墙外面，荒草丛生，人烟稀少。弯弯曲曲的路边，只有些土围墙和茅草棚子。父亲他们筹建的厂址就选在东郊一个叫胡家庙的地方，毗邻陇海铁路。听父亲说，那时厂子旁边没有人家，遍野坟堆，坑坑洼洼，长满半人高的杂草，荒草丛中有座不起眼的破庙，半夜里还时常可以听到远处的狼叫声。

为什么父辈明知西北的环境艰苦，还是义无反顾地离开繁华的大上海，长途跋涉来到大西北艰苦创业呢？记得父亲生前多次对我们这样说："那时候，我们这代人，根本就没有想是来享福的，都是怀着报效祖国的满腔热情和建设大西北的事业心来到西安的，早就做好了吃大苦的准备，所以，身上总有使不完的劲。"

厂子刚刚建成，父亲就动员母亲携子迁居到西安。他说厂里已盖好了家属楼，家具可以到行政科租。于是，母亲在上海贱卖了结婚时置办的全套红木家具，拖着我们三个孩子，来到了举目无亲的黄土地。可是，到了西安一看，住房是那种苏式砖混结构的筒子楼，几十平方米的一大一小两居室。一问家具，原来就是长凳加大铺板，没有油漆的白坯子的桌椅板凳而已。夏天没有电扇，冬天没有暖气。厨房里只有带烟囱的炉灶，没有烧的东西，只好从附近木材加工厂买来木刨花、锯末做燃料，直到后来几年才烧上了煤块，这跟上海的生活条件根本不能相比。

面对母亲的埋怨，父亲总是乐呵呵地说，万事开头难，厂里白手起家很不容易，以后厂子发展了，条件会慢慢好起来的。我们弟兄妹几个就是从小在大铺板床上滚大的。平时放学回家，掀起铺盖，就是写作业的书桌；吃饭时，坐在一溜小板凳上，又成了餐桌。

父亲参加革命工作后，开始是供给制，后来按照政策恢复了原来工程师的工资标准，三年困难时期为了给国家分忧解难，按照组织要求，父亲还主动申请降低工资标准，从此，每月工资一直是124元，几十年没有变过，可子女多了，难免入不敷出。后来，奶奶也来了西安，一家九口的大家庭，挤在30多平方米的斗室里。父亲一心扑在工作上，家里全靠母亲勤俭持家，日夜操劳，同时她还要不

全家福（摄于2007年）

误工作。在那缺衣少食的困难岁月里，虽然全家节衣缩食，一日三餐干稀搭配，新三年旧三年，缝缝补补弟妹接着穿，但日子过得热热乎乎、和和美美。

家里借来的那张白坯三屉桌，是父亲的专属领地。夜深了，还常常见他坐在台灯下写写画画，修改图纸……在我们的印象中，父亲每天都有忙不完的工作，经常晚上下班回家，匆匆忙忙扒拉几口饭，又心急火燎地赶到厂里去，不是下车间就是开会研究工作，组织技术人员攻克难关，等他深更半夜回家，我们早就睡着了；第二天一早我们还没有起床，父亲早就没影了。

父亲在大型国企一干就是35年，无论是"一五"时期的西安灞桥热电厂钢结构工程、三门峡和青铜峡水利枢纽的配套钢闸门工程、风陵渡黄河铁路大桥的钢结构桥梁工程；还是各个时期国防建设重点工程和省市重点工程的钢结构或钢桥梁工程，以及建筑机械的开发研制，无不凝结着父亲的心血和汗水，直到1989年，父亲已经66岁了，才从陕西建设机械（集团）有限责任公司总工程师任上退下来。他毕生为科技兴陕呕心沥血，从一个土木工程师成为大型钢结构工程和建筑机械的专家。

"文革"时期，父亲正当年富力强的好年华，却被打成"反动技术权威"和"技术黑线头目"，无辜蒙受冤屈，遭到批判，被迫离开了科研技术岗位，下放到农场劳动。直到70年代中期，工厂响应"深挖洞"号召，在防空洞施工中碰到了难题，大家都束手无策时，只好请父亲重新出山。改革开放后，父亲又挑起了全厂生产技术和科研开发工作的重担，虽已年过半百，但他又重新焕发当年的青春活力。他老当益壮，夙兴夜寐，一心要把被耽误的时间夺回来。他为厂里的技术革新改造和新产品开发，殚精竭虑，迎来了人生的又一个辉煌时期。

为了追回"文革"中失去的宝贵时间，属牛的父亲就像老黄牛一样，不用扬鞭自奋蹄，成为企业技术创新、转型升级的顶梁柱。他带领科技人员开发研制了建设牌JS型翻斗车系列产品，以及可以代替人力打夯的H型手扶蛙式夯土机等建筑机械，填补了当时国内同行业的空白。这两种建筑机械当时被业界广泛应用，畅销国内外市场，出口40多个国家和地区，曾遍及全国大小军事、民用建筑工地以及援外工程的工地，以其独特的产品性能在建筑施工中发挥了重要作用，翻斗车系列产品曾荣获全国第二次科学大会技术进步质量银奖。

父亲作为全国建筑机械专家，曾先后被聘为中国建筑机械制造业的权威杂志《建筑机械》第一、第二届编委，西安交通大学机械系焊接专业特聘专家等。到了退休年龄，作为总工程师的父亲还被企业当作"宝"，一再挽留，继续为攻关项目把关，并抓好技术队伍的传帮带。父亲退休后，仍一直担任陕西建设机械（集团）有限责任公司顾问，继续为这个诞生于"一五"时期的大型国企的发展出谋划策。

直至今天，父亲曾倾注心血的灞桥热电厂、三门峡、青铜峡水利枢纽工程和风陵渡铁路黄河大桥仍在造福于人民；他在新时期为之提供技术保障的陕西飞机公司总装车间65米大跨度钢结构屋架、西安变压器厂钢结构厂房、陕西体育馆钢网架屋顶以及秦始皇兵马俑一号坑钢结构网架屋顶等重点配套工程，仍被业界称为钢结构的杰作；他主持开发研制的翻斗车等建筑机械，仍在建筑施工中继续发挥着重要作用……父亲虽少小就离开了故乡宁波，但他青年时代参加建造的宁波军用飞机场，至今仍驻扎着英雄的东海舰队航空兵部队。父亲作为宁波籍专家，被载入介绍宁波帮故里的《人文庄市》（中国文史出版社）一书。

父亲毕生自强不息、与时俱进、克己奉公、勤谨淡泊、仁慈博爱的高风亮节，永远铭刻在我们心中。这是留给我们儿孙的宝贵遗产，成为弥足珍贵的传家宝。有一件小事，给我留下的印象至今难以磨灭。我上中学后住校，周末才回家。星期天父亲也经常加班，我就到三屉桌上做作业。有一次，我顺手拿过父亲厂里的半本便笺打起草稿来，用完后顺便揣在书包里就回学校了。等到下个星期回家，父亲就把我们弟兄几个叫在一起，严肃地问："是谁拿了桌子上的公家便笺？"我大大咧咧地从书包里拿了出来，满不在乎地说："是我拿去打草稿了呀！"没想到父亲严厉地批评道："你怎么能随便把公家的东西拿去用呢？那上面印着厂名，人家看了会怎么想？你们不能从小学会贪小便宜！"他教育我们："对待财物，无论大小，任何时候都必须做到公私分明。"接着，他又跟我们"约法三章"：不要跟同学们互相攀比，不要在厂里假借他的名义办任何私事，不要把公家的东西随便拿去私用。

父亲生前"润物细无声"的言传身教，始终激励着我们自强不息。我们儿辈六人，恪遵庭训，积极上进，历经动乱，刻苦学习，分别获得博士、硕士、本科等学历，五人加入中国共产党，一人加入中国民主同盟。分别在党政机关、教师、工程师、经济管理和新闻媒体等岗位上事业有成，现都已退休；孙辈七人先后都接受了高等教育，有的还攻读了硕士、博士学位，孙辈中有企业高级经济师、重点高校教师和跨国高科技人才等；重孙辈在前辈的荫庇下，正健康幸福地成长。

说来惭愧，因为时代的原因，我们兄弟妹六人都未能继承先父的事业，成为一个科技工作者或工程技术人员，因为在"文革"期间没能接受正规的高等教育，我1973年曾有一次被推荐工农兵大学生的机会，却因为"白卷英雄"的闹剧而告吹。我和大弟下乡后，三弟维民高中毕业，进了军工企业当学徒工，后来四弟维平又下了乡。直到1977年恢复高考后，我和三弟维民先后考入杭州大学和西安交大接受了高等教育，其他几个弟妹都在 20 世纪 80 年代通过刻苦学习分别获得了大学学历，在不同的岗位上事业有成。其中维平弟和维中弟通过面向社会的公开招考，先后进入陕西工人报社和西安晚报社当记者，维中弟成为西安市有突出贡献专家，维平弟后又被选调进入新华通讯社陕西分社从事新闻采编工作。

而我的写作诗词爱好，则是源自中学时代，那时我们的语文老师多才多艺，常在学校的墙报上展示诗词作品，其中"周郎"的词、"赵公"的律诗，最令我钦佩。这位"周郎"——周育德先生"文革"后考上中国社科院研究生，后来成为全国著名的戏曲史专家，曾任中国戏曲学院院长；这位"赵公"——赵仲才先生是湖南人，学养深厚，因新中国成立前当过军校教官，曾被剥夺了出书的权利，他会给应届的每个毕业生，题赠一首七律留念，"文革"后他一发而不可收，出版了许多国学专著，我手头还存有一本他写的《诗词写作概论》（上海古籍出版社）。

今年是小平同志发出"把全世界的宁波帮都动员起来建设宁波"的号召 40 周年，也是西安宁波经促会成立 21 周年。记得 1984 年 11 月 16 日，在小平同志两次明确指示和关心下，一架从上海起飞的客机，降落在宁波庄桥海军东海舰队航空兵机场，成为宁波民航的处女航。这个庄桥机场就是父亲当年亲自参加建设的工程，他得知后，特地打电话告诉我，可以趁宁波民航借用之际，去那里看看。因那里是军用机场，我回乡多年来仍无缘一见。

我在西安从小学三年级一直读到高中毕业（1967 届），度过难忘的学生时代；1969 年 1 月，在"上山下乡"运动中返回故乡宁波，至今已经整整 55 年了。就像弟妹们都能说地道的宁波话一样，我至今仍能说一口流利的关中话，自认为是半个"老陕"。宁波经促会的成立，把我的故乡宁波和第二故乡西安紧密联系起来了。20世纪90年代初，三弟维民有幸担任宁波经促会常务理事，退休以后又做了西安宁波经促会的顾问，从此有了常回家看看的机会，更有了为家乡的发展做一些事情的机缘。他曾为促成西安的旅游大篷车来宁波、西安高新区与宁波的合作交流、西安与宁波的航线的开通、当时镇海区和鄞县（今鄞州区）招聘西安高校毕业生，以及为母校西北工业大学在宁波建立研究院等，做过不少沟通协调工作。

我在故乡虽一直从事教学教育工作，与宁波帮也有一段难解之缘。我曾在包玉刚、邵逸夫、赵安中等老一辈宁波帮捐资复建的母校中兴中学工作多年。当年我作为中兴中学"新叶"文学社的指导教师，有缘多次接待过这些杰出校友的来校访问。

记得1988年第一次与赵安中先生见面，他就喊我"桂老师"，我作为晚辈，深感受之有愧，让他叫我名字即可，他却谦虚地说："我只是一个小学生，尊敬老师是理所应当的。"赵先生尊师重教的肺腑之言，好似一股暖流涌上心头，油然而生敬意。是他率先对中兴校友会提出"公传孙"的意愿。赵先生不愧为一代儒商，以忠孝传家，教育后人不忘故土。早在80年代回故乡时，他每每带着儿孙辈回来，让后代从小感悟浓浓的乡情。有一次回访母校，他带来了一个"儿童团"——家里的五六个孙辈小不点，让他们到爷爷读过书的地方走一走看一看，就是为了不要忘了家乡的根。在宁海的捐资项目落成庆典上，他又特意安排长孙女赵蕙玲代表全家发言，其中的深意更不言而喻。

2018年，由宁波市政协、市委统战部主办的纪念赵先生100周年诞辰的综艺故事会上，我有幸作为乡亲代表登台接受采访，深情回忆这位自称"小学生"和"小商人"的赵先生，当年曾近距离看到他的西装里面穿的是一件袖口被磨破的羊毛衫，而为了"希望"工程，却倾囊捐助数亿元。宁波帮正是一群有着大情怀的大写的人！

2009年10月，作为全世界宁波帮"情感地标、精神家园"的宁波帮博物馆建设工程圆满完工，并通过了竣工验收，准备择日隆重开馆。王辉馆长找到我，让我对开馆大典的邀请函提点建议。我说，这次庆典的受邀人士大多是少小离家的宁波人，无不寄托着浓浓的乡愁，一般的邀请函太普通了，余光中的诗说过，乡愁是一枚小小的邮票，乡愁又是一张窄窄的船票……如果把"邀请函"设计成一封古色古香的"家书"和一张回家乡的"船票"，可以生动地象征故乡对海内外游子的真情呼唤。

他们连连称赞这是一个金点子，可以列入典礼的策划方案。于是，又让我仿照尺牍的格式起草了一封"家书"（参见本书第四部分《明州赋记》）。10月22日，宁波帮博物馆盛大开馆。第二天一早，我打开《宁波日报》的头版，读到该报记者谢安良等撰写的头条新闻："'少小离家老大回，乡音未改鬓毛衰'，童声朗朗，乡音浓浓。主席台右侧上方，一幅巨大的家书仿佛母亲召唤着游子归来。庆典现场充满了家的温馨。"从配发的照片（严龙、胡建华摄）上看到，我起草的"家书"被制成了巨幅喷绘，高挂在博物馆大楼的入口上方，挂在著名镇海籍书法家周慧珺题写的"宁波帮博物馆"六个大字上，静静等待着嘉宾们揭开面纱……

那天，时任宁波经促会常务理事的维民弟和西安宁波经促会副会长的维康弟，作为宁波市经促会的特邀嘉宾也有幸出席了这次庆典，得知他们收到的"老船票"和这封"家书"，竟是出自愚兄的金点子并受委托草拟而成，都感到格外亲切和欣慰。

近年来，西安宁波经促会来宁波参访考察，维民弟有时让我相伴作陪，因而有缘听到会长杨戌标、副会长李关定的许多高见，更认识了宁波经促会的王剑波和黄士力两位副会长,以及西安经促会和商会的张羽、奚嵩华和孙建光等几位会长,于是有了很多共同的话题。

  我们敬爱的父亲桂运周先生辞别奉献后半生的三秦热土已经15年了,他们是共和国的第一代创业者,他们的"西迁精神"必将被我们以及我们的后代不断地传承下去,谨以我们的双城吟唱,献给一代又一代的"西迁人"!

2024年2月6日于宁波

后 记

桂维民

每个城市都有属于自己的历史，都有属于自己的记忆，都有属于自己的诗意。宁波——我生于斯的故乡，她折叠在昔我往矣杨柳依依的风雅里，她呈现在江南水乡的风景里；西安——我长于斯的第二故乡，她奔腾在大风起兮千古风流的壮美里，她起伏在秦岭渭水的旋律中。需要用一生去读这两座城，她们的诗意无处不在……

作为古丝绸之路东方陆上起点的西安，曾经为世界文明的交融、丰富和发展做出了历史性贡献。如果有一座城能将中华上下几千年的文明串联，如果有一座城市能从地下到地上连接着过去与未来，那必定是西安。她的每一块砖瓦，都承载着几千年历史的厚度，诉说着盛世的繁华。去年初夏，中国—中亚峰会在这里举办，使西安又火了一把！我想，追寻诗意长安，也许就能找到璀璨的中华文明的记忆。

作为海上丝绸之路东方始发港的宁波，也是一个充满诗情画意的地方，我愿追随先人的足迹，去寻觅"浙东唐诗之路"上的四明风流，去走访诗人行迹图、运河水系图、浙东文脉图、山水古镇图、遗产风物图里的遗迹，去对此作出诗意的解读。这又令我想起了"四明狂客"贺知章的诗句："少小离家老大回，乡音无改鬓毛衰……"

诗歌是文化基因和时代精神里最深入人心的元素。自古以来，西安、宁波这陆海两个丝绸之路的起点，虽然相隔千里，一篇篇诗词曲赋所演绎的丝路风情，将不绝如缕的乡愁乡思穿越万水千山，连绵而悠长。

40年前，一位操着四川口音的伟人和带着宁波乡音的世界船王握手之后，曾发出"宁波帮、帮宁波"的号召，我这个久居西安的游子，分明听到了这遥远的召唤。我在西安这座城已生活了60多年，仍一直牵挂着、关注着宁波故乡的发展。春节前，我参加西安宁波经促会"携手同行、共赴美好"新春联谊会，与张羽会长等几位乡贤交谈，说到去年适逢西安宁波经促会成立20周年，今年又将迎来邓小平同志发出"把全世界的宁波帮都动员起来建设宁波"的号召40周年，拟出一本诗集，以我和长兄的双城吟咏，以及会长们拍摄的双城风光，勾连起西安和宁波这两座城市的悠远乡愁，以契合西安宁波经促会的同仁们对桑梓故土的深切思恋和对第二故乡的共情相融，特别是作为对世纪伟人邓小平和宁波经促会成立36周年的纪念，这个提议得到了大家的一致赞同。

且以这本《乡愁月千里》中的两弟兄、两座城、两代西迁人的高吟浅唱，来尽情抒发蕴含着弟兄情、故乡情、家国情这三重意义的共同乡愁吧。全书分为长安诗画、故土乡愁、癸卯行吟、明州赋记四个部分，配以精美的风光摄影，图文并茂，可咏可赏。一册在手，以供旅途阅读、观光向导，按图索骥去寻访相关的自然人文景点，遍游两城风光，尽览长安的汉唐雄风和四明的宋韵之美。

  从开始动议到成书付梓，仅仅两个月的时间，离不开大家的共同努力和帮助。十分感谢宁波经济建设促进协会的领导李关定先生、王仁洲先生、陈文祥先生一直给予热情的关注，特别是黄士力先生为之沟通联络、穿针引线；以及西安市宁波经促会张羽会长、奚嵩华书记、彭小艳常务秘书长和各位副会长的大力支持！承蒙陕西省文联副主席、陕西省作家协会副主席、著名作家高建群先生和中共宁波市委原常委、秘书长、宁波经促会副会长、散文作家王剑波先生的厚爱，分别为诗集作序，热情勖勉，特此深表谢忱！特别感谢陕西省文联副主席、陕西省书法家协会名誉主席、著名书法家雷珍民先生题写书名！对西安摄影家协会副主席李国庆先生，中国西部发展研究中心秘书长黄会强先生，宁波晚报资深主任记者、知名摄影家龚国荣先生，中兴中学高级教师、摄影家谭乐先生和镇海区委宣传部等为本书提供精美的双城风光摄影作品；陕西人民出版社编辑部主任石继宏女士在春节期间放弃休息精心编审，以及美编赵文君女士精湛设计编排；西安新华印务有限公司董事长薛常铭先生为本书的出版提供有力保障，一并致以衷心的感谢！

2024 年 3 月 8 日于西安